한국고전소설의 이해와 강독

장정룡 지음

국학자료원

이 도서의 국립중앙도서관 출판시도서목록(CIP)은 서지정보유통지원시스템 홈페이지(http://seoji.nl.go.kr)와 국가자료공동목록시스템(http://www.nl.go.kr/kolisnet)에서 이용하실 수 있습니다.
(CIP제어번호: CIP2014004043)

목 차

Ⅰ. 한문소설

우리나라 한문소설의 효시는 김시습(金時習: 1435~1493)의 『금오신화(金鰲新話)』이다. 이로써 15세기에 본격소설이 처음 그 모습을 드러냈으며, 이 작품을 최초의 한문소설로 보는 데 이론이 없다. 이 시기 고전소설의 출현은 국문학사에 있어서 중요한 사건으로, 당시까지 시가 중심의 장르체계가 지속되었을 뿐 뚜렷한 서사문학이 부재했기 때문이다. 『금오신화』의 출현은 새로운 작품 자체로 중요한 의미를 지니고 있을 뿐 아니라, 작가의 창작의식이 분명하고, 장르적 성격이 뚜렷하여 종전과 다른 새로운 이야기 즉 신화(新話)였다.

주지하듯이 소설(小說)이라는 용어는 『장자(莊子)』 외물 편에 "소소한 이야기를 꾸며 벼슬과 명예를 구함은 큰 도리에 이르는 것과는 또한 거리가 멀다(飾小說以干縣令, 其於大達亦遠矣)"라고 한 것이나 『한서(漢書)』 예문지에서 "소설가의 부류는 대개 패관에서 나왔으며, 거리에서 이야기하고 골목에서 말하는 것들을 길에서 듣고 길에서 옮기는 자들이 만든 것이다(小說家者流 蓋出於稗官 街談巷語 道聽塗說者之所造也)" 등과 같은 의미였다.

이러한 소설의 광범위한 개념은 우리나라에서도 통용되었는데 조선 전기의 문인 어숙권(魚叔權)이 『패관잡기(稗官雜記)』에서 『금오신화』뿐만 아니라 이인로의 『파한집』, 최자의 『보한집』, 서거정의 『필원잡기』·『동인시화』·『태평한화골계전』, 성현의 『용재총화』 등도 소설의 범주에 넣었던 것을 볼 때 소설장르가 분화되지 못했음을 알 수 있다. 그러나 소설에 대한 인식변화의 단초는 김시습으로부터 찾을 수 있다. 그는 『금오신화』를 창작하고 나서 '세상에 없는 책(人間不見書)' 또는 '풍류기화(風流奇話)'라고 자평하였다. 그가 쓴 「제전등신화후(題剪燈新話後)」에 보면 소설의 독자적 가치를 긍정했는데, 그는 소설의 교화성과 감동성을 특히 강조하였다. 즉 "말이 세상 교화에 관계되면 괴이해도 무방하고, 사건이 사람을 감동시키면 허탄해도 기쁘다(語關世敎怪不妨, 事涉感人誕可喜)"라고 하여 소설적 사건과 구성의 허구적 인식이 남달랐음을 보여주었다.

문학사적으로 볼 때 15세기에 들어서 우리 소설이 자연발생한 것은 설화를 중심으로 한 전대 서사문학의 성장에서 기인했다. 소설이 본격적으로 등장하기 전에 설화, 서사무가, 한문서사시와 같은 서사문학이 존재했으며, 이들은 소설과 장르적 동질성을 지닌 것이므로 소설발생의 원천으로 작용하였다. 또한 조선조 초기에 형성된 새로운 통치이념과 사회대변혁이 역사적 배경이 되었다. 이른바 세조에 의한 패도정권이 들어서면서 왕도정치의 이상을 추구했던 비판적 지식인들이 역사인식을 담보한 소설가의 탄생을 촉진하였던 것이다. 이와 함께 다양한 작가적 체험과 심도(深度)있는 문제의식을 지녔던 김시습이라는 인물의 개인역량과 의지에 의한 것이기도 했다.

김시습은 세상으로부터 소외된 고독한 방외자의 삶을 통해 체득한 체험과 사회적 문제의식을 역동적으로 형상화하고, 장르적 한계를 초월하기 위해서 소설이라는 형식을 활용하였다. 명나라 구우가 쓴 『전등신화(剪燈新話)』가 창작의 자극이 되었으나, 그보다는 작가 자신의 강렬한 내면적 요구에서 비롯되었다고 말할 수 있다.

작가가 알려진 『금오신화』가 나온 이후 약 1세기 이후의 한문소설로는 조선 중기 신광한(申光漢: 1484~1555)의 한문소설집 『기재기이(企齋記異)』에 실린 「안빙몽유록(安憑夢遊錄)」, 「서재야회록(書齋夜會錄)」, 「최생우진기(崔生遇眞記)」, 「하생기우전(何生奇遇傳)」과 김우옹(金宇顒: 1540~1603)의 「천군전(天君傳)」 등이 나왔다. 특히 「최생우진기」는 삼척의 두타동천(頭陀洞天) 무릉계곡을 배경으로 강릉 출신 주인공

최생의 신선체험을 허구화한 것이다. 이들 작품은 『금오신화』의 작품수준에는 미치지 못하였다. 따라서 「만복사저포기」, 「이생규장전」, 「취유부벽정기」, 「남염부주지」, 「용궁부연록」 등 『금오신화』에 수록된 5편의 소설들이 한문소설의 시초로서 자리매김하였다.

1. 김시습 『금오신화』

김시습(金時習: 1435~1493)은 조선조 초기 15세기 후반에 활동했던 문인으로 본관은 강릉이며, 자는 열경(悅卿), 호는 매월당(梅月堂) · 동봉(東峯) · 청한자(淸寒子) · 벽산청은(碧山淸隱) 등을 썼으며 법명은 설잠(雪岑)을 사용하였다. 세종 17년 태어나 단종, 세조, 예종시대를 거쳐 성종 24년 59세로 생애를 마쳤다. 그는 생후 8개월 만에 글자를 알았고, 세 살 때에 시를 지었으며, 5세 신동이라는 별칭을 들을 정도로 대학과 중용을 통달한 천재적 능력을 지녔다. 이러한 그에게 세종은 "아무쪼록 재주를 감추고 공부를 힘써 하거라. 자라서 학업이 성취되길 기다려 크게 쓰겠노라"고 승지를 시켜 장래를 약속하며 당부하였다고 한다. 따라서 그는 대제학을 지낸 이수전, 경학(經學) 3김의 한 사람이며 대사성을 지낸 김반, 단종의 스승이었던 성균관박사 윤상 등 당대의 석학에게 수학하며 입신양명에 대한 꿈을 다졌다.

그는 10세 중반부터 불행을 겪었는데, 15세에 어머니를 잃었고, 아버지는 가족을 이끌고 고향인 강릉으로 낙향하였다. 아버지가 병들자 계모를 들였으며, 자신을 친아들처럼 돌봐주던 외숙모도 죽었다. 그 후 서울로 돌아와 과거를 보았으나 낙방하고, 장가를 들었지만 결혼생활은 오래 지속되지 못했다. 21세 때 삼각산 중흥사에 독서를 하고 있을 때 수양대군에 의해 주도된 단종 왕위 찬탈사건을 듣고 방문을 닫고 삼 일간 통곡한 후 보던 책을 불에 태운 다음, 머리를 깎고 먼 길을 떠났다. 그는 세조에 의해 저질러진 무도한 처사에 대해서, 유학의 도가 세상과 어긋남에 따라 십 년 동안 관산(關山)길에서 헤매는 삶을 살았다.

당시의 심경을 「탕유관서록후지(宕遊關西錄後志)」에서는 "어느 날 갑자기 감개(感慨)한 일을 만났다. 이에 나는 이 세상을 살아가면서 도를 행할 수 있으면 결신란륜(潔身亂倫: 자아의 고결함을 고수하여 윤리질서에 혼선을 빚음)이 부끄러운 일이겠거니와 도를 행할 수 없는 경우 독선기신(獨善其身: 사회적 실천과 등져서 일신의 고결성만을 지킴)도 옳다는 생각이 들었다. 그래서 세상 바깥에서 자유롭게 놀고 싶어 진도남과 손사막의 풍모를 부러워했으되 우리나라 풍토에는 그런 삶의 방식이 없어 결행을 못하고 머뭇거렸다. 그러다가 어느 날 홀연히 깨달아 승복을 걸치고 산인(山人)이 되면 소망을 메울 수 있으리라 하고 송도로 향했다"고 말했다.

방외자의 삶을 살았던 생육신 김시습에 대해서 퇴계 이황은 "매월당은 일종의 이인(異人)이다. 색은행괴(索隱行怪: 궁벽한 것을 찾고 괴이한 행동을 함)에 가까운데 마침 처한 시대가 그러해서 도리어 높은 절의를 이루었다"고 말하였다. 율곡 이이는 심유적불(心儒跡佛)한 인물이라 평하여 유교와 불교를 넘나들었음을 말하였다.

김시습은 세상에 대한 불만과 분노, 실의와 좌절로 관서, 관동, 호남지방을 떠돌아다녔으며, 잠시 세조의 불경간행사업을 돕기도 했으나, 은둔과 현실참여에서 번민과 갈등했으며, 31세 때에 경주로 내려가 금오산에 정착하였다. 금오산에서 36세까지 살았는데 "지사(志士)로서 살려니 공명(功名)을 이룰 수 없고, 대장부의 기개를 펴자니 절의(節義)를 지킬 수 없다"며 갈등하였다. 37세에 상경했지만 좌절기를 보냈으며 47세에 홀연히 머리를 기르고 환속하여 재혼을 했으나 아내를 잃었다. 또한 생활고를 견디지 못하고 다시 관동지방으로 방랑길에 올라 『금오신화』 주인공들처럼 묘연한 행적으로 생애 마지막을 알 수 없이 부지소종(不知所終)하다가 성종 24년 홍산의 무량사에서 쓸쓸한 여생을 마쳤다.

김시습은 유학자로서 왕도정치가 구현되지 못하는 세상에서 스스로 갈등하며 은둔과 방황의 세월을 보냈다. 자신과 세상이 모순되어 극복하지 못함을 신세모순(身世矛盾)이라 자책하였고, 자신과 세상이 서로 상반되고 괴리됨을 '심여사상반(心與事相反)', '심여시사괴(心與時事乖)'라고 표현하였다. 신동으로 촉망받던 그는 실의와

절망의 세월을 보내면서, 한편으로 금오산에서 이른바 불후의 명작인 『금오신화』를 창작하였다. 후에 그는 강릉지역에서 소성황신(素城隍神)으로 신격화(神格化)되었다.

김시습의 절의를 세상에서는 높이 평가하였는데, 숙종 때 생육신의 일인으로 규정되었으며, 정조 때 이조판서로 추증되었다. 후인들 가운데 양치는 그의 절의를 백이숙제나 도연명의 고절(高節)에 비유하였고, 윤춘년은 동방의 공자라 극찬하였다. 율곡 이이가 "그의 생김새는 못생겼고 키가 작았다. 뛰어나게 호걸스럽고 재질이 영특하였으나 대범하고 솔직하여 위의가 없고 너무 강직하여 남의 허물을 용납하지 못했다. 시대를 슬퍼하고 세속을 분개한 나머지 심기가 답답하고 평화롭지 못하였다. 그리하여 스스로 세상을 따라 어울려 살 수 없다고 생각하여 드디어 육신에 구애받지 않고 세속 밖에 노닐었다. …… 강릉과 양양지방에 돌아다니기를 좋아하였고 설악, 한계, 청평 등지의 산에 많이 있었다. …… 생시에 손수 늙었을 때와 젊었을 때의 두 개의 초상화를 그리고 또 스스로 찬을 지어 절에 남겨 두었다. 그 찬의 끝은 아래와 같다. 네 모습 지극히 못났는데(爾形之藐), 네 말 너무 당돌하니(爾言大侗), 마땅하도다. 네가(宜爾置之), 구렁텅이에 빠짐이여(溝壑之中)"라고 하였다.

매월당 김시습의 사상은 민본주의에 기초하고 있는데 특히 「애민의」, 「인군의」와 같은 논설을 통해서 자신의 정치 · 사회적 견해를 나타냈다. 「애민의(愛民義)」에 의하면 "백성은 나라의 근본이다. 근본이 튼튼해야 나라가 편안하다"고 하였으며 "임금이 나라를 다스리는 데는 오로지 애민(愛民)을 근본으로 삼아야 한다. 애민의 방법은 인정(仁政)에 지나지 않는다. 인정이란 무엇인가? 온정을 베푸는 것도 아니고 도와주는 것도 아니며 다만 농상(農桑)을 권장하여 본업에 힘쓰도록 하는 것이다"라고 하였다. 이러한 그의 현실인식이 작품에도 구체적으로 나타나는데 「남염부주지」에서 염마왕의 입을 빌어 "나라를 다스리는 사람은 폭력으로써 백성을 위협해서는 아니 될 것입니다. 백성들이 두려워해서 복종하는 것 같지만, 마음속엔 반역할 의사를 품고 있습니다. 그것이 시일이 지나면 마침내 큰일을 일으킵니다. 덕망이 없는 사람이 권력으로 왕위에 올라서는 아니 됩니다. 하늘은 곡진하게 말하지 않더라도 행사로써 보여 처음부터 끝까지 이르게 합니다. 상제의 명은 실로 엄합니다. 대개 나라는 백성의 나라이고, 명령은 하늘의 명령입니다. 천명이 가버리고 민심이 떠나면, 자기 몸을 보전하고자 해도 어찌 보전되겠습니까?"라고 하였다.

김시습의 종교적 세계관은 유교와 불교의 사상체계와 맞물려 있다. 유교의 합리적이고 현실적 성격을 바탕으로 한 이기철학(理氣哲學)의 이론에 입각하였으며, 불가의 논리를 적극적으로 수용하여 분별을 넘어서는 인식의 측면을 제시하고 있다. 즉 "공과 색을 보면 색이 바로 공이어서, 둘을 아우를 수 있는 일물은 없다. 소나무가 뜻이 있어 추녀 끝에 푸른 것이 아니고, 꽃은 무심히 해를 향해 붉었을 뿐이다. 같고 다르고 다르고 같고 같으면서 다르니 다르고, 다르고 같고 같고 다르고 다르면서 같으니 같구나. 같음과 다름의 참된 소식을 찾으려 한다면, 높디높은 최상봉에서 보아야 할 것이다"라고 하였다. 같고 다름의 동이(同異)라고 하는 양쪽을 지양한 깨달음의 높은 경지에서 분별을 넘어서는 논리를 찾을 수 있다는 것이다. 즉 "同異異同同異異, 異同同異異同同"라고 하였다. 그는 불교나 도교에 대해서도 종교적 애착을 지니지 않았던 것으로 보인다. 그는 양양부사 유자한에게 보낸 편지에서 "저는 본디 불노(佛老) 등 이단을 좋아하지 않았습니다. 그러면서도 중과 벗했던 것은 중이란 본래 물외인(物外人)이요 산수 또한 물외경(物外境)이기에 이 몸이 물외에서 놀고 싶어 중과 벗하며 산수에 노닐었던 것입니다"라며 적은 글에서 알 수 있다. 그는 이기론에 상당한 식견을 지녀서 귀신에 대한 문제도 이기론과 연관을 지었다. 즉 생사를 기(氣)의 운동으로 설명하여 기가 모여서 태어나면 사람이 되고, 기가 흩어져 죽으면 귀(鬼)가 된다고 하였다.

김시습이 『금오신화』를 창작한 곳은 경주 남산 금오산 용장사(茸長寺)라는 암자이다. 그가 거처하던 방을 매월당이라 불렀으며 이것을 호로 삼았다. 작품명이 『금오신화』가 된 것은 자신이 집필한 곳을 이른 것이다. 그가 금오산 기슭에 살던 때는 31세(1465)부터 36세(1460) 때인 약 5년간이다. 그는 소설뿐 아니라 많은 시와 논설을 세상에 남겼다. 불후의 명작 『금오신화』는 매월당 자신의 열정과 쓰라린 좌절, 이상과 현실의 갈등, 불의에 대한 항거와 운명의 저주, 세상과의 불화를 내밀한 독백으로 쏟아 부은 작품이다. 조선 중종 때 학자 김안로(金安老)에 의하면 김시습은 이 소설을 지어 석실에 감추면서 후세에 반드시 자신을 알아줄 사람이 있으리라고 말했다고 한다. 스스로 세상에 없는 책이라는 뜻으로 '인간불견서(人間不見書)'라 말했으며, 후세에 반드시 설잠 자신을 알아줄 것이라는 뜻으로 '후세필유지잠자(後世必有知岑者)'라는 표현에서도 우리는 매월당의 소설에 대한 자긍심을 엿볼 수 있으며, 그의 예언이 후세에 이르러 적중했음을 알 수 있다.

『금오신화』를 석실에 감추었기 때문인지 매월당 사후에도 그 행방을 파악할 수 없었다. 그러다가 임진왜란 때 일본으로 흘러가 동경에서 두 차례 목판본으로 간행되었는데 1차는 1653년, 2차는 1884년이었다. 후자는 국판체재로 상권 32장, 하권 24장이며 상권에는 「매월당소전」, 「만복사저포기」, 「이생규장전」, 「취유부벽정기」가 실렸고, 하권에 「남염부주지」, 「용궁부연록」과 서 · 발문이 실렸다. 작가를 '한인 김시습'이라 했으며, 책의 말미에 '서갑집후(書甲集後)'라 하였다.

「만복사저포기(萬福寺樗蒲記)」는 주인공이 만복사라는 절에서 저포놀이를 한 것을 기록한 것이다. 남원의 총각 양생이 만복사에서 부처님과 저포놀이를 해서 이긴 것으로 왜구에게 죽은 여자의 환신을 점지 받아 사랑하다가 여자가 사라지자 그리움으로 장가들지 않고 살다가 지리산으로 들어가 자취를 감추었다는 내용으로 구성되어 있다. 「이생규장전(李生窺墻傳)」은 주인공 이생이 처녀의 집 담장 안을 엿본다는 뜻으로 붙인 것이다. 송도의 총각 이생이 최씨라는 처녀와 연애를 하여 결혼했으나 홍건적으로 난으로 최씨가 죽자 그 환신으로 나타난 최씨와 다시 사랑을 하다가 최씨가 저승으로 가자 아내를 생각하다 병들어 죽었다는 이야기다. 「취유부벽정기(醉遊浮碧亭記)」는 주인공이 부벽정에서 놀던 사연을 기록한 작품이라는 뜻이다. 송도에 사는 홍생이 평양의 부벽정에서 술에 취해 놀다가 꿈에 위만으로부터 나라를 빼앗긴 기자의 딸이라는 여인을 만나 홍망성쇠를 슬퍼하며 시를 주고받았다. 꿈에서 깨어 귀가한 후 그 여인을 잊지 못해 병들어 죽었다는 이야기다. 「남염부주지(南炎浮洲志)」는 주인공이 남쪽의 염부주라는 별세계에 갔던 사연을 적은 글이라는 뜻이다. 경주의 박생이 꿈에 염부주라는 이상한 세계에 초대되어 염마왕으로부터 환대를 받고 담론을 벌인 결과 자신의 사상이 정당함을 확인하였으며, 그 과정에서 능력을 인정받아 염마왕의 뒤를 이어받기로 하였으나, 꿈에서 깨자 식음을 전폐하고 죽었다는 이야기다. 「용궁부연록(龍宮赴宴錄)」은 주인공이 용궁의 잔치에 참석한 일을 기록한 것이다. 송도의 한생이 글재주로 이름을 날렸는데 꿈에 용궁으로 초대되어 잔치에 참여하여 용왕의 칭찬을 받고 기이한 물건을 구경하고 선물을 받아서 나왔으나 세상의 명리를 물리치고 명산에 숨었는데 어디서 생애를 마쳤는지 알 수 없다는 이야기다. 이들 작품에서 알 수 있듯이 김시습은 소설의 사건을 꾸밈에 있어 괴이하거나 허탄한 요소를 주저 없이 삽입했다. "말이 세상 교화와 관련되면 괴이해도 무방하고, 사건이 사람을 감동시키면 허탄해도 기쁘다"고 한 소설관을 자신의 작품에 적용하였던 것이다.

한문소설 『금오신화』를 비롯한 일군의 작품을 전기소설(傳奇小說)이라 하는데, 이들 작품은 '기이(奇異)한 것을 전한다'는 명칭에서 알 수 있듯이 다소 비현실적이고 환상적인 내용으로 이루어졌다. 금오신화 5편 가운데 「만복사저포기」, 「이생규장전」, 「취유부벽정기」에서처럼 '귀신과의 만남'이 등장하며, 「남염부주지」와 「용궁부연록」에서 드러나는 '다른 공간이나 타계로의 여행' 등이 한 예가 될 것이다. 제재에 있어서 남녀 간 애정과 지적능력을 다루고 있으며 사건 중심적 소설로서 산자와 죽은 자의 사랑을 다룬 명혼(冥婚)소설, 몽유소설, 애정소설로 볼 수 있다. 이 소설의 특징은 작품배경을 국내 명소나 역사유적을 다루어 자주성과 향토색이 반영되었으며, 작품소재가 염부주나 용궁 등 친숙한 것이며, 비극적 결말을 지니고 있다는 점 등이다.

2. 박지원 『연암소설』

박지원(朴趾源: 1737~1805)은 영조 13년 2월 5일 한성의 서편 반송방 야동(冶洞)에서 태어났다. 16세(1752)에 유안재(遺安齋) 이보천(李輔天: ?~1777)의 딸을 부인으로 맞았으며, 이때부터 문장공부에 매진했다. 장인에게는 『맹자』를 배우고, 처숙이양천(李亮天: 1716~1755)에게 태사공의 『사기(史記)』를 배웠다고 한다.

연암의 아들 종채(宗采)는 순조 26년(1826)에 작성한 『과정록(過庭錄)』에서 부친에 대하여 언급하였다. 이에 의하면 연암은 엄격하고 청빈한 가정환경에서 성장했다고 한다. 20세 이후 김이소, 황승원 등과 글공부를 했으며, 이윤영에게 『주역』을 배우고 예학에 뛰어난 황경원, 성리학의 대가 김원행 등을 찾아서 배우기도 하였다. 그러나 이 시기에 '우울증'을 겪고 불면증으로 고생하였던 것으로 알려진다.

연암이 23세(1759) 때 모친이 세상을 떠났고 31세(1767) 때 부친을 잃었다. 30대 중반까지 문장공부에 주력했으나 35세(1771) 때에 과거시험을 포기하고 담헌 홍대용, 석치 정철조, 강산 이서구 등과 왕래하였고 이덕무, 박제가, 유득공 등과 어울렸다. 그의 나이 42세(1778) 때 홍국영이 정권을 잡자 화를 피해 황해도 금천의 연암 골짜기에 농사를 지으며 가족과 머물렀다. 44세 때 서울로 돌아와 처남 지계 이재성 집에 머물렀으며 8촌 형인 금성위 박명원(朴明源: 1725~1790)이 청나라 고종의 칠순 축하사절로 중국에 가는데 동반을 권유하자 응낙하고 중국 열하를 여행하고 돌아왔으며, 귀국 후 연암골짜기에 머물며 『열하일기』 25편을 썼다.

50세(1786) 때 비로소 선공감 감역을 제수 받았으며, 53세 때 평시서 주부에 승진되고, 이후 의금부 도사, 제릉 영을 거쳐 55세(1791) 때에 한성부 판관으로 전임하고 그 해 겨울 안의현감을 제수 받아 60세까지 재임하였다. 안의현감 재임 시 정조가 직각(直閣) 남공철을 불러 『열하일기』의 문체를 비판하고 속죄하는 뜻으로 순정한 글을 지어서 바칠 것을 명하였으며, 61세(1797) 때 면천군수로 부임하였다. 두 해 후인 1799년 3월 『과농소초』에 「안설」과 「한민명전의」를 붙여 바쳤다. 64세(1800) 가을에 양양부사에 승진했다가 이듬해 사임하고 서울로 돌아왔으며 69세(1805)에 세상을 떠났다.

연암의 사상 가운데 뚜렷한 것은 실학사상으로 이른바 북학파라 일컫는 이용후생학(利用厚生學)이다. 이용후생은 사물을 그 성격에 따라 유익하게 활용하여 생활을 풍요롭고 편리하게 하자는 것이다. 백성의 경제생활에 도움을 주는 방향으로 농공상업의 혁신을 주장하고, 수레 · 벽돌 · 말 · 토지 · 수리(水利) · 농기구 등을 고찰하였다. 실학은 주자학의 관념성, 비생산성 등을 비판하면서 등장하였는데, 상공업의 진흥과 기술혁신을 주장한 것이 이용후생학이었다. 또한 토지나 행정에 관한 제도개혁을 주장한 경세치용학파, 사실의 고증에 몰두하는 실사구시학파 등이 있었다.

박지원은 인간본성을 긍정하고 옹호하는 사상을 지녔다. 「열녀함양박씨전」의 서문에서 정욕이 타고난 욕구임을 강조하였으며 여성에게만 강요된 도덕적 규범을 지적하였다. 또한 많은 작품에 사회적으로 천대받는 인물을 등장시켜 순수한 인간미를 찬양하였는데, 「의청소통소(擬請疏通疏)」라는 상소문에 서자들의 신분해방을 주장했다. 박지원은 과학적이고 합리적 세계관을 지녔다. 그것은 우주와 자연에 대한 과학적 인식이었다. 김석문의 삼환부공설에 기초한 홍대용의 지전설을 수용했다. 또한 시대와 지역이 다르면 문화도 다르다는 상대주의적 역사관에 따라 민족문화의 우수성을 강조하였다.

박지원의 문학관은 크게 글을 왜 쓰는가의 문제, 어떻게 써야 하는가의 문제로 나눌 수 있다. 정조가 열하일기로 문풍을 타락시킨 책임을 묻자 남공철에게 보낸 글에서 "나 같은 사람은 중년 이래로 낙척해 쓰러져서 자신을 귀중하게 여기지 않고 글로서 놀이를 삼았다"고 하였다. 즉 '이문위희(以文爲戱)'했음은 도를 담는 그릇으로 글을 쓰던 재도지기(載道之器)나 과거시험을 준비하는 과거지문(科擧之文)에서 탈피한 것이다. 세상에서 소외되어 낙척불우(落拓不遇)한 이들이 글로써 자신을 펼친 것과 같다는 뜻이다. 그것은 치욕적 형벌을 받고 쓴 사마천의 『사기』와 같이 아이들이 나비를 잡다가 잡지 못하자 열적게 부끄러운 듯 성난 듯한 경지에서 글을 썼다는 것과 같다.

그는 또한 창작을 전쟁에 비유하였다. 연암문학의 핵심적 이론 가운데 「소단적치인(騷壇赤幟引)」이 있다. 글 쓰는 일은 일종의 싸움으로서 싸움의 목적은 이기는 것이듯, 허위를 격파하자는 것이다. 이것은 박지원이 주장한 참여문학론으로, 당대현실의 표현이 중요함을 강조한 것이다. 박지원은 문학에 형식보다 내용이 우선되어야 한다고 주장했으며, 참된 시문학이야말로 자기시대를 다룬 것이며 그런 시문학이야말로 진실하다고 하였다. 일상생활의 현실적 문제를 창작에 실천하고자 했으며, 사물에 바로 집하면 진실한 맛이 있다는 뜻으로 '즉사유진취(卽事有眞趣)'라고 말했다. 그러기 위해서는 자기시대의 시속어인 일상어가 가장 효과적이라고 하였다. "집안사람들의 일상적인 이야기가 오히려 학관(學官)과 나란히 서게 되고 아이들의 노래나 마을의 속된 말이 이아(爾雅)에 속한다"고 하면서 중국의 고문체(古文體)를 버리고 '연암체'를 만들었다. 이것을 '문체반정'이라고 평하기도 하는데, 연암체는 우언(寓言), 해소(諧笑), 소설식 문체, 백화체의 사용 등이다.

그는 '어린아이 마음으로 글을 써야 한다'는 이른바 동심문학론의 입장에서 모방을 배격하고 사실성과 자주성, 독창성을 강조하였다. 또한 생명이 있는 글을 써야 한다며 화상의 초상화와 관우의 소상(塑像)을 들어서 비유하였다. "글은 공통적인 것이나 글은 독자적인 것이다"라고 말하며 작자의 독창성과 개성 있는 글이 훌륭한 글이라 하였다. 또한『초정집』서문에서 법고창신(法古刱新)을 주장하였다. "옛 것을 본받는 자는 옛 것에 빠져 버리는 것이 병폐이고, 새 것을 창조하는 자는 불경(不經)한 것이 걱정이다. 진실로 능히 옛 것을 본받으면서도 변통할 줄 알고 새 것을 창조하면서도 전아(典雅)할 수 있다면 오늘날의 글이 오히려 고문이 될 수 있는 것이다"라고 하였다. 자기시대의 문제를 일상어로 표현하는데 충실하자는 뜻으로 법고이지변(法古而知變)과 창신이능전(刱新而能典)을 결론으로 삼았다.

문학작품의 구조에 대해서는 '합변(合變)'을 강조했다. 즉 문학작품의 부분요소인 자구나 편장들을 단순한 집합체로 인식하지 않고, 이것이 서로 일정한 관계를 맺으면서 만드는 변화의 총체로 파악하였다. 마지막으로 박지원은 운율형식에서 벗어나 대상을 있는 그대로 자유롭게 표현하는 산문정신을 강조하였다.

연암 박지원이 지은 한편단편소설을『연암소설』이라 통칭하며, 그가 쓴 문체를 '연암체'라고 말한다.『연암소설』은 모두 12편인데, 그 중 2편은 제목만 전한다. 20대를 전후하여 10년간 청년기에 쓴「마장전」,「예덕선생전」,「민옹전」,「양반전」,「김신선전」,「광문자전」,「우상전」,「역학대도전」,「봉산학자전」등 초기 9전이 있다. 이것은 모두 연암집 가운데『방경각외전』에 실렸으며 9편 중 마지막 2편은 제목만 전한다. 다음에 나온 소설은 연암이 40대 중반에 열하를 다녀온 1784년 직후에 쓴 것으로 「호질」, 「허생전」이 있다. 「호질」은 열하일기의 『관내정사』에, 「허생전」은 『옥갑야화』에 실렸다. 마지막으로 50대 후반 경상도 안의현감 재직 시기에 쓴 「열녀함양박씨전」이 있다. 전체적인 창작 동기는 "세상의 교우관계가 오로지 권세와 이익만을 좇아 염량취산(炎凉聚散) 하는 세태가 꼴불견인 것을 증오해서 일찍이 구전을 지어 기록하고 풍자한 것"이라고 연암의 아들 종채가 쓴 『과정록』에 쓰여 있다.

연암소설의 성격을 총체적으로 정리하면, 새로운 인간형의 창조와 긍정, 소재의 현실적 성격, 형태적 특징과 표현미 강조, 당대현실의 비판과 풍자 등 사회의식표출로 나타난다. 연암의 단편소설은 실학파로서 자신의 개혁의식과 사회비판을 내세운 작품으로 고전소설사에 새로운 전기를 마련했다고 평가된다. 「허생전」은 『어우야담』에 나오는 이지함의 사적을 바탕으로 참신한 경제관을 제시하고, 허식적 양반을 풍자했다. 「호질」에서는 북곽선생과 동리자를 통해 유학자와 정절녀의 이중적 행위를 지적하였으며 「열녀함양박씨전」에서는 개가금지의 사회제도가 지닌 문제점을 어머니의 삶을 통해 드러냈다. 또한 「예덕선생전」에서는 왕십리에서 인분푸는 엄행수를, 「광문자전」에서는 걸인을 내세워 서민의 우직함과 진실이 지닌 생활미를 새로운 시각으로 보여주었다. 「민옹전」과 「우상전」에서는 무관의 불우한 처지와 서출에 대한 사회 부조리를 대변하였다.

Ⅱ. 한글소설

한글소설 즉 국문소설(國文小說)은 구전설화를 중심으로 한 구비서사문학의 후예로 볼 수 있다. 세종대왕이 창제한 한글은 낭독과 청취에 적합하여 서민층과 여성층에서 폭넓게 확산되었다. 따라서 영웅소설과 같이 유형성이 강하고 흥미본위의 대중적이고 상업적인 소설이 주류를 형성하였다. 이덕무의 「영처잡고」에 의하면, "마을의 학자들이 모여서 이야기하다가 즉석에서 술과 고기가 생각나서, 한 사람은 부르고, 한 사람은 받아쓰고 몇 사람은 판각을 하여 앉은 자리에서 두세 편을 만들어 책가게에 팔아 술과 고기를 사먹고 놀았다"는 말에서 소설창작이 비교적 용이하여 한글소설이 성행했음을 짐작할 수 있다.

국문소설의 출발점에서 「홍길동전」은 매우 중요한 위치를 점한다. 15세기에 나온 『석보상절(釋譜詳節)』에는 「안락국태자전」, 「선우태자전」이 있으며, 『석가여래십지수행기(釋迦如來十地修行記)』에는 「금우태자전」과 같은 변문(變文)이 등장하였다. 이들 작품은 한 인물의 일생을 다루면서 고난과 시련으로부터 행운으로 전환되는 사건을 통해 불교의 영험성을 강조한 이야기다. 후대에 「안락국전」, 「적성의전」, 「금송아지전」과 같은 소설로 발전했으나, 한글소설의 출발점은 17세기 초에 나온 허균(許筠: 1569~1618)의 「홍길동전」이라고 할 수 있다. 한글이라는 전달매체와 하층민의 욕구를 대변하는 내용으로 민중들과 결합되었으며, 후대에 성행한 영웅소설의 개화기를 이끌었다. 한글소설 「홍길동전」은 『금오신화』 5편보다 한 세기 뒤에 출현했지만, 국문소설의 길을 열었다는 점에서 소설발생기에 속한다고 할 수 있다. 17세기는 상당수의 국문소설이 나왔는데 여성독자들이 국문소설을 접하면서 독자층이 형성되었다. 김만중이 유배지에서 어머니를 위해 소설을 지어보냈던 것은 어머니 윤씨 부인이 국문소설의 독자였다는 점을 말한다. 그러한 상황은 조성기(1638~1689)의 모친이 만년에 누워서 소설듣기를 좋아했다는 기록이나, 「요로원야화기」에서 한글만 아는 김호주가 고담을 박람하여 십여 년 만에 가계가 부유해지고 이름이 크게 떨쳤다고 말한 것 등에서 국문소설의 전파를 확인할 수 있다. 채제공의 「여사서서」에 의하면 "근래에 부녀들이 다투어 능사로 삼는 것은 오직 패설(소설)뿐이다. 패설은 그 수가 나날이 더하고 다달이 늘어나 천 백종에 이르렀다. 상가에서는 그것을 깨끗이 베껴 빌려주면서 곧장 그 값을 거두어 이익을 취한다. 부녀들은 식견이 없어 혹 비녀나 팔찌를 팔기도 하고, 혹은 빚은 얻어서 서로 다투어 빌려와 그것을 소일한다"고 하였으며, 이덕무의 『사소절』에는 "집안 일을 버려두고 여자의 할 일을 게을리하며 돈을 주고 이것을 빌려 읽는다며 가산을 기울인 사람도 있다"고 하였다. 국문소설이 널리 읽히면서 여성독자가 대폭 늘어난 것은 밀접한 상관성이 있다. 이처럼 여성뿐 아니라 평민남성도 점차 독자층이 되었으며, 양반 지식인도 소설을 읽는 등 독서열이 증대되었다. 한글소설로 전승되는 「홍길동전」과 「구운몽」 두 편을 소개한다.

1. 허균 「홍길동전」

허균(許筠: 1569~1618)은 초당 허엽의 셋째 아들로 강릉에서 태어났다. 호는 교산(蛟山), 성옹(惺翁), 자는 단보(端甫)이다. 누대에 걸쳐 고위관직을 지낸 양천 허씨 명문가에서 태어났으며, 어머니는 강릉 사천 애일당 김광철의 딸로 허엽의 둘째 부인이다. "나는 기사년(1569) 병자월(11월) 임신일(3일) 계묘시에 태어났다. 성명가가 하는 말이 신금이 명목을 해치고 신수가 또 비었으니 액이 많고 가난하고 병이 잦으며 꾀하는 일이 이루어지지 않겠다 …… 나는 늘 그전부터 이 말을 의심하여 왔으나 벼슬길에 나온 지 17~18년 이래 거꾸러지고 무너지고 총애를 받거나 욕됨의 갖가지 양상이 은연중에 말과 부합되니 이상도 하다"고 하였다.

허균은 뛰어난 재주를 지녀 일찍이 과거에 급제하여 많은 관직을 거치면서 형조판서, 좌참찬에 이르렀다. 글재주와 외교능력을 인정받아 중국사신으로 네 차례 다녀오면서 만권의 책을 수입하여 호서장서각을 강릉 경포서쪽에 만들기도 하였다. 그의 부친은 화담 서경덕 문하에서 수학하고 경상도 관찰사를 지낸 인물이며, 이복형 악록 허성과 동복형 하곡 허봉, 그리고 누이 난설헌 허초희도 모두 뛰어난 문인이다.

이러한 가문에서 자란 허균은 어려서부터 시를 잘 지어 칭찬을 받았으며, 삼당시인의 한 사람인 서얼 출신 손곡 이달에게 시를 배우고, 서애 유성룡에게 문장을 배웠다. 17세에 김대섭의 딸에게 장가들고, 21세 때 생원시에 급제했다. 1594년 26세 때 정시문과에 급제했으며, 29세 때에 문과 중시에 장원으로 급제했다. 벼슬은 황해도사 병조좌랑, 삼척부사, 공주목사, 형조판서 등을 역임했으나 순탄치는 않았다. 황해도사 재직 시는 사헌부의 탄핵을 받아 파직되었고, 1607년 삼척부사 재직 시 참선예불한다고 탄핵받아 파직되었으며, 12월 다시 공주목사가 되었다. 행동이 경박하고 검박하지 않다는 이유로 공주목사에서 파직된 후 1610년 천추사로 임명되었으나 병 때문에 사직했으며, 10월에는 나주목사로 제수되었다가 취소되었다. 같은 해 전시의 시관이 되었으나 조카와 사위를 부정하게 합격시켰다는 탄핵을 받아 전라도 함열에 정배되었으며 이때 문집『성소부부고』64권을 엮었다. 그는 광해군이 즉위한 후에 이이첨과 대북파를 추종하면서 인목대비 폐위에 앞장섰다. 폐비문제에 반대한 영의정 기자헌이 격문을 화살에 매달아 경운궁에 던진 사건의 주범으로 허균을 지목하여 상소를 올렸으나 광해군은 도리어 기자헌을 유배시켰다. 기자헌의 아들 기준격이 부친을 구하기 위해 허균의 죄상을 폭로하는 상소를 올렸다. 때마침 허균의 딸이 세자의 후궁으로 내정되자 이이첨이 경계하기 시작했으며 1618년 사헌부, 사간원에서 합동계를 올려 허균을 탄핵했으며, 같은 해 8월 남대문에 백성을 선동하는 괴서를 붙인 서자들이 잡히자 그들과 옥에 갇혀 역적 모함을 쓰고 처형되었다.

파란만장한 벼슬살이를 겪은 허균은 자유로운 성격과 함께 반대파의 공격과 중상모략 등으로 6회나 파직을 당하고, 3회나 유배를 갔다. 그러므로 스스로 세상과 화합하지 못했음을 '불여세합(不與世合)'이라고 스스로 표현했다. 가정적으로 허균이 12세 되던 해에 부친을 여의고, 20세에는 형 허봉, 22세에는 누이 난설헌, 24세 때 임진왜란을 만나 아내와 첫 아들, 44세에는 맏형 허성이 세상을 떠났다. 허균에 대한 당대의 평은 엇갈릴 정도로 복잡하고 영욕이 무상한 생애였다. 시인이나 평론가로 능력은 탁월하게 인정하나 인격과 행동은 극단적 비난과 공격대상이 되었다. 그러나 이러한 평가는 중세적 기준에 의한 것이며 당쟁의 소용돌이 속에서 반대파들에 의한 것이 대부분이다. 또한 그가 반역죄로 처형된 것에 대해서도 이론이 많은 실정이다. 그는 당쟁에 의한 시대의 희생자라는 평가와 함께 시대를 앞서 인본주의를 강조하고, 가진 자들의 부정과 권력의 부패를 청산하고, 백성이 주인되는 평등한 나라를 만들자는 반주자학적 개혁사상을 주창한 선각자라는 점이다. 그는 유학자이면서도 도교와 불교를 접했으며, 천주학을 수입한 것으로도 알려졌다. 또한 강릉단오제 산신제와 동해용왕신묘 등 민간신앙과 음식, 민속문화에도 남다른 관심을 가져 여러 편의 귀중한 글을 남긴 인물이다.

허균은 "세상과 화합하지 못하여 사람들이 꾸짖고 뭇사람들이 멀리하는" 삶을 스스로 택하였다. 그러한 이유는 자명하다. 당대의 낡은 가치관을 배격하고 새로운 세상, 평등한 세계를 구현하고자 하는 높은 뜻을 가졌기 때문이다. 허균이 남긴 책은 『학산초담』, 『성수시화』, 『성옹지소록』, 『도문대작』, 『국조시산』 등이 있으며, 문집은 64권의 『성소부부고』가 있다. 『성소부부고』에는 「남궁선생전」, 「엄처사전」, 「손곡산인전」, 「장산인전」, 「장생전」 등 5편의 전이 실려 있는데 비범한 능력을 지녔음에도 세상과 화합하지 못하고 불우한 삶을 살아가는 인물들이다.

허균은 최초의 한글소설 「홍길동전」을 지었는데, 그가 지닌 인본사상에 입각한 것이다. 이 작품은 호부호형을 하지 못하던 적서차별을 공격하고 인간의 평등을 주장한 것으로 논설 「유재론(遺才論)」을 통해서 당시를 개탄했다. “하늘은 인재를 내려주는데 사람이 그것을 버리니 이는 하늘을 거스르는 일이다. 하늘을 거스르면서 하늘에 빌어 그 생명을 길이 누린 자는 없다.” 하늘은 인재를 고루 내려주는데, 나라에서는 가문과 과거제도로 적서차별하여 인재등용을 제한하니 불합리하다는 것이다. 다음은 민본사상이다. 이것은 위정자들의 폭정에서 백성을 보호하자는 애민정신에서 비롯한 것이다. 「호민론(豪民論)」에는 “천하에 두려워할 바는 오직 백성뿐이다. 백성은 물 · 불 · 호랑이 · 표범보다 더욱 무서운 것인데도 위에 있는 자가 멋대로 이들을 업신여기고 학대하는 것은 무슨 까닭인가?”라고 개탄했다. 그러면서 백성을 순종만 하는 항민(恒民), 말로만 원망하는 원민(怨民), 불만을 안으로 감추고 항거할 시기를 노리는 호민(豪民)으로 나누고, 호민을 중심으로 한 백성들의 저항적 잠재력을 말했다. 「호민론」은 허균의 정치사상에 있어 핵심으로 근대지향적 혁신사상이며, 문학에서는 「홍길동전」으로 형상화되었다.

허균의 문학관은 성리학적인 재도적(載道的) 문학관과 궤를 달리한다. 우선적으로 정(情)과 내용의 문학을 주장했다. 정은 하늘이 인간에게 두루 부여한 보편적 자질로서 상하, 남녀, 노소가 다 지니고 있는 것이므로 누구나 정을 가지고 있기에 문학이 특정계층의 전유물이 아니라는 것이다. 허균은 예교와 윤리의 대응개념으로 정을 규정했다. 즉 “예교가 어찌 자유로움을 구속하리오. 뜨고 가라앉는 것을 다만 정에 맡겨두노라. …… 남녀의 정욕은 천이요, 윤리의 분별은 성인의 가르침이니, 차라리 성인의 가르침을 어길지언정, 천품의 본성은 감히 어길 수 없다”고 했다.

또한 문학에서 수식이나 일삼는 태도를 경고하면서 마땅히 표현보다 내용이 우선되어야 한다고 강조했다. 먼저 뜻을 세우는 데로 나아가고 다음에 어(語)를 명(命)하라고 했으며, 글자나 다듬고 그 기술이나 다투는 것을 글의 횡액이라고 말했다.

다음은 체험의 문학을 중시했으며, 일상어와 자기시대의 글을 강조했다. 좋은 문장을 짓기 위해서는 일상어의 활용에 주목하였고 당세의 상어(常語), 점철성금(點鐵成金), 용철여금(用鐵如金), 화부위선(化腐爲鮮)을 강조했다. “쇠를 가지고 금을 만들고, 썩은 것을 변화시켜 신선하게 하며, 평범하고 담담하되 천박하고 속물스러운데 흐르지 말고 기이하고 고고하되 괴벽함을 가까이하지 말며, 형상을 읊되 물체에 구속되지 말라"고 하였다. 허균은 문학에서 내용을 중심했으므로 전할 내용만 분명하면 표현은 자연스럽게 이루어진다고 하였으며 표현수단인 언어에 깊은 관심을 가졌다. 그는 당대의 일상어를 문학의 언어로 삼아야 한다고 했다. 상하의 정이 통하기 위해서는 상하층이 함께 사용하는 상어를 쓰는 것이 유리하다고 강조했다.

또한 개성적 문학을 강조하였다. 모방을 배격하고 개성을 강조하였는데 "나는 곧 나의 시가 당시와 비슷하다느니 송시와 비슷하다느니 할까 두렵고 오직 사람들이 허균의 시라고 말하게 하고 싶다"고 말했다. 허균이 우리 문학사에서 그 모습을 뚜렷하게 부각시킨 것은 한글소설 「홍길동전」 지은이로 알려지면서부터다. 허균이 지은 것으로 전하는 기록은 이식의 『택당별집』에 "세상에 전해오는 말에 수호전의 작자가 삼대에 걸쳐 벙어리가 되어 그 응보를 받았으나, 이는 도적을 위해 그 글을 높인 까닭이라 하였다. 허균, 박엽의 무리가 그 글을 좋아하여 그 도적들의 별명으로 자기들의 호를 삼아 서로 희롱하였으며, 허균 또한 홍길동전을 지어 수호전과 견주었으며 비겼으며 그 무리 서양갑, 심우영 등은 그것을 직접 행동으로 실천하였다가 한 마을이 온통 가루가 되고 허균 또한 반역죄로 죽임을 당하니, 이는 저 벙어리의 응보보다 더 심하다 하겠다"고 하였다.

소설 「홍길동전」은 1500년경 실존인물인 의적 홍길동과 관련된 전승을 토대로 형성된 소설이다. 1610년 전후하여 허균에 의해 새롭게 태어난 「홍길동전」은 그의 한글인식에서 비롯되었다. 정유재란 때 항왜원조를 위해 조선에 왔던 명나라 사신 오명재가 지은 『조선시선』에도 허균이 한글로 음을 달아놓은 시가 전할 정도로 한글에 대한 그의 인식은 남달랐으며 이러한 태도는 궁극적으로 인도주의적 관점에서 비롯된 것이라 말할 수 있다. 그는 후대의 평가보다 당대 자신이 생각한 새로운 세상에 대한 실천적 행보를 주저 없이 추구한 진보적 지식인이었다.

한글소설 「홍길동전」은 조선시대 반체제적, 비판적 지식인이었던 그가 사회적 모순과 갈등에 강한 불만을 품고 지배층에 경각심을 촉구하려는 의도를 담았다. 「홍길동전」은 전기적 유형으로 영웅의 일생이라는 설화적 구조를 닮았다. 특히 일대기적 사회소설로서 사건전개의 반복적 성격과 힘의 단계적 강화, 활동공간의 단계적 확장, 신분의 단계적 상승을 통해서 흥미를 배가하였다.

허균은 국문소설로 창작하여 피지배층에게 폭넓게 전파하려는 생각과 함께 적서차별 철폐, 부정부패 척결, 이상국가 건설 등 자신의 생각과 의지를 자유롭게 표현하고자 했던 것이다. 이와 같은 「홍길동전」의 출현은 조선전기 사대부문학으로부터 조선 후기 서민문학의 이행을 예고했으며, 『금오신화』에서 마련된 사회비판적 성격, 진보적 성향, 현실주의적 경향을 이어받아 연암소설, 판소리계소설로 넘겨준 소설사적 의의를 지닌다. 「홍길동전」 판본은 판각본, 필사본, 활자본 등이 있는데, 판각본에는 경판본(한남서림본 24장, 야동본 29장, 어청교본 23장, 송동본 20장)과 완판본(36장본), 안성판본(23장, 19장, 36장본) 등이 있으며 필사본(89장본, 86장본, 52장본)과 활자본(세창서관본, 한남서림본 등)도 다양하다.

2. 김만중 「구운몽」

김만중(金萬重: 1637~1692)은 17세기 후반에 활동한 정치가이며 문인이다. 호는 서포(西浦), 자는 중숙(重叔)이며, 본관은 광산이다. 한국 예학의 시발인 사계 김장생이 그의 증조부이며 독신재 김집은 그의 종조부이며, 정묘재란 때 강화도에서 순절한 충정공 김익겸(金益兼: 1614~1636)의 유복자로 피난선에서 태어난 선생(船生)이었다. 광성부원군 김만기(金萬基: 1633~1687)가 그의 형이므로, 거기서 그는 숙종비 인경왕후의 숙부가 된다. 명문가의 후예인 어머니 윤씨의 고조부는 해원부원군 윤두수이며 영의정 윤방이 증조부, 부친은 이조판서 윤지(尹墀: 1600~1644)이다. 그는 모부인으로부터 형 만기와 더불어 엄격한 교육을 받았다. 16세에 진사시에 합격하고 29세에 문과에 장원한 이래 성균관 전적으로 벼슬길에 나섰다. 이후 대사간, 대사성,

대사헌, 예조판서, 좌참찬 등을 역임하고 대제학을 두 번이나 지냈다.

그는 몇 차례의 파직과 함께 세 차례나 유배길을 떠났다. 37세인 1673년에 상례문제로 허적의 파직을 주장하다가 금성으로 첫 유배를 갔으며, 51세 때 1687년 숙종이 장씨를 총애함을 직간하다가 평북 선천으로 유배당했으며, 53세 때 1689년 장씨의 희빈책봉을 반대하다가 경남 남해로 유배되어 위리안치를 당했다. 남해에 유배된 지 4년만인 56세 때 모친의 별세소식을 듣고도 장례에 참석하지 못하였다.

김만중은 유복자로 태어나 부친의 얼굴을 보지 못한 것이 한이 되었다. 따라서 모친의 교육에 감화되어 누구보다도 효성심이 뛰어난 인물로 평가받고 있다. 조선 중기 당쟁의 와중에서 여러 차례 유배생활을 겪어야 했으며, 그 가운데 여러 편의 저술이 완성되었다. 특히 소설 「구운몽」은 그의 모부인 윤씨의 외로움을 위로하기 위해 지어졌다고 하며, 「사씨남정기」는 숙종의 기사환국의 비리적 처사를 상징적으로 풍자한 것이다.

김만중은 학문에 있어 유불도를 통한 박학자로서 산수, 율려, 천문, 지리, 패설에까지 능했으며 주자학을 비판적으로 수용하였으며, 통속소설의 가치를 중시하였다. 또한 국민문학론을 주창한 선구자로서 진보적 사상과 학문은 높은 업적을 이루었다. 김만중은 그의 『서포만필(西浦漫筆)』에서 문학의 본질적 기능을 독자에게 감동을 주는 것이라 하였다. 「삼국지연의」와 「삼국지」, 「통감」을 대비하면서 전자는 아이들이 얼굴을 찡그리며 울거나 기뻐서 소리치는 감동을 줄 수 있는 책이지만 역사책은 그런 감동을 줄 수 없다 하였고, 이항복이 북청으로 귀양가면서 쓴 시조를 궁녀가 읊는 것을 듣고 광해군이 눈물을 흘렸다는 사례를 들면서 천지를 움직이고 귀신을 통한다고 감동론을 강조했다.

다음은 비평의 독자적 인식이다. 본지풍광, 본래면목과 권리풍광 또는 지상면목의 차이점에 대해서 논했으며, 구비문학에 대한 뛰어난 인식과 국어문학의 가치를 제고하였다. 그는 문학의 매체적 조건을 문자에 두지 않고 언어에 두었으며 우리말, 우리글로 된 문학의 가치를 높게 평했다. 즉 민요에서 구비문학의 가치를 찬양하고 가사에서 우리글의 가치를 높였다. "일반 백성들이 사는 거리에서 나무하는 아이나 물 긷는 아낙네가 '이야' 하면서 서로 화답하는 노래는 비록 천박하다고 하지만, 만약 진실과 거짓을 따진다면 참으로 학사 대부의 시나 부와 함께 논할 바가 아니다. …… 송강의 관동별곡과 전후미인가는 우리나라의 이소(離騷)이다. …… 하물며 이 세 별곡은 천기에서 저절로 우러나온 것으로서 이속의 천박함이 없으니 옛날부터 우리나라의 참된 문장은 이 세 편뿐이다"라고 평가했다.

「구운몽」이 지어진 시기와 장소에 대해서 이규경의 『오주연문장전산고』에는 "세상에 전하기를 서포가 유배되었을 때에 어머니의 시름을 풀어드리기 위해 하룻밤에 지었다"고 하였다. 『서포연보』에서 밝혀진 바와 같이 1687년 선천유배지에서 지었다고 하겠다. "책을 지어 부쳤는데 소일거리를 삼고자 함이었다. 그 뜻은 일체의 부귀와 번화가 도무지 몽환이라는 것이다. 또한 이런 뜻을 넓혀 자신의 슬픔을 달래고자 한 까닭이다"라고 한 것에서 짐작할 수 있다. 「구운몽」은 여러 이본들이 전하는데 국문본, 한문본, 한문현토본, 국한문혼용본, 외역본 등이 있다. 현재는 국문본 원작설이 우세한 형편이며, 독자층을 넓히기 위해 국문과 한문 양면표기를 했을 것으로도 보고 있다. 판각본은 경판본(32장본, 29장본) 완판본(105장본)이 있으며 필사본과 활자본은 여러 가지가 전한다. 한문본은 노존본계열, 을사본계열, 계해본계열 등으로 나누고 있다.

「구운몽」은 몽유소설로서 몽유(夢遊)구조와 적강(謫降)구조를 지니고 있으며, 영웅소설, 애정소설 등 복합유형의 작품이다. 「구운몽」의 사상적 배경으로 가장 먼저 제시된 견해는 삼교화합설이며, 이를 비판한 것이 불교사상설이다. 또한 이를 구체화한 것이 『금강경』의 공(空)사상설이다. 문체에 있어서 성숙된 수준을 보여주고 있는바, 문장의 길이가 길고, 호흡이 완만하고, 느낌이 장중하고 우아하며 유려하고, 고도의 세련미를 지닌 것으로 평가하고 있다. 김만중이 쓴 두 작품은 「구운몽」에서 이상적 문제, 「사씨남정기」에서는 현실적 문제를 다루었는데 이처럼 현실과 이상을 통합시킨 일원론적 사고를 지향했으며, 진취적이고 개방적인 시각에서 주자학적 사고에서 벗어난 선구자라는 점이다. 또한 천시 받던 통속소설의 가치를 동양사상의미학적 관점에서 재해석하여 동아시아문학권에서 돋보이게 한 위대한 작가라는 점이다.

마지막으로 「구운몽」의 소설사적 의의는 소설의 장르적 미숙성을 청산하고 완숙된 단계에 이르렀다는 점이다. 우선적으로 몽유구조를 지닌 몽유소설이라는 소설사적 의미를 지닌다. 이 소설은 17세기 말에 출현하여 몽유양식의 주도적 양식이 되면서 몽유전기소설과 몽유록의 양식적 특성을 포괄하여 몽유장편소설로 자리매김하였다. 다음은 영웅소설, 애정소설의 측면에서도 이 소설이 지닌 가치는 매우 중요하다. 이 작품은 우리나라 몽자류 소설의 효시로서 김만중이 국민문학의 제창자라는 평가를 얻었다. 또한 치밀한 구성과 극적인 연출로 완숙미를 지녔으며, 불교적 숙명론을 조명론으로 전환하여 인도와 중국문학에도 영향을 미쳤으며 「홍루몽」과 쌍벽을 이루었다. 김만중의 문집에 『서포집』, 『서포만필』이 있으며 소설 「구운몽」, 「사씨남정기」 등이 있고, 이외에도 현재 전하지 않는 『의상질의』, 『지구고증』, 『고시선』 등 여러 편이 있다.

Ⅲ. 판소리계소설

판소리계소설은 조선 후기 흥행예술이던 판소리가 문자로 정착된 일군의 작품을 말한다. 본래 판소리 12마당은 <춘향가>, <적벽가> 등 전승 5가를 비롯해서 신재효에 의하여 사설이 전하는 <변강쇠가－일명 가루지기타령, 횡부가>, <배비장타령>, <옹고집타령>, <매화타령>, <무숙이타령－일명 왈자타령>, <장끼타령>, <가짜신선타령> 등이다. 정노식은 「숙영낭자전」을 포함시켰는데, 이들은 판소리로 연행되지 않고 사설로 정착된 것이다. 근래에는 「무숙이타령」과 「강릉매화타령」 사설이 발견되었다. 이들 작품은 대체로 '설화 → 판소리 → 소설'의 방향으로 진행되기도 했으며, 「화용도」는 '소설 → 판소리 → 소설'로 「숙영낭자전」, 「배비장전」은 '소설 → 판소리'로 전승되고 있다. 판소리계소설은 판소리로 연행되면서 판소리계소설로 존재하는 경우와 판소리로서의 생명을 잃고 판소리계소설로서 존재하는 경우다.

판소리계소설이란 판소리와 밀접한 계통의 소설이라는 뜻이다. 판소리는 소리꾼 광대가 설화를 소재로 하여 흥행목적에 맞게 수정 · 확대하면서 사설을 만들고 무악의 가락으로 가창하여 생성된 것이다. 그 시기는 대체로 18세기 초로 보고 있으며 19세기에 들어와 전성기를 누렸다.

판소리와 관련하여 한국의 셰익스피어라고 일컬어지는 동리(桐里) 신재효(申在孝: 1812~1884)는 중요한 인물이다. 그는 18세기 이래 전래하던 판소리 12마당을 그 나름으로 6마당으로 개작하였으며, 단가 10여 편을 직접 창작하여 이 분야에 새로운 세계를 열었다. 뿐만 아니라 판소리 광대에게 숙식을 제공하며 판소리를 지도하고 특히 진채선이라는 여류명창을 배출하기도 하였다. 그는 양반과 상민도 아닌 서리 계층으로서 판소리의 후원자, 지도자, 이론가, 논평가, 개작자, 집성자, 창작자라는 다양한 칭호를 듣고 있다.

1. 「춘향전」

「춘향전」은 판소리계소설이자 대표적 작품이다. 우리나라에서 단일작품으로 많은 연구가 이루어짐에 따라 '향학(香學)'이라 불리게 되었다. 그것은 홍루몽 연구를 '홍학(紅學)'이라 할 정도로 많은 연구가 이뤄진 것과 같은 맥락이다. 「춘향전」의 근원설화는 대체로 열녀설화, 암행어사설화, 신원(伸寃)설화, 염정(艶情)설화로 나뉜다. 「춘향전」이 문헌에 보인 시기는 18세기 중엽부터 19세기까지 약 1세기다. 한시로 번역한 것, 개작된 판소리 사설, 판소리를 관람하고 기록한 글 등이 있다. 우선적으로 가장 이른 시기의 것으로 발견된 자료는 만화본(晩華本) 「춘향가」이다. 이것은 1754년(영조30)에 만화 유진한(柳振漢)이 판소리 사설을 7언시 총 2,800자의 한시로 번역한 것이다. 다음은 수산(水山)의 「광한루기(廣寒樓記)」로서 1845년 이전에 이뤄진 것으로 추정되고, 1852년 윤달선(尹達善)이 판소리 사설을 3,024자의 한시 「광한루악부(廣寒樓樂府)」로 번역하였다. 다음은 신재효가 춘향가를 개작한 것이 있다. 이처럼 「춘향전」은 오랜 세월동안 다양한 장르로 성장하여 한국의 대표소설로 정착하였다.

「춘향전」은 주인공 춘향의 신분과 관련하여 기생이냐 아니냐에 따라 기생계와 비기생계로 나뉜다. 기생계와 달리 비기생계는 퇴기 월매의 딸이되 양반의 서녀로 되어 있다. 다음으로 춘향의 신분문제에서 불망기의 유무에 따른 것이다. 불망기(不忘記)란 이도령이 춘향과 결연할 때 끝까지 버리지 않겠다고 적어준 혼인 약속각서로서 잊지 않겠다고 서약한 사적 기록이다. 기생계/불망기계에 속하는 이본은 경판본과 안성판본, 남원고사, 동양문고본, 일사본, 이고본, 신학균본 등의 필사본과 일부 활자본이 있으며, 비기생계/무불망기계로는 완판본 전부와 일부 필사본 및 활자본이 있다. 이본류의 분류에는 남원고사류, 별춘향전류, 옥중화류로 나뉜다. 판각본으로는 경판본(35장본 일본 구주대소장, 30장본 김동욱 소장, 17장본 박노춘 소장본)과 안성판본(20장본), 완판본(30장본 별춘향가, 33장본 열녀춘향수절가, 84장본)이 있으며, 필사본, 활자본, 외역본(外譯本)은 다수가 전한다.

「춘향전」은 판소리계소설로서 제재면에서는 애정소설이다. 이른바 서민적 애정소설로서 신분적 격차가 큰 남녀 간 애정관계를 다룬 작품이어서 애정문제와 사회문제가 얽혀있다. 따라서 사회의식을 반영하고 있으며, 남녀이합형 사건으로 혼사장애(婚事障碍) 화소를 지니고 있다. 아울러 출생장애 화소, 암행어사출도 화소, 과거급제 화소, 신물교환 화소 등등 다양하다.

「춘향전」의 주제는 애정 · 신분 · 정절의 세 가지인데, 이것의 단일주제설, 복수주제설, 다층주제설 등으로 나눌 수 있다. 다음으로 「춘향전」의 등장인물은 양반층과 서민층으로 양분되며, 양반층은 신분적 우월감이나 권위, 풍류 등 귀족적 속성을 지니고, 서민층은 저항성, 비속함, 발랄성 등으로 나타난다. 특히 춘향은 현실적이고 개성적인 인물로 부각된다. 또한 양면성을 지닌 것으로도 분석되는데 신분과 의식, 신분과 생활이 다르다는 점이다. 출생신분은 기생이나 사고의식과 생활은 기생이 아니므로 기생적인 면과 비기생적인 면모를 지니고 있다. 적극적이고 발랄성을 지니고 동시에 품위와 교양을 중시하고 자기희생과 헌신적 성격을 지니기도 한다. 이러한 것은 근대지향적 의지와 중세적 미덕이 중첩되는 것이라 하겠다. 그것은 문체에서 그대로 반영되는데, 전아한 문어체와 비속한 구어체가 대립적 교체를 반복하고 있다는 점이다. 또한 화려한 율문체로 삽입가요가 특징적으로 등장하고 있으며, 수사법에 있어서도 나열법, 압운법, 결구반복법, 생략법, 은유법, 비속어와 방언사용, 의성어와 의태어의 다채로움 등이다.

「춘향전」은 우리 고전소설 가운데 가장 큰 인기를 끌었던 작품이다. 그러한 이유는 우선적으로 애정이라는 대주제로 시대와 사회를 초월한 보편성의 공감대를 넓힌 것이다. 다음은 사건의 다양성과 극단적인 희비의 교체성을 들 수 있다. 세 번째는 맺힌 한의 풀어줌이라고 말할 수 있으며 마지막으로 작품성격의 폭이 넓다는 점이다. 이는 권선징악 및 열녀관, 춘향의 신분상승, 신분해방에 공감을 불러일으켰다는 것인데, 나아가 문체의 다채로움과 화려한 수식, 율문체 문장, 풍부한 골계 등이 판소리계소설의 으뜸으로 자리매김하는데 기여했다. 따라서 「춘향전」을 고전소설사의 최고문학적 수준을 보여준 작품이라고 평하기도 한다. 한문소설이 『금오신화』와 『연암소설』에서, 한글소설은 「홍길동전」에서 최대성과를 거두었다면 판소리계 국문소설로는 「춘향전」이 단연 앞선다. 향토적 배경과 현실 소재, 사실적 표현, 인물의 다양성을 갖추고 작품의미나 주제에서 민중의식을 반영하고, 문제의식이 뚜렷하게 설정되어 높은 문학 수준에 도달한 것이 인기를 끌었던 한 요인이라고 하겠다.

■ 참고문헌

○ 김시습과 금오신화

이가원 역, 『금오신화』, 통문관, 1953.

류수 역, 『김시습작품선집』, 조선문학예술총동맹출판사, 1963.

정주동, 『매월당 김시습연구』, 신아사, 1965.

이재호 역, 『금오신화』, 을유문화사, 1972.

설중환, 『금오신화연구』, 고려대출판부, 1983.

한영환, 『한중일 소설의 비교연구－금오신화 외』, 정음사, 1985.

강원대인문과학연구소, 『매월당 그 문학과 사상』, 강원대출판부, 1989.

이종호, 『매월당 김시습』, 일지사, 1999.

임형택, 『문화인물 김시습』, 문화관광부 · 한국문화예술진흥원, 1999.

심경호 역, 『금오신화』, 홍익출판사, 2000.

심경호, 『김시습평전』, 돌베개, 2003.

○ 박지원과 연암소설

박지원 저, 이윤재 역, 『도강록』, 대성출판사, 1946.

박지원 원저, 김성칠 주역, 『열하일기(Ⅰ)(Ⅱ)(Ⅲ)』, 정음사, 1948.

최익한 · 홍기문 역, 『연암작품선집』, 조선작가동맹출판사, 1954.

윤세평 저, 『박연암선생』, 민주청년사, 1955.

박지원 원저, 이민수 번역, 『연암선집』 제1집, 통문관, 1956.

최익한 · 홍기문 역, 『연암박지원선집』, 조선작가동맹출판사, 1956.

홍기문, 『박지원작품선집(1)(2)(3)』, 국립문학예술서적출판사, 1960.

이가원, 『연암소설연구』, 을유문화사, 1965.
박기석, 『박지원문학연구』, 삼지원, 1984.
차용주 편, 『연암연구』, 계명대출판부, 1984.
김영동, 『박지원소설연구』, 태학사, 1988.
오상태, 『박지원소설작품의 풍자성 연구』, 형설출판사, 1988.
강동엽, 『열하일기연구』, 일지사, 1988.
김명호, 『열하일기연구』, 창작과비평사, 1990.
홍기문, 『박지원작품집(1)』, 문예출판사, 1991.
문영우, 『연암소설의 도교철학적 조명』, 태학사, 1993.
김지용, 『박지원 문학과 사상』, 한양대출판부, 1994.

○ 허균과 홍길동전

윤세평 주해, 『홍길동전』, 국립출판사, 1954.
정주동, 『홍길동전연구』, 문호사, 1961.
장지영 주석, 『홍길동전 · 심청전』, 정음사, 1964.
이이화, 『허균의 생각』, 뿌리깊은 나무, 1980.
김동욱 해설, 신동욱 편, 『허균의 문학과 혁신사상』, 새문사, 1981.
황패강 · 정진형, 『홍길동전』, 시인사, 1984.
이문규, 『허균산문문학연구』, 삼지원, 1986.
박영호, 『허균문학과 도교사상』, 태학사, 1990.
이윤석, 『홍길동전연구』, 계명대출판부, 1997.
설성경, 『실존인물 홍길동』, 중앙, 1998.
차용주 편, 『허균연구』, 경인문화사, 1998.
장정룡, 『허균과 강릉』, 강릉시, 1999.
장정룡, 『원전해설 홍길동전』, 동녘출판기획, 1999.

장정룡, 『문화인물 허균 · 허난설헌』, 문화관광부 · 한국문화예술진흥원, 2001.
장정룡, 『교산 허균선생 문집 국역본』, 강릉시, 2002.
설성경, 『홍길동의 삶과 홍길동전』, 연세대출판부, 2002.
허경진, 『허균평전』, 돌베개, 2002.
조규익, 『홍길동전과 로터스 버드』, 월인, 2004.
설성경, 『홍길동전의 비밀』, 서울대출판부, 2004.
이문규, 『허균문학의 실상과 전망』, 새문사, 2005.
성기수, 『홍길동전 전집』, 글솟대, 2009.
장정룡 · 허휘훈, 『허균과 홍길동전연구』, (사)교산 · 난설헌선양회, 2011.
김풍기, 『독서광 허균』, 그물, 2013.
허경진, 『허균연보』, 보고사, 2013.

○ 김만중과 구운몽

김현봉, 『김만중작품선집』, 국립문학예술서적출판사, 1958.
김만중 원저, 박성의 주석, 『구운몽 · 사씨남정기』, 정음사, 1964.
김무조, 『서포소설연구』, 형설출판사, 1974.
정규복, 『구운몽연구』, 고려대출판부, 1974.
정규복, 『구운몽 원전의 연구』, 일지사, 1977.
김열규 · 신동욱 편, 정규복 해설, 『김만중연구』, 새문사, 1983.
김병국, 『구운몽』, 시인사, 1984.
김병국 · 최재남 · 정운채 역, 『서포연보』, 서울대학교출판부, 1992.
정규복 외, 『김만중문학연구』, 국학자료원, 1993.
정규복, 『문화인물 김만중』, 문화체육부 · 한국문화예술진흥원, 1996.
유병환, 『구운몽의 불교사상과 소설미학』, 국학자료원, 1998.
설성경, 『구운몽연구』, 국학자료원, 1999.

설성경, 『서포소설의 선과 관음』, 국학자료원, 1999.
김병국 교주, 『원문교주 구운몽』, 서울대학교출판부, 2007.

○ 판소리계소설 춘향전

김태준, 『원본 춘향전』, 학예사, 1939.
김사엽 교주 해설, 『춘향전』, 대양출판사, 1952.
김태준, 『원본 춘향전』, 학우서방, 1953.
조운 · 박태원 · 김아부, 『조선창극집(춘향전 외), 국립출판사, 1955.
조윤제, 『교주 춘향전』, 을유문화사, 1957.
김동욱, 『춘향전연구』, 연세대출판부, 1965.
김동욱 · 김태준 · 설성경, 『춘향전비교연구』, 삼영사, 1979.
설성경, 『춘향전의 형성과 계통』, 정음사, 1986.
설성경, 『춘향전』, 시인사, 1986.
이가원, 『개고 춘향전』, 정음사, 1988.
강경호 편저, 『춘향전연구』, 교학연구사, 1990.
전경욱, 『춘향전의 사설형성원리』, 고려대 민족문화연구소, 1990.
한국고소설연구회, 『춘향전의 종합적 고찰』, 아세아문화사, 1991.
조령출 윤색주해, 『춘향전』, 문예출판사, 1991.
김병국 외, 『춘향전 어떻게 읽을 것인가』, 서광학술자료사, 1993.
설성경, 『춘향전의 통시적 연구』, 계명문화사, 1994.
이수봉, 『만화본 춘향전과 용담록』, 경인문화사, 1994.
성현경 외, 『광한루기 역주연구』, 박이정, 1999.
설성경, 『춘향예술의 역사적 연구』, 연세대출판부, 2000.

원 전 강 독

금오신화

연암소설

홍길동전

구운몽

춘향전

序跋批評

日本 三島中洲 依田百川 蒲生重章

小野湖山 長梅外 谷彦

朝鮮 李樹廷 李景弼

朝鮮金時習著

金鰲新話

大日本明治十有七甲申歲初秋

東京 楳月堂藏梓

小野湖山曰。題曰樗蒲記。余視以爲尋常戲謔文。讀至數葉。情味一段深於一段。詞思一章巧於一章。實是天下奇文。三百年湮沒。而復顯于世。固不足怪歟。陽公所謂精氣光怪。已能自發見者。蓋此類也。三島中洲曰。一句賭胎一篇好文字。中洲曰。無常花遂化有情花。湖山曰。二絕此記發端。青年二

金鰲新話卷之上

韓人 金始習 原著

○萬福寺樗蒲記

南原有梁生者。早喪父母。未有妻室。獨居萬福寺之東房外。有梨花一株。方春盛開。如瓊樹銀堆。生每月夜。逡巡朗吟其下。詩曰。

一樹梨花伴寂寥。可憐辜負月明宵。青年獨卧孤窗畔。何處玉人吹鳳簫。

翡翠孤飛不作雙。鴛鴦失侶浴晴江。誰

句使天下古今書生輩。預發一慨。又發一笑。中洲曰。二絕幽婉沉鬱。感動佛心。

中洲曰。一蒲戲爲仙凡之媒。

湖山曰。書生粗暴之狀。女子婉妁之容。筆々如畫。

家有約敲碁子。夜卜燈花愁倚窗。吟罷。忽空中有聲曰。君欲得好逑。何憂不遂。生心喜之。明日卽三月二十四日也。州俗燃燈於萬福寺祈福。士女駢集。各呈其志。日晚梵罷人稀。生袖樗蒲。擲於佛前曰。吾今日與佛。欲鬪蒲戲。若我負則設法筵以賽。若佛負則得美女。以遂我願耳。祝訖遂擲之。生果勝。卽跪於佛前曰。業已定矣。不可誑也。遂隱於几下。以候其約。俄而有一美姬。年可十五六。丫鬟淡飾。儀容婥妁

中洲曰。此時生之喜何如。

中洲曰。何等艷麗。自是仙妹天妃口吻。

如仙妹天妃。望之儼然。手携油瓶。添燈揷香。三拜而跪。噫而歎曰。人生薄命。乃如此邪。遂出懷中狀詞。獻於卓前。其詞曰。某州某地居住何氏某。竊以曩者邊方失禦。倭寇來侵。干戈滿目。烽燧連年。焚蕩室廬。虜掠生民。東西奔竄。左右逋逃。親戚僮僕。各相亂離。妾以蒲柳弱質。不能遠逝。自入深閨。終守幽貞。不爲行露之沾。以避橫逆之禍。父母以女子守節不爽。避地僻處。僑居草野。已三年矣。然而秋月春花。傷心虛度。

湖山曰哀怨之詞轉々深至覺皇安得不憐憫

中洲曰問得搪突

中洲曰答得安徐

野雲流水無聊送日幽居在空谷歎平生之薄命獨宿度良宵傷彩鸞之獨舞日居月諸魂銷魄喪夏夕冬宵膽裂腸摧惟願覺皇曲垂憐愍生涯前定業不可避賦命有緣早得歡娛無任懇禱之至女旣投狀嗚咽數聲生於隙中見其姿容不能定情突出而言曰向者投狀爲何事也見女狀辭喜溢於面謂女子曰子何如人也獨來于此女曰妾亦人也夫何疑訝之有君但得佳匹不必問名姓若是其顚倒也時寺

湖山曰女不之難四字妙極但我東京浮世繪者往々能描出此妙

中洲曰可羨可妬

湖山曰一問一答無限情致

已頹落居僧住於一隅殿前只有廊廡蕭然獨存廊盡處有板房甚窄生挑女而入女不之難相與講歡一如人間將及夜半月上東山影入窗柯忽有跫音女曰誰耶將非侍兒來耶兒曰唯向日娘子行不過中門履不容數步昨暮偶然而出一何至於此極也女曰今日之事蓋非偶然天之所助佛之所佑逢一粲者以爲偕老也不告而娶雖明敎之法典式燕以遨亦平生之奇遇也可於茅舍取裀席酒果來侍兒

中洲曰二句盡佳人

湖山曰哀艶動人

一如其命而往設筵於庭時將四更也鋪陳几案素淡無文而醪醴馨香定非人間滋味生雖疑恠談笑淸婉儀貌舒遲意必貴家處子踰墻而出亦不之疑也觴進命侍兒歌以侑之謂生曰兒定仍舊曲請自製一章以侑如何生欣然應之曰諾乃製滿江紅一闋命侍兒歌之曰

惻惻春寒羅衫薄幾回腸斷金鴨冷晩山凝黛暮雲張繖錦帳鴦衾無與伴寶釵半倒吹龍管可惜許光陰易跳丸中

中洲曰情溢詞

中洲曰喜極疑生

情懣燈無焰銀屛短徒抆淚誰從歎喜今宵鄒律一吹回暖破我佳城千古恨細歌金縷傾銀椀悔昔時抱恨蹙眉兒眠孤館

歌竟女愀然曰曩者蓬島失當時之約今日瀟湘有故人之逢得非天幸耶郎若不我遐棄終奉巾櫛如失我願永隔雲泥生聞此言一感一驚曰敢不從命然其態度不凡生熟視所爲時月掛西峯鷄鳴荒村寺鍾初擊曙色將暝女曰兒可撤席而歸

中洲曰戲謔典雅天然好伉儷
湖山曰有孤綏綏無偶娘子怒耶

隨應隨滅不知所之。女曰。因緣已定。可同
携手。生執女手。經過閭閻。犬吠於籬。人行
於路。而行人不知與女同歸。但曰生早歸
何處。生答曰。適醉卧萬福寺。投故友之村
墟也。至詰朝。女引至草莽間。零露瀼瀼。無
逕路可遵。生曰。何居處之若此也。女曰。孀
婦之居固如此耳。女又謔曰。於邑行路。豈
不夙夜。謂行多露。生又謔之曰。有狐綏綏。
在彼淇梁。魯道有蕩。齊子翺翔。吟而笑傲。
遂同去開寧洞。蓬蒿蔽野。荊棘參天。有一

中洲曰眞是非人世隱然知爲殯葬之地
湖山曰說至離筵一局將了忽添出隣里四女事奇甚妙甚
中洲曰冥府何怨女之多也

屋小而極麗。邀生俱入。裀褥帳幃極整。如
昨夜所陳。留三日。歡若平生。然其侍兒美
而不黠。器皿潔而不文。意非人世。而繾綣
意篤。不復思慮。已而女謂生曰。此地三日
不下三年。君當還家以顧生業也。遂設離
宴以別。生悵然曰。何遽別之速也。女曰。當
再會以盡平生之願爾。今日到此弊居。必
有夙緣。宜見隣里族親如何。生曰。諾。卽命
侍兒。報四鄰以會。其一曰鄭氏。其二曰吳
氏。其三曰金氏。其四曰柳氏。皆貴家巨族。

中洲曰首々不得免怨姤宜矣金氏之責也
長梅外曰結尤佳

而與女子同閭閈。親戚而處子者也。性俱
溫和。風韻不常。而又聰明識字。能爲詩賦。
皆作七言短篇四首以贐。鄭氏態度風流。
雲鬟掩鬢。乃噫而吟曰。
春宵花月兩嬋娟。長把春愁不記年。自
恨不能如比翼。雙雙相戲舞靑天。
漆燈無焰夜如何。星斗初橫月半斜。惆
悵幽宮人不到。翠衫撩亂鬢鬖髿。
標梅情約竟蹉跎。辜負春風事已過。枕
上淚痕幾圓點。滿庭山雨打梨花。

湖山曰四女詩皆不失優柔靜婉之旨毫無脂粉鄙俚之氣題爲泉臺竹枝詞亦可勝蘭蕙二女穗臺竹枝詞遠矣

一春心事已無聊。寂寞空山幾度宵。不
見藍橋經過客。何年裴航遇雲翹。
吳
氏丫鬟妖弱。不勝情態。繼吟曰。
寺裏燒香歸去來。金錢暗擲竟誰媒。春
花秋月無窮恨。銷却樽前酒一杯。
漙漙曉露浥桃腮。幽谷春深蝶不來。却
喜隣家銅鏡合。更歌新曲酌金罍。
年年燕子舞東風。腸斷春心事已空。羨
却芙蕖猶並蔕。夜深同浴一池中。
一層樓在碧山中。連理枝頭花正紅。却

中洲曰。樂而不淫。

恨人生不如樹。青年薄命淚凝瞳。
金氏整其容儀。儼然涂翰。責其前詩淫佚
太甚。而言曰。今日之事不必多言。但敘光
景。胡乃陳懷以失其節。傳鄙懷於人間。遂
朗然賦曰。
杜鵑鳴了五更風。寥落星河已轉東。莫
把玉簫重再弄。風情恐與俗人通。
滿酌烏程金叵羅。會須取醉莫辭多。明
朝捲地東風惡。一段春光奈夢何。
綠紗衣袂懶來垂。絃管聲中酒百卮。清

湖山曰。形容四女子各異樣。眞是傳神之筆。
中洲曰。幽操又出金氏上。
楳外曰。貞操溢詞。

與味闌歸未可。更將新語製新詞。
幾年塵土惹雲鬟。今日逢人一解顏。莫
把高唐神境事。風流話柄落人間。
柳氏淡粧素服。不甚華麗。而法度有常。沉
默不言。微笑而題曰。
確守幽貞經幾年。香魂玉骨掩重泉。春
宵每與姮娥伴。叢桂花邊愛獨眠。
却笑東風桃李花。飄飄萬點落人家。平
生莫把青蠅點。誤作崑山玉上瑕。
脂粉慵拈首似蓬。塵埋香匣綠生銅。今

湖山曰。滿江紅一闋已佳。絶句律詩皆可誦。何泉臺才女之多耶。

朝幸預鄰家宴。羞看冠花別樣紅。
娘娘今配白面郞。天定因緣契闊香。月
老已傳琴瑟線。從今相待似鴻光。
女乃感柳氏終篇之語。出席而告曰。余亦
粗知字畫。獨無語乎。乃製近體七言四韻
以賦曰。
開寧洞裏抱春愁。花落花開感百憂。楚
峽雲中君不見。湘江竹下泣盈眸。晴江
日暖鴛鴦並。碧落雲銷翡翠遊。好是同
心雙綰結。莫將紈扇怨清秋。

中洲曰。人間之詞亦不讓仙調。

生亦能文者。見其詩法清高。音韻鏗鏘。嘖
嘖不已。卽於席前。走書古風長短篇一章
以答曰。
今夕何夕。見此仙姝。花顔何婥妁。絳唇
似櫻珠。風騷尤巧妙。易安當含糊。織女
投機下天津。嫦娥拋杵離清都。靚粧照
此玳瑁筵。羽觴交飛清讌娛。殢雨尤雲
雖未慣。淺斟低唱相怡愉。自喜誤入蓬
萊島。對此仙府風流徒。瑤漿瓊液溢芳
樽。瑞腦霧噴金猊爐。白玉床前香屑飛。

金鰲新話卷上 17 梅月堂

湖山曰有此一結語不負娘子深情。

微風撼波青紗厨。眞人會我合巹巵。絲
雲冉冉相縈紆。君不見文蕭遇彩鸞。張
碩逢杜蘭。人生相合定有緣。會須擧白
相闌珊。娘子何爲出輕言。道我掩棄秋
風紈。世世生生爲配耦。花前月下相盤
桓。
酒盞相別。女出銀椀一具。以贈生曰。明日
父母飯我于寶蓮寺。若不遺我。請遲于路
上。同歸梵宇。同覲父母如何。生曰諾。生如
其言。執椀待于路上。果見巨室右族薦女

金鰲新話卷上 18 九 梅月堂

子之大祥。車馬駢闐。上于寶蓮。見路傍有
一書生執椀而立。從者曰。娘子殉葬之物。
已爲他人所偸矣。主曰如何。從者曰。此生
所執之椀。遂聚馬以問。生如其前約以對。
父母感訝良久。曰。吾止有一女子。當寇賊
傷亂之時。死於干戈。不能窀穸。殯于開寧
寺之間。因循不葬。以至于今。今日大祥已
至。暫設齋筵。以追冥路。君如其約。請俟女
子以來。願勿愕也。言訖先歸。生佇立以待。
及期。果一女子從侍婢腰裊而來。卽其女

金鰲新話卷上 19 梅月堂

湖山曰杜詩云夜深人語絶似聞泣幽咽簡而妙此段寫鬼語歷々數百言如泣如訴如恨如慕嫋而不冗可謂亦妙
中洲曰如有如無叙得恍惚眞是鬼神之筆
中洲曰鬼語悽婉不能卒讀

也。相喜携手而歸。女入門禮佛。投于素帳
之內。親戚寺僧皆不之信。唯生獨見。女謂
生曰。可同茶飯。生以其言。告于父母。父母
試驗之。遂命同飯。唯聞匙筯聲。一如人間
父母於是驚歎。遂勸生同宿帳側。中夜言
語琅琅。人欲細聽。驟止其言。曰。妾之犯律
自知甚明。少讀詩書。粗知禮義。非不諳褰
裳之可愧。相鼠之可赧。然而久處蓬蒿拋
棄原野。風情一發。終不能戒。曩者梵宮祈
福。佛殿燒香。自嘆一生之薄命。忽遇三世

金鰲新話卷上 20 十 梅月堂

中洲曰迷夢始覺

之因緣。擬欲荊釵椎髻。奉高節於百年。羃
酒縫裳。修婦道於一生。自恨業不可避。冥
道當然。歡娛未極。哀別遽至。今則步蓮入
屛。阿香輾車。雲雨霽於陽臺。烏鵲散於天
津。從此一別。後會難期。臨別悽惶。不知所
云。送魂之時。哭聲不絶。至于門外。但隱隱
有聲。曰。冥數有限。慘然將別。願我良人。無
或疎闊。哀哀父母。不我匹兮。漠漠九原。心
糾結兮。餘聲漸滅。嗚咽不分。父母已知其
實。不復疑問。生亦知其爲鬼。尤增傷感。與

中洲曰文字典麗情緖纏綿生盡畢世之丸修永訣之辭可謂厭卷之作矣

父母聚頭而泣父母謂生曰銀椀任君所
用但女子有田數頃蒼赤數人君當以此
爲信勿忘吾女子翌日設牲牢朋酒以尋
前迹果一殯葬處也生設奠哀慟焚楮錢
于前遂葬焉作文以弔之曰
惟靈生而溫麗長而清渟儀容侔於西
施詩賦高於淑真不出香閨之內常聽
鯉庭之歲逢亂離而璧完遇寇賊而珠
沉托蓬蒿而獨處對花月而傷心腸斷
春風哀杜鵑之啼血膽裂秋霜歎紈扇

湖山曰字字慘心傷目句句驚魂動魄

之無緣嚮者一夜邂逅心緖纏綿雖識
幽冥之相隔實盡魚水之同歡將謂百
年以偕老豈期一夕而悲酸月窟驂鸞
之姝巫山行雨之娘地黯黯而莫歸天
漠漠而難望入不言兮恍惚出不逝兮
蒼茫對靈幃而掩泣酌瓊漿而增傷感
音容之窈窕想言語之琅琅嗚虖哀哉
爾性聰慧爾氣精詳三魂縱散一靈何
亡應降臨而陟庭或薰蒿而在傍雖死
生之有異庶有感於些章

湖山曰應起手忽空中有聲句妙手空空可以覺迷夢可以悟禪機
中洲曰聞其化男子生纏綿之情亦絕矣

後極其情哀盡賣田舍追薦再三夕女於
空中唱曰蒙君薦拔已於他國爲男子矣
雖隔幽冥寔深感佩君當復修淨業同脫
輪回生後不復婚嫁入智異山採藥不知
所終

〇李生窺墻傳

松都有李生者居駱駝橋之側年十八風
韻清邁天資英秀常詣國學讀詩路傍善
竹里有巨室處子崔氏年可十五六態度
艷麗工於刺繡而長於詩賦世稱風流李

優於海東
騰名謾譽
於爾孰逢
爾形至眇
爾言大侗
宜爾置之
丘壑之中

潘南朴趾源仲美 著
花開金澤榮 批評
開城王性淳 參訂

跋

虎叱跋 出熱河日記○與穫老素天命論處需要大有手眼

燕巖氏曰篇雖無作者姓名而盖近世華人悲憤之作也世運入於長夜而夷狄之禍甚於猛獸士之無耻者綴拾章句以狐媚當世豈非發塚之儒而豺虎之所不食者乎今讀其文言多悖理與胠篋盜跖同旨然天下有志之士豈可一日而忘中國哉今淸之御宇纔四世而莫不文武壽考昇平百年四海寧謐此漢唐之所無也觀其全安扶植之意殆亦上天所置之命吏也昔人嘗疑於諄諄之天而有質於聖人者聖人丁寧體天之意曰天不言以行與事示之小子嘗讀之至此其惑滋甚敢問以行與事示之則用夷變夏天下之大辱也百姓之寃酷如何馨香腥膻各類其德百神之所饗何臭故自人所處以視之則華夏夷狄誠有分焉自天所命而視之則殷冔周冕各從時制何必獨疑於淸人之紅帽哉於是天定人衆之說行於其間而人天相與之理乃反退聽於氣驗之前聖之言而不符則輒曰天地之氣數如此嗚呼是豈眞氣數然耶噫明之王澤已竭矣中州之士自循其髮於百年之久而寤寐摽擗輒思明室者何也所以不忍忘中國也淸之自爲謀亦踈矣懲前代胡主之末效華而衰者勒鐵碑埋之箭亭其言未嘗不自耻其衣帽而猶復眷眷於强弱之勢何其愚也文謨武烈尙不能救末主之陵夷況區區自强於衣帽之末哉衣帽誠便於用武則北狄西戎獨非用武之衣帽耶力能使西北之他胡反襲中州之舊俗然後始能獨强於天下也顧天下於僇辱之地而號之曰姑忍汝羞耻而從我爲强吾未知其强也未必非新市綠林之間赤其眉黃其巾以自異也假令愚民一脫其帽而抵之地淸皇帝已坐失其天下矣向之所以自恃而爲强者乃反救亡之不暇也其埋碑垂訓於後豈非過歟篇本無題今就篇中有虎叱二字爲目以俟中州之淸焉

虎叱 篇首始引他獸以屬虎忽復引人而讓虎自此以下意出意外變其說詭悖不可爲訓而文則奇矣

虎睿聖文武慈孝知仁雄勇壯猛天下無敵然狒胃食虎竹牛食虎駮食虎五色獅子食虎於巨木之峀玆白食虎䶂犬飛食虎豹黃要取虎豹心而食之猾無骨獸爲虎豹所呑內食虎豹之肝酋耳遇虎則裂而啖之虎遇猛㺎則閉目而不敢視人不畏猛㺎而畏虎虎之威其嚴乎虎食狗則醉食人則神虎一食人其倀爲屈閣在虎之腋導虎入廚舐其鼎耳主人思飢命妻夜炊虎再食人其倀爲彛兀在虎之輔升高視虞

若有弈弩先行釋機虎三食人其倀爲鬻渾在虎之頤多贊
其所識朋友之名虎詔倀曰日之將夕于何取食屈閣曰我
昔占之匪角匪羽黔首之物雪中有跡彳亍踈武瞻尾在腦
莫掩其尻彝兀曰東門有食其名曰醫口含百草肌肉馨香
西門有食其名曰巫求媚百神日沐齋潔請爲擇肉於此二
者虎奮髯作色曰醫者疑也以其所疑而試諸人歲所殺常
數萬巫者誣也誣神而惑民歲所殺常數萬衆怒入骨化爲
金蠶毒不可食鬻渾曰有肉在林仁肝義膽抱忠懷潔戴樂
履禮口誦百家之言心通萬物之理名曰碩德之儒背盎體
胖五味俱存虎軒眉垂涎仰天而笑曰朕聞如何倀交薦虎
曰一陰一陽之謂道儒貫之五行相生六氣相宣儒導之食
之美者無大於此虎愀然變色易容而不悅曰陰陽者一氣
之消息也而兩之其肉雜也五行定位未始相生乃今强爲
子母分配鹹酸其味未純也六氣自行不待宣導乃今妄稱
財相私顯已功其爲食也無其硬强滯逆而不順化乎鄭之
邑有不屑宦之士曰北郭先生行年四十手自校書者萬卷
敷衍九經之義更著書一萬五千卷天子嘉其義諸侯慕其
名邑之東有美而早寡者曰東里子天子嘉其節諸侯慕其
賢環其邑數里而封之曰東里寡婦之閭東里子善守寡然
有子五人各有其姓五子相謂曰水北雞鳴水南明星室中

有聲何其甚似北郭先生也兄弟五人迭窺戶隙東里子請
於北郭先生曰久慕先生之德今夜願聞先生讀書之聲北
郭先生整襟危坐而爲詩曰鴛鴦在屛耿耿流螢維鬵維錡
云誰之型五子相謂曰禮不入寡婦之門北郭先生賢者也
吾聞鄭之城門壞而有狐穴焉吾聞狐老千年能幻而像人
是其像北郭先生乎相與謀曰吾聞得狐之冠者家致千金
之富得狐之履者能匿影於白日得狐之尾者善媚而人悅
之何不殺是狐而分之於是五子共圍而擊之北郭先生大
驚遁逃恐人之識已也以股加頸鬼舞鬼笑出門而跑乃陷
野窖穢滿其中攀援出首而望虎適當徑則顰蹙嘔哇掩鼻
左首而噫曰儒 句 臭矣北郭先生頓首匍匐而前三拜而跪
仰首而言曰虎之德其至矣乎大人效其變帝王學其步人
子法其孝將帥取其威名幷神龍一風一雲下土賤臣敢在
下風虎叱曰毋近前曩也吾聞之儒者諛也果然汝平日集
天下之惡名妄加諸我今也急而面諛將誰信之耶夫天下
之理一也虎誠惡也人性亦惡也人性善則虎之性亦善也
汝千語萬言不離五常戒之勸之恒在四綱然都邑之間無
鼻無趾文面而行者皆不遜五品之人也徽纆斧鉅日不暇
給莫能止其惡焉而虎之家自無是刑由是觀之虎之性不
亦賢於人乎虎不食草木不食蟲魚不嗜麴糵悖亂之物不

忍字伏細瑣之物入山獵麕鹿在野畋馬牛未嘗爲口腹之累飮食之訟虎之道豈不光明正大矣乎虎之食麕鹿而汝不疾虎虎之食馬牛而人爲之讎焉豈非麕鹿之無恩於人而馬牛之有功於汝乎然而不有其乘服之勞戀効之誠日充庖厨角鬣不遺而乃復侵我之麕鹿使我乏食於山缺餉於野使天而平其政汝在所食乎所舍乎夫非其有而取之謂之盜殘生而害物者謂之賊汝之所以日夜遑遑揚臂努目惟在於挐攫而不知恥甚者呼錢爲兄求將殺妻則不可復論於倫常之道矣乃復攘食於蝗奪衣於蠶禦蜂而剽甘甚者醢蟻之子以羞其祖考其殘忍薄行孰甚於汝乎汝談理論性動輒稱天自天所命而視之則虎與人乃物之一也自天地生物之仁而論之則虎與蝗蠶蜂蟻與人並育而不可相悖也自其善惡而辨之則公行剽刼於蠭蟻之室者獨不爲天地之巨盜乎肆然攘竊於蝗蠶之資者獨不爲仁義之大賊乎虎未嘗食豹者誠爲不忍於其類也然而計虎之食麕鹿不若人之食麕鹿之多也計虎之食馬牛不若人之食馬牛之多也計虎之食人不若人之相食之多也去年關中大旱民之相食者數萬往歲山東大水民之相食者數萬雖然其相食之多又何如春秋之世也春秋之世樹德之兵十七報仇之兵十三流血千里伏屍百萬而虎之家水旱不識故無怨乎天讎德兩忘故無忤於物知命而處順故不惑于巫醫之姦踐形而盡性故不疚乎世俗之利此虎之所以睿聖也窺其一斑足以示文於天下也不藉尺寸之兵而獨任爪牙之利所以耀武於天下也彝卣蜼尊所以廣孝於天下也一日一擧而烏鳶螻螘共分其餕仁不可勝用也饑人不食癃疾者不食衰服者不食義不可勝用也不仁哉汝之爲食也機穽之不足而爲罿也罦也罛也罶也罟也罭也始結網罟者袁然首禍於天下矣有鈹者戣者殳者斨者厹者矟者鍛者鈼者矜者有礮發焉聲隤華嶽火洩陰陽暴於震霆是猶不足以逞其虐焉則乃吮柔毫合膠爲鋒體如棗心長不盈寸淬以烏賊之沫縱橫擊刺曲者如矛銛者如刀銳者如劍歧者如戟直者如矢彀者如弓此兵一動百鬼夜哭其相食之酷孰甚於汝乎北郭先生離席俯伏逡巡再拜頓首頓首曰傳有之雖有惡人齋戒沐浴則可以事上帝下土賤臣敢在下風屛息潛聽久無所命誠惶誠恐拜手稽首仰而視之東方明矣虎則已去農夫有朝菑者問先生何早敬於野北郭先生曰吾聞之謂天蓋高不敢不局謂地蓋厚不敢不蹐

右文按燕巖先生熱河日記曰與鄭進士行至玉田縣於商客沈由朋舖壁上得一篇奇文不著作人姓名問所從

得沈云收買於薊州市乃倩鄭謄之而鄭所謄字句多漏落故就而補潤以成其篇又繼之以跋以爲是華人罵人之狐媚淸廷者也然以余觀之蓋沈舖所在者即稗官小說數行之文而先生謬爲前明遺民之所托遂推演以爲大篇耶抑先生素嫉世俗僞儒之無實行好苛論者及見其文有感於中遂乃因其題以作而恐招謗怨諉之華人耶或謂先生旣已明言爲中國人所作則今不可歸之先生是殆不然夫是文雖似胠篋盜跖等篇之誕妄而其體裁之奇古辭氣之俊傑直與先秦諸子并驅而爭先若曰中國人作之必在於一代之一二文章大家非三家村中無名之士之所可擬議而今攷有淸諸文集未嘗有此此一也且又使是文眞出於中國人先生修而雅之則即是先生之文而不復繫中國人此二也其中五行定位未始相生即先生平日所常持之新論而無於古者此三也又其衰服者不食一句即本國之諺也余疑中國亦或有此諺試叩之淮南文士皆以未聞答之此又可知其爲先生之作者四也世之覽者或以爲然否澤榮識

傳

許生傳

出熱河日記○此傳而不以平而駿似今而古彼不得太史之氣而欲爲太史之文者觀此宜自失矣

許生居墨積洞直抵南山下井上有古杏樹柴扉向樹而開草屋數間不蔽風雨然許生好讀書妻爲人縫刺以糊口一日妻甚饑泣曰子平生不赴擧讀書何爲許生笑曰吾讀書未熟妻曰不有工乎生曰工未素學奈何妻曰不有商乎生曰商無本錢奈何其妻恚且罵曰晝夜讀書只學奈何不工不商何不盜

賊許生掩卷起曰惜乎吾讀書本期十年今七年矣出門而去無相識者直之雲從街問市中人曰漢陽中誰最富有道卞氏者遂訪其家許生長揖曰吾家貧欲有所小試願從君借萬金卞氏曰諾立與萬金客竟不謝而去子弟賓客視許生丐者也絲條穗拔革屨跟顚笠挫袍煤鼻流淸涕客旣去皆大驚曰大人知客乎曰不知也今一朝浪空擲萬金於生平所不知何人而不問其姓名何也卞氏曰此非爾所知凡有求於人者必廣張志意先耀信義然顏色媿屈言辭重複彼客衣屨雖敝辭簡而視傲容無怍色不待物而自足者也彼其所試術不小吾亦有所試於客不與則已旣與之萬金問姓名何爲於是許生旣得萬金不復還家以爲安城畿湖之交三南之綰口遂止居焉棗栗柹梨柑榴橘柚之屬皆以倍直居之許生榷菓而國中無以讌祀居頃之諸賈之獲倍直於許生者反輸十倍許生喟然嘆曰以萬金傾之知國淺深矣以刀鎛布帛緜入濟州悉收馬鬉鬣曰居數年國人不裹頭矣居頃之網巾價至十倍許生問老篙師曰海外豈有空島可以居者乎篙師曰有之嘗漂風直東行三日夜泊一空島計在沙門長崎之間花木自開菓蓏自熟麋鹿成羣游魚不驚許生大喜曰爾能導我富貴共之篙師從之遂御風東南入其島許生登高而望悵然曰地不滿千里惡能有爲土肥泉甘只可作富家翁篙師曰島空無人尙誰與

居許生曰德者人所歸也尙恐不德何患無人是時邊山羣盜數千州郡發卒逐捕不能得然羣盜亦不敢出剽掠方饑困許生入賊中說其魁首曰千人掠千金所分幾何曰人一兩耳許生曰爾有妻乎羣盜曰無曰爾有田乎羣盜笑曰有田有妻何苦爲盜許生曰審若是也何不娶妻樹屋買牛耕田生無盜賊之名而居有妻室之樂行無逐捕之患而長享衣食之饒乎羣盜曰豈不願如此但無錢耳許生笑曰爾爲盜何患無錢吾能爲汝辦之明日視海上風旗紅者皆錢船也恣汝取去許生約羣盜旣去羣盜皆笑其狂及明日至海上許生載錢三十萬皆大驚羅拜曰惟將軍令許生曰惟力負去於是羣盜爭負錢人不過百金許生曰爾等力不足以擧百金何能爲盜今爾等雖欲爲平民名在賊簿無可往矣吾在此俟汝各持百金而去人一婦一牛來羣盜曰諾皆散去許生自具二千人一歲之食以待之及羣盜至無後者遂俱載入其空島許生括盜而國中無警矣於是伐樹爲屋編竹爲籬地氣旣全百種碩茂不菑不畬一莖九穗留三年之儲餘悉舟載往糶長崎島長崎者日本屬州戶三十一萬方大饑遂賑之獲銀百萬許生歎曰今吾已小試矣於是悉召男女二千人令之曰吾始與汝等入此島欲先富之然後別造文字刱製衣冠地小德薄吾今去矣兒生執匙敎以右手一日之長讓之先食悉焚他船曰莫往則莫來投銀

五十萬於海中曰海枯有得者百萬無所容於國中况小島乎有知書者載與俱出曰爲絕禍於此島於是遍行國中賑施與貧無告者銀尙餘十萬曰此可以報卞氏往見卞氏曰君記我乎卞氏驚曰子之容色不少瘳得無敗萬金乎許生笑曰以財粹面君輩事耳萬金何肥於道哉於是以銀十萬付卞氏曰吾不耐一朝之飢未竟讀書暫借君萬金卞氏大驚起拜辭謝願受什一之利許生大怒曰君何賈竪視我也拂衣而去卞氏潛踵之望見客向南山下入小屋有老嫗井上澣卞氏問曰彼小屋誰家嫗曰許生員宅貧而好讀書一朝出門不返者已五年獨有妻在祭其去日卞氏始知客乃姓許歎息而歸明日悉持其銀往遺之許生辭曰我欲富也棄百萬而取十萬乎吾從今得君而活矣君數視我計口送糧度身授布一生如此足矣孰肯以財勞神卞氏說許生百端竟不可奈何卞氏自是度許生匱乏輒身自往遺之許生欣然受之或有加則不悅曰君奈何遺我災也以酒往則益大喜相與酌至醉既數歲情好日篤嘗從容言五歲中何以致百萬許生曰此易知耳朝鮮舟不通外國車不行域中故百物生于其中消于其中夫千金小財也未足以盡物然析而十之百金十亦足以致十物物輕則易轉故一貨雖絀九貨伸之此常利之道小人之賈也夫萬金足以盡物故在車專車在船專船在邑專邑如綱之有罟括物而數之

陸之產萬潛停其一水之族萬潛停其一醫之材萬潛停其一貨潛藏百賈皆涸此賊民之道也後世有司者如有用我道必病其國卞氏曰初子何以知吾出萬金而來吾求也許生曰不必君與我也能有萬金者莫不與也吾自料吾才足以致百萬然命則在天吾何能知之故能用我者有福者也必富益富天所命也安得不與既得萬金憑其福而行故動輒有成若吾私自與則成敗亦未可知也卞氏曰方今士大夫欲雪南漢之恥此志士扼腕奮智之秋也以子之才何自苦沉冥以沒世耶許生曰古來沉冥者何限趙聖期可使敵國而老死布褐柳馨遠足繼軍食而逍遙海曲今之謀國政者可知已吾善賈者也其銀足以市九王之頭然投之海中而來者無所可用故耳卞氏喟然太息而去卞氏本與李政丞浣善李公時爲御營大將嘗與言委巷閭閻之中亦有奇才可與共大事者乎卞氏爲言許生李公大驚曰奇哉眞有是否其名云何卞氏曰小人與居三年竟不識其名李公曰此異人也與君俱往夜公屛騶徒獨與卞氏俱步至許生卞氏止公立門外獨先入見許生具道李公所以來者許生若不聞者曰趣解君所佩壺相與歡飮卞氏閔公久露立數言之許生不應既夜深許生曰可召客李公入許生安坐不起李公無所措躬乃敍述國家所以求賢之意許生揮手曰夜短語長聽之太遲汝今何官曰大將許生曰然則

汝乃國之信臣我當薦臥龍先生汝能請于朝三顧草廬乎公
低頭良久曰難矣願得其次許生曰我未學第二義固問之許
生曰明將士以朝鮮有舊恩其子孫多脫身東來流離惸鰥汝
能請于朝出宗室女遍嫁之奪勳戚權貴家以處之乎公低頭
良久曰難矣許生曰此亦難彼亦難何事可能有最易者汝能
知之乎李公曰願聞之許生曰夫欲聲大義於天下而不先交
結天下之豪傑者未之有也欲伐人之國而不先用諜未有能
成者也今滿洲遽而主天下自以不親於中國而朝鮮率先他
國而服彼所信也誠能請遣子弟入學遊宦如唐元故事商賈
出入不禁彼必喜其見親而許之妙選國中之子弟薙髮胡服
其君子往赴賓擧其小人遠商江南覘其虛實結其豪傑天下
可圖而國恥可雪若求朱氏而不得率天下諸人薦人於天進
可爲大國師退不失伯舅之國矣李公憮然曰士大夫皆謹守
禮法誰肯薙髮胡服乎許生大叱曰所謂士大夫是何等也產
於夷貊之地自稱曰士大夫豈非騃乎衣袴純素是有喪之服
會撮如椎是南蠻之椎結也何謂禮法樊於期欲報私怨而不
惜其頭武靈王欲强其國而不恥胡服乃今爲大明復讎而猶
惜其一髮乃今將馳馬擊劍刺鎗弜弓飛石而不變其廣袖自
以爲禮法乎吾始三言汝無一可得而能者自謂信臣信臣固
如是乎是可斬也顧左右索劍欲刺之公大驚而起躍出後牖
疾走歸明日復往已空室而去矣

或曰此皇明遺民也崇禎甲申後多來居者生或者其人則
亦未必其姓許也世傳趙判書啓遠爲慶尙監司巡到靑松
路左有二僧相枕而臥前騶至呵之不避鞭之不起衆捽曳
之莫能動趙公至停轎問僧何居二僧起坐益偃蹇睥睨良
久曰汝以虛聲趁勢得方伯乃復爾耶趙視僧一赤面而圓
一黑面而長語殊不凡乃下轎欲與語僧曰屛徒衛隨我來
趙行數里喘息流汗不止願小憩僧罵曰汝平居衆中常大
言身被堅執銳當先鋒爲大明復讎雪恥今行數里一步十
喘五步三憩尙能馳遼薊之野乎至一巖下因樹爲屋積薪
而寢處其上趙渴求水僧曰此貴人又當饑也出黃精餠以
餽之屑松葉和澗水以進趙嚬蹙不能飮僧復大罵曰遼野
水遠渴當飮馬溲兩僧相持痛哭曰孫老爺孫老爺問趙曰
吳三桂起兵滇中江浙騷然汝知之乎曰未之聞也兩僧歎
曰身爲方伯天下有如此大事而不聞不知徒大言得官耳
趙問僧是何人曰不必問世間亦應有知我者汝且小坐待
我我當與吾師俱來與汝有言兩僧俱起入深山少焉日沒
僧久不返趙待僧至夜深草動風鳴有虎鬭聲趙公大恐幾
絶已而衆明燎炬尋監司而至趙狼狽出谷中久之居常悒
悒恨于中也後趙問于尤菴宋先生先生曰此似是明末總

兵官也常斥我以爾汝者何先生曰自明其非東國緇徒也積薪者臥薪之義也哭必呼孫老爺何先生曰似是太學士孫承宗也承宗嘗視師山海關兩僧似是孫公麾下士也 此文亦磊落不凡

燕岩集卷之十六 目錄

別集

放璚閣外傳

燕巖集卷之十六

別集

放璚閣外傳

外傳自序

友居倫季匪厥疎卑如土於行寄王四時親義別叙非信奚爲常若不常友廼正之所以居後廼殿統斯三狂相友遯世流離論厥讒諂若見鬚眉於是述馬駔士累口腹百行餟玷鼎食鼎烹不誡饕餮嚴自食糞迹穢口潔於是述穢德先生閔翁蝗人學道猶龍託諷滑稽翫世不恭書壁自憤可警情慵於是述閔翁士廼天爵士心爲志其志如何弗謀勢利達不離士窮不失士不飭名節徒貨門地酤鬻世德商賈何異於是述兩班弘基大隱廼隱於遊清濁無失不忮不求於是述金神仙廣文窮丐聲聞過情非好名者猶不免刑矧復盜竊要假以爭於是述廣文嫵彼虞裳力古文章禮失求野亨短流長於是述虞裳世降衰季崇飾虛僞詩發含珠愿賊亂紫逕捷終南從古以醜於是述易學大盜入孝出悌未學謂學斯言雖過可警僞德明宣不讀三年善學農夫耕野賓妻相揖目不知書可謂眞學於是述鳳山學者

馬駔傳

馬駔會儈拏掌擬指管仲蘇秦雞狗馬牛之血信矣微聞別離拋遞裂帨回燈向壁垂頭吞聲信妾矣吐肝瀝膽握手證心信交矣然而界準諳隔扇左右瞬目駔儈之術也動蕩危辭餂情投忌脅強劫弱散同合異覇者說士捭闔之權也昔者有病心而使妻煎藥多寡不適怒而使妾多寡恒適甚宜其妾穴牖窺之多則損地寡則添水此其所以取適之道也故附耳低聲非至言也戒囑勿洩非深交也訟情淺深非盛交也宋旭趙闒拖張德弘相與論交於廣通橋上闒拖曰吾朝日鼓瓢行丐入于布廛有登樓而貿布者擇布而舐之映空而視之價則在口讓其先呼既而兩相忘布布人忽然望遠山謠其出雲其人負手逍遙壁上觀畫宋旭曰汝得交態而於道則未也德弘曰傀儡垂帷爲引繩也宋旭曰汝得交面而於道則未也夫君子之交三所以處之者五而吾未能一焉故行年三十無一友焉雖然其道則吾昔者竊聞之矣臂不外信把酒杯也德弘曰然詩固有之鳴鶴在陰其子和之我有好爵吾與爾縻之其斯之謂歟宋旭曰爾可與言交矣吾向者告其一爾知其二者

矣夫天下之所趨者勢也所共謀者名与利也楹不与口謀而背自屈者應至之勢也相和以鳴非名乎夫好爵利也然而趨之者多則勢分謀之者衆則名利無功故君子諱言此三者久矣吾故隱而告汝汝則知之汝与人交無譽其善譽其成善倦然不靈矣毋醒其所來及將行而廢之憮然失矣稱人廣衆無稱人第一第一則無上一座索然沮矣故處交有術將欲譽之莫如顯責將欲示歡怒而明之將欲親之注意若植回身若羞使人欲吾信也設疑而待之夫烈士多悲美人多淚故英雄善泣者所以動人夫此五術者君子之微權而處世之達道也闒拖問於德弘曰夫宋子之言陳義槷乎度辭也吾不知也德弘曰汝奚足以知之夫聲其善而責之譽莫揚焉夫怒生於愛情出於譴家人不厭時嗃嗃也夫已親而逾疎親孰踰之已信而尚疑信孰密焉酒闌夜深衆人皆睡默然相視倚其餘醉動其悲思未有不悽然而感者矣故交莫貴乎相知樂莫極乎相感狷者解其慍悛者平其怨莫疾乎泣吾與人交未嘗不欲泣泣而淚不下故行于國中三十有一年矣未有友焉闒拖曰然則忠而處交義而得友何如德弘唾面而罵之曰鄙鄙哉爾之言之也此亦言乎哉汝聽之夫貧者多所望故慕義無窮何則視天莫莫猶思其雨粟聞人咳聲延頸三尺夫積財者不恥其吝名所以絶人之望我也夫賤者無所惜故忠不辭難何則水涉不褰衣獘袴也彼乘車者靴加韋套猶恐沾泥履底尚愛而况於身乎故忠義者貧賤者之常事而非所論於富貴耳闒拖愀然變乎色曰吾寧無友於世不能爲君子之交於是相与毁冠裂衣垢面蓬髮帶索而歌於市

滑稽先生友情論曰續木吾知其膠魚肺也接鐵吾知其鎔鵬砂也附麋馬之皮莫緻乎糊粳飯至於交也介然有間燕越之遠也非間也山川間之非間也促膝聯席非接也拍肩摻袂非合也有間於其間衛鞅張皇孝公時睡應侯不怒蔡澤禁喑故出而激之必有其人也宣言怒之必有其人也趙勝公子爲之色介夫成安侯常山王其交無間故一有間焉莫能爲之間焉故可愛非間可畏非間諂由間合讒由間離故善交人者先事其間不善交人者無所事間夫直則遲矣不委曲而就之不宛轉而爲之一言而不合非人離之已自阻也故鄙諺有之曰伐樹伐樹十

所無蹶與其媚於奧寧媚於竈其比之謂歟故導諛有術飭躬修容發言愷悌澹泊名利無意交遊以自獻媚此上諂也其次讜言款款以顯其情善事其間以通其意此中諂也穿馬蹄弊蔫席仰唇吻候顏色所言則善之所行則美之初聞則喜久則反厭厭則鄙之乃疑其玩己也此下諂也夫管仲九合諸侯蘇秦從約六國可謂天下之大交矣然而宋旭闖拖乞食於道德弘狂歌於市猶不爲馬駔之術而況君子而讀書者乎

穢德先生傳

蟬橘子有友曰穢德先生在宗本塔東日負里中糞以爲業里中皆稱嚴行首行首者役夫老者之稱也嚴其姓也子牧問乎蟬橘子曰昔者吾聞友於夫子曰不室而妻匪氣之弟友如此其重也世之名士大夫願從足下遊於下風者多矣夫子無所取焉夫嚴行首者里中之賤人役夫下流之處而恥辱之行也夫子亟稱其德曰先生若將納交而請友焉弟子甚羞之請辭於門蟬橘子笑曰居吾語若友里諺有之曰醫無自藥巫不己舞人皆有己所自善而人不知愍然若求聞過徒譽則近諂而無味專短則近訐而非情於是泛濫乎其所未善逍遙而不中雖大責不怒不當其所忌也偶然及其所自善比物而射其覆中心感之若爬癢焉爬癢有道拊背無近腋摩膺毋侵項成說於空而美自歸躍然曰知如是而交可乎子牧掩耳卻走曰此夫子敎我以市井之事傔僕之役耳蟬橘子曰然則子之所羞者果在此而不在彼也夫市交以利面交以諂故雖有至懽三求則無不疎雖有宿怨三與則無不親故以利則難繼以諂則不久夫大交不面盛友不親但交之以心而友之以

德是爲道義之交上友千古而不爲遙相居萬里而
不爲疏彼嚴行首者未嘗求知於吾吾常欲譽之而
不厭也其飯也頓頓其行也伈伈其睡也昏昏其笑
也訶訶其居也若愚築土覆藁而圭其竇入則蝦脊
眠則狗喙朝日熙熙然起荷畚入里中除溷歲九月
天雨霜十月薄氷圊人餘乾皂馬通閑牛下塒落雞
狗鵝矢笠豨苓左盤龍翫月砂白丁香取之如珠玉
不傷於廉獨專其利而不害於義貪多而務得人不
謂其不讓唾掌揮鍬磬腰傴傴若禽鳥之啄也雖文
章之觀非其志也雖鍾鼓之樂不顧也夫富貴者人
之所同願也非慕而可得故不羨也譽之而不加榮
毁之而不加辱枉十里蘿蔔箭串菁石郊茄蓏水瓠
胡瓠延禧宮苦椒蒜韭葱薤青坡水芹利泰仁土卵
田用上上皆取嚴氏糞膏沃衍饒歲致錢六千朝而
一盂飯意氣充充然及日之夕又一盂矣人勸之肉
則辭曰下咽則蔬肉同飽矣奚以味爲勸之衣則辭
曰衣廣袖不閑於體衣新不能負塗矣歲元日朝始
笠帶衣屨遍拜其隣里還乃衣故衣復荷畚入里中
如嚴行首者豈非所謂穢其德而大隱於世者耶傳
曰素富貴行乎富貴素貧賤行乎貧賤夫素也者定

也詩云夙夜在公寔命不同命也者分也夫天生萬
民各有定分命之素矣何怨之有食蝦醢思雞子衣
葛羨衣紵天下從此大亂黔首地奮田畝荒矣陳勝
吳廣項籍之徒其志豈安於鋤耰者耶易曰負且乘
致寇至其此之謂也故苟非其義雖萬鍾之祿有不
潔者耳不力而致財雖埒富素封有臭其名矣故人
之大往飮珠飯玉明其潔也夫嚴行首負糞擔溷以
自食可謂至不潔矣然而其所以取食者至馨香其
處身也至鄙汚而其守義也至抗高推其志也雖萬
鍾可知也繇是觀之潔者有不潔而穢者不穢耳故
吾於口體之養有至不堪者未嘗不思其不如我者
至於嚴行首無不堪矣苟其心無穿窬之志未嘗不
思嚴行首推而大之可以至聖人矣故夫士也窮居
達於面目恥也旣得志也施於四體恥也其視嚴行
首有不愧者幾希矣故吾於嚴行首師之云乎豈
敢友之云乎故吾於嚴行首不敢名之而號曰穢德
先生

閔翁傳

閔翁者南陽人也戊申軍興從征功授僉使後家居
遂不復仕翁幼警悟聰給獨慕古人奇節偉跡慷慨
發憤每讀其一傳未嘗不歎息泣下也七歲大書其
壁曰項槖爲師十二書甘羅爲相十三書外黃兒遊
說十八益書去病出祁連二十四書項籍渡江至四
十益無所成名乃大書曰孟子不動心年年書益不
倦壁盡黑及年七十其妻嘲曰翁今年畫烏未翁喜
曰若疾磨墨遂大書曰范增好奇計其妻益恚曰計
雖奇將幾時施乎翁笑曰昔呂尚八十鷹揚今翁視
呂尚猶少弱弟耳歲癸酉甲戌之間余年十七八病
久困劣留好聲歌書畫古劍琴彝器諸雜物益致客
俳諧古譚慰心萬方無所開其幽鬱有言閔翁奇士
工歌曲善譚辨俶恠譎恢聽者人無不爽然意豁也
余聞甚喜請與俱至翁來而余方與人樂翁不爲禮
熟視管者批其頰大罵曰主人懽汝何怒也余驚問
其故翁曰彼瞋目而盛氣匪怒而何余大笑翁曰豈
獨管者怒也笛者反面若啼缶者嚬若愁一座默然
若大恐僮僕忌諱笑語樂不可爲歡也余遂立撤去
延翁坐翁殊短小白眉覆眼自言名有信年七十三

因問余君何病病頭乎曰不曰病腹乎曰不曰然則
君不病也遂闢戶揭牖風來颼然余意稍豁甚異昔
者也謂翁吾特厭食夜失睡是爲病也翁起賀余驚
曰翁何賀也曰君家貧幸厭食財可羨也不睡則兼
夜幸倍年財羨而年倍壽且富也須臾飯至余呻蹙
不擧揀物而嗅翁忽大怒欲起去余驚問翁何怒去
也翁曰君招客不爲具獨自先飯非禮也余謝留翁
且促爲具食翁不辭讓脫肘呈袒匙箸磊落余不覺
口津心鼻開張乃飯如舊夜翁闔眼端坐余要与語
翁益閉口余殊無聊久之翁忽起剔燭謂曰吾年少
時過眼輒誦今老矣与君約生平所未見書各默念
三再乃誦若錯一字罰如契誓余侮其老曰諾即抽
架上周禮翁拈考工余得春官小間翁呼曰吾已誦
余未及下一遍驚止翁且居翁語侵頗困而余益不
能誦思睡乃睡天旣明問翁能記宿誦乎翁笑曰吾
未嘗誦嘗与翁夜語翁弄罵坐客人莫能難有欲窮
翁者問翁見鬼乎曰見之鬼何在翁瞠目熟視有一
客坐燈後遂大呼曰鬼在彼客怒詰翁翁曰夫明則
爲人幽則爲鬼今子處暗而視明匿形而伺人豈非
鬼乎一座皆笑又問翁見仙乎曰見之仙何在曰家

貧者仙耳富者常戀世貧者常厭世厭世者非仙耶翁能見長年者乎曰見之吾朝日入林中蟾与兎爭長兎謂蟾曰吾与彭祖同年若乃晩生也蟾俛首而泣兎驚問曰若乃若悲也蟾曰吾与東家孺子同年孺子五歲乃知讀書生于木德肇紀攝提迭王更帝統絶王春純成一曆乃閏于秦歷漢閲唐暮朝宋明窮事更變可喜可驚弔死送往支離于今然而耳目聰明齒髮日長長年者乃莫如孺子而彭祖乃八百歲蚤夭閲世不多更事未久吾是以悲耳兎乃再拜卻走曰若乃大父行也由是觀之讀書多者最壽耳翁能見味之至者乎曰見之月之下弦潮落步至耕而爲田煮其斥鹵粗爲水晶纖爲素金百味齊和孰爲不鹽皆曰善然不死藥翁必不見也翁笑曰此吾朝夕常餌者惡得而不知大壑松盤甘露其零入地千年化爲茯苓蔘伯羅産形端色紅四體俱備雙紒如童枸杞千歲見人則吠吾嘗餌之不復飮食者蓋百日喘喘然將死隣媼來視歎曰子病饑也昔神農氏嘗百艸始播五穀夫攻疾爲藥療饑爲食非五穀將不治遂飯稻粱而餌之得以不死不死藥莫如飯吾朝一盂夕一盂今已七十餘年矣翁嘗支離其辭

遷就而爲之莫不曲中內含譏諷蓋辯士也客索問無以復詰乃忿然曰翁亦見畏乎翁默然良久忽厲聲曰可畏者莫吾若也吾右目爲龍左目爲虎舌下藏斧彎臂如弓念則赤子差爲夷戎不戒則將自噉自齧自戕自伐是以聖人克己復禮閑邪存誠未嘗不自畏也語數十難皆辯捷如響竟莫能窮自贊自譽嘲傲旁人人皆絶倒而翁顏色不變或言海西蝗官督民捕之翁問捕蝗何爲曰是蟲也小於眠蠶色斑而毛飛則爲螟緣則爲蝥害我稼穡號爲滅穀故將捕而瘞之耳翁曰此小蟲不足憂吾見鍾樓塡道者皆蝗耳長皆七尺餘頭黔目熒口大運拳咿啞傴旅踵接尻連損稼殘穀無如是曹我欲捕之恨無大匏左右皆大恐若眞有是蟲然一日翁來余望而爲隱曰春帖子狵啼翁笑曰春帖子榜門之文乃吾姓也狵老犬乃辱我也啼則厭聞吾齒豁音嵲鼿也雖然君若畏狵莫如去犬若又厭啼且塞其口夫帝者造化也尨者大物也著帝傳尨化而爲大其惟龍乎君非能辱我也乃反善贊我也明年翁死翁雖恢奇俶蕩性介直樂善明於易好老子之言於書蓋無所不窺云二子皆登武科未官今年秋余又益病而閔

翁不可見遂著其与余爲隱俳詼言談譏諷爲閔翁
傳歲丁丑秋也余誄閔翁曰嗚呼閔翁可怪可奇可
驚可愕可喜可怒而又可憎壁上鳥未化鷹翁蓋有
志士竟老死莫施我爲作傳嗚呼死未曾

廣文傳

廣文者丐者也嘗行乞鍾樓市道中羣丐兒推文作
牌頭使守窠一日天寒雨雪羣兒相与出丐一兒病
不從既而兒寒再歔欷聲甚悲文甚憐之身行丐得
食將食病兒兒業已死羣兒返乃疑文殺之相与搏
逐文文夜匍匐入里中舍驚舍中犬舍主得文縛之
文呼曰吾避仇非敢爲盜如翁不信朝日辨於市辭
甚款樸舍主心知廣文非盜賊曉縱之文辭謝請槃
席而去舍主終已怪之蹤其後望見羣丐兒曳一尸
至水標橋投尸橋下文匿橋中裹以槃席潛負去埋

之西郊之墦間且哭且語於是舍主執詰文文於是
盡告其前所爲及昨所以狀舍主心義文与文歸家
予文衣厚遇文竟薦文藥肆富人作傭保久之富人
出門數數顧還復入室視其扃出門而去意殊怏怏
既還大驚熟視文欲有所言色變而止文實不知日
默默亦不敢辭去既數日富人妻兄子持錢還富人
曰向者吾要貸於叔會叔不在自入室取去恐叔不
知也於是富人大慙廣文謝文曰吾小人也以傷長
者之意吾長無以見若矣於是遍譽所知諸君及他
富人大商賈廣文義人而又過贊廣文諸宗室賓客
及公卿門下左右公卿門下左右及宗室賓客皆作
話套以供寢數月間士大夫盡聞廣文如古人當是
時漢陽中皆稱廣文前所厚遇舍主之賢能知人而
益多藥肆富人長者也時殖錢者大較典當首飾珮
翠衣件器什宮室田僮奴之薄書參伍本幣以得當
然文爲人保債不問當一諾千金文爲人貌極醜言
語不能動人口大幷容兩拳善曼碩戲爲鐵拐舞三
韓兒相訾傲稱爾兄達文達文又其名也文行遇鬪
者文亦解衣与鬪啞啞俯劃地若辨曲直狀一市皆
笑鬪者亦笑皆解去文年四十餘尚編髮人勸之妻

則曰夫美色衆所嗜也然非男所獨也唯女亦然也故吾陋而不能自爲容也人勸之家則辭曰吾無父母兄弟妻子何以家爲且吾朝而歌呼入市中暮而宿富貴家門下漢陽戶八萬爾吾逐日而易其處不能盡吾之年壽矣漢陽名妓窈窕都雅然非廣文聲之不能直一錢初羽林兒各殿別監駙馬都尉傔從垂袂過雲心心名姬也堂上置酒鼓瑟屬雲心舞心故遲不肯舞也文夜往彷徨堂下遂入座自坐上坐文雖弊衣袴擧止無前意自得也眦矉而眵陽醉噫羊髮北髻一座愕然瞬文欲敺之文益前坐拊膝度曲鼻吟高低心卽起更衣爲文劍舞一座盡歡更結友而去

書廣文傳後

余年十八時嘗甚病常夜召門下舊傔徵問閭閻奇事其言大抵廣文事余亦幼時見其貌極醜余方力爲文章作爲此傳傳示諸公長者一朝以古文辭大見推詡蓋文時已南遊湖嶺諸郡所至有聲不復至京師數十年海上丐兒嘗乞食於開寧水多寺夜聞寺僧閒話廣文事皆愛慕感歎想見其爲人於是丐兒泣衆佐問之於是丐兒囁嚅遂自稱廣文兒寺僧皆大驚時嘗予飯瓢及聞廣文兒洗盂盛飯具匙箸蔬醬每盤而進之時嶺中妖人有潛謀不軌者見丐兒如此其盛待也冀得以惑衆潛說丐兒曰爾能呼我叔富貴可圖也乃稱廣文弟自名廣孫以附文或有疑廣文自不知姓生平獨無昆弟妻妾今安得忽有長弟壯兒也遂上變皆得逮捕及對[illegible]驗問各不識面於是妖誅其妖人而流丐兒廣文旣得出老幼皆往觀漢陽市數日爲空文指表鐵柱曰汝豈非善打人表望同耶今老無能矣蓋望同其號也因相與勞苦文問靈城君豐原君無恙乎曰皆已下世矣金君擎方何官曰爲龍虎將文曰此兒美男子體雖肥能挾妓超墻用錢如糞土今貴人不可見矣粉丹何去曰已死矣文歎曰昔豐原君夜讌麒麟閣[illegible]粉丹宿曉起將赴闕丹執燭誤爇貂帽惶恐[illegible]曰爾爲乎卽與壓羞錢五千吾時雜首帕副裙候闌干下黑而鬼立君掐[illegible]丹而耳曰彼黑者何物對曰天下誰不知[illegible]君笑曰是汝後陪耶呼與一大鍾君自飲[illegible]鍾乘軺而去皆昔年事也漢陽纖兒誰最名[illegible]阿某助房誰曰崔

撲滿曰朝日尚古堂遣人勞我聞移家閶嶠下堂
前有碧梧桐樹常自煮茗其下使鐵突鼓琴曰鐵
突昆弟方擅名曰然此金鼎七兒也吾与其父善
復悵然久之曰此皆吾去後事耳文短髮猶辮如
鼠尾齒豁口癟不能內拳云語鐵柱曰汝今老矣
何能自食曰家貧爲舍儈文曰汝今免矣嗟乎昔
汝家貲鉅萬時號汝黃金兜今兜安在曰今而後
吾知世情矣文笑曰汝可謂學匠而眼暗矣文後
不知所終云

兩班傳

兩班者士族之尊稱也旌善之郡有一兩班賢而好
讀書每郡守新至必親造其廬而禮之然家貧歲食
郡糴積歲至千石觀察使巡行郡邑閱糴糴大怒曰
何物兩班乃乏軍興命囚其兩班郡守意哀其兩班
貧無以爲償不忍囚之亦無可柰何兩班日夜泣計
不知所出其妻罵曰生平子好讀書無益縣官糴咄
兩班兩班不直一錢其里之富人私相議曰兩班雖
貧常尊榮我雖富常卑賤不敢騎馬見兩班則跼蹜
屛營匍匐拜庭曳鼻膝行我常如此其僇辱也今兩

班貧不能償糴方大窘其勢誠不能保其兩班我且
買而有之遂踵門而請償其糴兩班大喜許諾於是
富人立輸其糴於官郡守大驚異之自往勞其兩班
且問償糴狀兩班氈笠衣短衣伏塗謁稱小人不敢
仰視郡守大驚下扶曰足下何自貶辱若是兩班益
恐懼頓首俯伏曰惶悚小人非敢自辱已自鬻其兩
班以償糴里之富人乃兩班也小人復安敢冒其舊
號而自尊乎郡守歎曰君子哉富人也兩班哉富人
也富而不吝義也急人之難仁也惡卑而慕尊智也
此眞兩班雖然私自交易而不立券訟之端也我与
汝約郡人而證之立券而信之郡守當自署之於是
郡守歸府悉召郡中之士族及農工商賈悉至于庭
富人坐鄕所之右兩班立於公兄之下乃爲立券曰
乾隆十年九月日右明文段屛賣兩班爲償官穀其
直千斛維厥兩班名謂多端讀書曰士從政爲大夫
有德爲君子武階列西文秩序東是爲兩班任爾所
從絶棄鄙事希古尙志五更常起點硫燃脂目視鼻
端會踵支尻東萊博議誦如氷瓢忍饑耐寒口不說
貧叩齒彈腦細嗽嚥津袖刷毳冠拂塵生波盥無擦
拳漱口無過長聲喚婢緩步曳履古文眞寶唐詩品

彙鈔寫如荏一行百字手毋執錢不問米價暑毋跣
襪飯毋徒髻食毋先羹歠毋流聲下箸毋舂毋餌生
葱飮醪毋嚃鬚吸烟毋輔窳忿毋搏妻怒毋踢器無
拳毆兒女毋詈死奴僕叱牛馬毋辱鬻主病毋招巫
祭毋齋僧爐不煑手語不齒唾毋屠牛毋賭錢凡此
百行有違兩班持此文記卞正于官城主旌善郡守
押座首別監證署於是通引搨印錯落聲中嚴鼓斗
縱參橫戶長讀旣畢富人悵然久之曰兩班只此而
已耶吾聞兩班如神仙審如是太乾沒願改爲可利
於是乃更作券曰維天生民其民維四四民之中最
貴者士稱以兩班利莫大矣不耕不商粗涉文史大
決文科小成進士文科紅牌不過二尺百物備具維
錢之橐進士三十乃筮初仕猶爲名蔭善事雄南耳
白傘風腹皤鈴諾室珥冶妓庭穀鳴鶴窮士居鄕猶
能武斷先耕隣牛借耘里氓孰敢慢我灰灌汝鼻暈
髻汰鬢無敢怨咨富人中其券而吐舌曰已之已之
孟浪哉將使我爲盜耶掉頭而去終身不復言兩班
之事

金神仙傳

金神仙名弘基年十六娶妻一歡而生子遂不復近
辟穀面壁坐坐數歲身忽輕遍遊國內名山常行數
百里方視日蚤晏五歲一易屨遇險則步益捷嘗曰
褰而涉方而越故遲我行也不食故人不厭其來客
冬不絮夏不扇遂以神仙名余嘗有幽憂之疾益聞
神仙方技或有奇效益欲得之使尹生申生陰求之
訪漢陽中十日不得尹生言嘗聞弘基家西學洞今
非也乃其從昆弟家寓其妻子問其子言父一歲中
率四三來父友在體府洞其人好酒而善歌金奉事
云樓閣洞金僉知好碁後家李萬戶好琴三淸洞李
萬戶好客美垣洞徐哨官毛橋張僉使司僕川邊池
丞俱好客而喜飮里門內趙奉事亦父友也家蒔名
花桂洞劉判官有奇書古劍父常遊居其間君欲見
訪此數家遂行歷問之皆不在暮至一家主人琴有
二客皆靜默頭白而不冠於是自意得金弘基立久
之曲終而進曰敢問誰爲金丈人主人捨琴而對曰
座無姓金者子奚問曰小子齋戒而後敢來求也願
老人無諱主人笑曰子訪金弘基耶不來耳敢問來
何時曰是居無常主遊無定方來不預期去不留約

一日中或再三過不來則亦閱歲聞金多在倉洞會
賢之坊月菴閭梨峴銅峴慈壽橋社洞壯洞大陵小
陵之間嘗往來遊居然皆不知其主名獨倉洞吾知
之子往因焉遂行訪其家問焉對曰是不來者嘗數
月吾聞長興坊林同知喜飲酒日與余角今在林否
也遂訪其家林同知八十餘頗重聽曰咄夜劇飲朝
日餘醉入江陵於是悵然久之問山金有異歟曰一
凡人特未嘗飯狀貌何如曰身長七尺餘臞而鬚瞳
子碧耳長而黃能飲幾何曰飲一杯醉然一斗醉不
加嘗醉臥溪吏得之拘七日不醒乃釋去言談何如
曰衆人言輒坐睡談已輒笑不止持身何如曰靜若
參禪拙如守宮余嘗疑尹生求不力然申生亦訪數
十家皆不得其言亦然或曰弘基年百餘所與遊皆
老人或曰不然弘基年十九娶即有男今其子纔弱
冠弘基年計今可五十餘或言金神仙採藥智異山
墮崖不返今已數十年或言巖穴窅冥有物熒熒或
曰此老人眼光也山谷中時聞長欠聲今弘基惟善
飲酒非有術獨假其名而行云然余又使童子福往
求之終不可得歲癸未也明年秋余東遊海上夕日
登斷髮嶺望見金剛山其峯萬二千云其色白入山

山多楓方丹赤杻櫪楩楠[illegible]白而杉檜益[illegible]又多
冬青樹山中諸奇木香葉黃紅[illegible]禁之[illegible]僧山
中有異僧得道術可與遊乎曰無有聞船菴有[illegible]呼穀
者或言嶺南士人然不可知船菴道險絶至者亦夜
坐長安寺問諸僧衆俱對如初言辟穀者滿百日當
去今幾九十餘日余喜甚意者其仙人乎即夜立欲
往朝日坐眞珠潭下候同遊聘睞久之皆失期不至
又觀察使巡行郡邑遂入山流連諸寺間守令皆來
會供張廚傳每出遊從僧百餘船菴道絶峻險不可
獨至嘗自往來靈源白塔之間而意悒悒既而天久
雨留山中六日乃得至船菴在須彌峯下從內圓通
行二十餘里大石削立千仞路絶輒攀鐵索懸空而
行既至庭空無禽鳥榻上小銅佛唯二屨在余悵
然裴徊立而望之遂題名巖壁下歎息而去常有雲
氣風瑟然或曰仙者山人也又曰入山爲仙也又僊
者僊僊然輕擧之意也辟穀者未必仙也其鬱鬱不
得志者也

虞裳傳

日本關白新立於是廣儲蓄繕宮館理舟檝刮屬國諸島奇材劒客詭技淫巧書畫文學之士聚之都邑練肄完具數年然後乃敢請使於我若待命策之爲者　朝廷極選文臣三品以下備三价以送之其幕佐賓客皆宏辭博識自天文地理筭數卜筮醫相武力之士以至吹竹彈絲詭浪戲笑歌呼飲酒博奕騎射以一藝名國者悉從行而最重詞章書畫得朝鮮一字不齎糧而適千里其所居館皆翠銅甍除嵌文石而楹檻朱漆帷帳飾以火齊靺鞨瑟瑟食皆金銀鏤修靡瑰麗千里往往設爲奇巧庖丁驛夫據林而坐垂足於杌子桶使花衫蠻童洗之其陽浮慕尊如此而象譯持虎豹貂鼠人蔘諸禁物潛貨璣珠寶刀駔儈機利殉財賄如鶩倭外謬爲恭敬不復衣冠慕之虞裳以漢語通官隨行獨以文章大鳴日本中其名釋貴人皆稱雲我先生國士無雙也大坂以東僧如妓寺刹如傳舍責詩文如博進繡牋花軸堆床塡案而類爲難題強韻以窮之虞裳每倉卒口占如誦宿搆步押平妥從容席散無罷色無軟詞其海覽篇曰坤輿內萬國碁置而星列于越之魋結竺乾之祝

髮齊會之縫腋胡貊之氈毺或文明魚雅或兜離侏儷分而類聚遍土皆是物日本之爲邦波濤所蕩瀰其藝則搏木其次則賓日女紅則文鱐土宜則橙橘魚之梔章擧木之奇蘇鐵其鎭山芳甸句陳罘㕓秩南北春秋異東西晝夜別中央類覆敦𣪌空龍漢雪蔽牛之鋌材抵鵲之美質丹砂金錫皆往往山出大坂大都會環寶海藏蝎奇香燕龍涎寶石堆積骨牙象口中脫角犀頭上截波斯胡目睛浙江市色奪寡海地中海中涵萬象活䰟背驅幔張鰌尾拉旗綴堆壘蠣粘房贔屭龜決窟忽變珊瑚海熀燿陰火烈忽變紺碧海霞雲衆色設忽變水銀海星宿萬顆撒忽變大染局綾羅爛千匹忽變大鎔鑄五金光迸發龍子劈天飛千霆萬電戞戞鞭馬甲柱秘恠悤怳惚其民祼而冠外盤中則蝎遇事則麋沸謀人則鬩黥苟利則蜮射小拂則豕突婦女事戲詭童子設機梏背先而淫鬼嗜殺而佞佛書未離鳥鳦詩未離鴂舌牝牡類麀麚友朋同魚鱉言語之鳥嚶象譯亦未悉州木之瓌奇羅含梵其帙百泉之源滙鄢生窟底蠛水族之弗若思及閎圖說刀劒之款識負白續弃筆地毬之同異海島之甲乙西泰利瑪竇線織而刃

割鄙夫陳此詩辭俚意甚實善鄰有大謨羈縻和好
失如虞裳者豈非所謂華國之譽耶 神宗萬曆壬
辰倭秀吉潛師襲我蹂躪我三都剮辱我髦倪斵蜀冬、
柏植於三韓我 昭敬大王避兵灣上奏 聞 天
子天子大驚提天下之兵東援之大將軍李如松提
督陳璘麻貴劉綎楊元有古名將之風御史楊鎬萬
世德邢玠才兼文武畧驚鬼神其兵皆秦鳳陝浙雲
登貴葉驍騎射士大將軍家僮千人幽薊劍客然卒
與倭平倭能驅之出境而已數百年之間使者冠蓋
數至江戶然謹體貌嚴使事其風謠人物險塞強弱
之勢卒不得其一毫徒手來去虞裳力不能勝柔毫
然吮精爆華使水國萬里之都木枯川渴雖謂之筆
拔山河可也虞裳名湘藻嘗自題其畫像曰供奉白
鄭侯泌合鐵拐爲滄起古詩人古仙人古山人皆姓
李李其姓也滄起又其號也夫士伸於知己屈於不
知己鵁鶄鸂鶒禽之微者也然猶自愛其羽毛映水
而立翔而復集人之有文章豈羽毛之美而已哉昔
慶卿夜論劍蓋聶怒而目之及高漸離擊筑荊軻和
而歌已而相泣旁若無人者夫樂亦極矣復從而泣
之何也中心激而哀之無從也雖問諸其人者亦將

不自知其何心矣人之以文章相高下豈區區劍士
之一技哉虞裳其不遇者耶何其言之多悲也難戲
勝高似幘牛垂胡大如袋家常物百不奇大驚怪棄
馳背未嘗不自異也及既疾病且死悉焚其藁曰誰
復知者其志豈不悲耶孔子曰才難不其然乎管仲
之器小哉子貢曰賜何器也子曰汝瑚璉也蓋美而
小之也故德譬則器也才譬則物也詩云瑟彼玉瓚
黃流在中易曰鼎折足覆公餗有德而無才則德爲
虛器有才而無德則才無所貯其器淺者易溢人參
天地是爲三才故鬼神者才也天地其大器歟彼潔
潔者福無所寓善得情狀者人不附文章者天下之
至寶也發精蘊於玄樞探幽隱於無形漏洩陰陽神
鬼嗔怒矣木有才人思伐之貝有才人思奪之故才
之爲字內撇而不外體也虞裳一譯官居國中聲譽
不出里閭衣冠不識面目一朝名震耀海外萬里之
國身傾側鯢鯨龍鼉之家手沐日月氣薄虹蜃故曰
謾藏誨盜魚不可脫於淵利器不可以示人可不戒
哉過勝本海作詩曰蠻奴赤足貌鑑髭鴨色袍背繪
星月花衫蠻女走出門頭梳未竟髮其髮小兒號嗄
乳母乳母手拍背嗚嗚咽須臾擂鼓官人來萬目圍

繞如治佛靈官膜拜皷厥環珊瑚大貝擎盤出眞如
啞者設賓主眉睫能言筆有舌臺府亦耀林園趣栟
櫚青橘配庭實病痔舟中卧念梅南老師言乃作詩
曰宣尼之道摩尼敎經世出世日而月西士嘗至五
印度過去現在無箇佛儒家有此稱販徒簸弄筆舌
神吾說披毛戴角墜地秆當受生日欺人律毒焰亦
及震旦東精藍大衍都鄙列睢盱島衆怵禍福炷香
施米無時鈇譬如人子戕人子入養父母必不說六
經中天揚文明此邦之人眼如漆暘谷昧谷無二理
順之則聖背犄杌吾師詒吾詒介衆以詩爲金口木
舌詩皆可傳也及旣還過所決皆已梓行云余與虞
裳生不相識然虞裳數使示其詩曰獨此子庶能知
吾余戲謂其人曰此吳儂細唾瑣瑣不足珍也虞裳
怒曰傖夫氣人久之歎曰吾其久於世哉因泣數行
下余亦聞而悲之旣而虞裳死年二十七其家人夢
見仙子醉騎蒼鯨黑雲下垂虞裳披髮而隨之良久
虞裳死或曰虞裳仙去嗟乎余嘗內獨愛其才然獨
挫之以爲虞裳年少倪就道可著書垂世也乃今思
之虞裳必以余爲不足喜也有輓之者歌曰五色非
常鳥偶集屋之脊衆人爭來看驚起忽無跡其二曰

無故得千金其家必有災剝此稀世寶焉能久假哉
其三曰渺然一匹夫死覺人數減宣非關世道人多
如雨點又歌曰其人膽如匏其人眼如月其人腕有
鬼其人筆有舌又曰他人以子傳虞裳不以子血氣
有時盡聲名無窮已余旣不見虞裳每恨之且旣然
其文章無留者世益無知者乃發篋中舊藏得其前
所示纔數篇於是悉著之以爲之傳虞裳虞裳有弟
亦能詩

易學大盜傳

鳳山學者傳 二篇遺失

竊聞之內舅芝溪公云易學大盜傳當時
有託儒名而潛售權利者焰熏灼者府君
作是文以譏之蓋與老蘇辨姦同意後具
人敗府君遂禁棄此文蓋亦不欲以先見
自居也上文之說下篇之失以具聯卷說
並爲遺俠云男宗儒謹書
以上凡傳皆府君弱冠時作也家無藏本
每從人得之府君嘗命毀棄曰此吾少時
有意作家所以肆緩屬之法者至今猶或
消以此稱道則余甚愧易不宵業雖欲承
命亦氣如人之傳布何也昔日嘗就寶於
內舅芝溪公公曰先公立論圖多典重此
等實是筆墨之餘灑不是爲有無允少時
事乎且古來文章家則有似此磚瀫之作
不必發之但雨班一傳語多俚俗是爲小
疵而此實微王發價豹而作非無謂也不
有暈不敢安有去就並以附之財集之末
男宗偏趙書

홍길동젼

됴션국셰둉ᄃᆡ왕즉위십오연의홍희문밧긔ᄒᆞᆫ저상이이스되셩은홍이요명은문이니위인이쳥염강직ᄒᆞ여덕망이거록ᄒᆞ니당셰의영웅이라일즉용문의올나벼살이한림의쳐ᄒᆞ엿더니명망이됴졍의읏듬되ᄆᆡ젼하그덕망을승이녀기ᄉᆞ벼살을도〃와이조판셔로좌의졍을ᄒᆞ이시니승상이국은을감동ᄒᆞ야갈츙보국ᄒᆞ니ᄉᆞ방의일이업고도젹이업스ᄆᆡ시화연풍ᄒᆞ여나라이ᄐᆡ평ᄒᆞ더라일〃은승상이난간의비겨잠간조의더니ᄒᆞᆫ풍이길을인도ᄒᆞ여ᄒᆞᆫ고ᄃᆡ다〃르니쳥산은암〃ᄒᆞ고녹슈난양〃ᄒᆞᆫᄃᆡ셰류쳔만가지녹음이파〃ᄒᆞ고황금갓튼ᄭᅬᄭᅩ리난츈흥을희롱ᄒᆞ여냥뉴간의왕ᄂᆡᄒᆞ며긔화요초만발ᄒᆞᆫᄃᆡ쳥학ᄇᆡᆨ학이며비취공작이츈광을ᄌᆞ랑ᄒᆞ거날승상이경물을귀경ᄒᆞ며졈〃드러가니간장졀벽은하날의다엇고구뷔〃〃벽계슈난골〃이폭포되어오운이어려엿난ᄃᆡ길이쓴쳐갈방을모로더니문득쳥용이물결을헤치고머리를드러고함ᄒᆞ니산학이문허지난듯ᄒᆞ더니그용이입을버리고긔운을토ᄒᆞ여승상의입으로드러뵈거날ᄭᆡ다르니평ᄉᆡᆼ몽이라ᄂᆡ염의혜아리되피련군ᄌᆞ을나흐리라ᄒᆞ여즉시ᄂᆡ당의드러가시비을믈이치고부인을익그러츄쳥코져ᄒᆞ니부인이졍ᄉᆡᆨ왈승상은국지ᄌᆡ상이라쳬위존즁ᄒᆞ시거날빅쥬의졍실의드러와노류장화갓치ᄒᆞ시니ᄌᆡ상의체면이이ᄃᆡ잇난잇ᄀᆞ승상이ᄉᆡᆼ각ᄒᆞ신즉말ᄉᆞᆷ은당연ᄒᆞ오나ᄃᆡ몽을허송할가ᄒᆞ야몽ᄉᆞ을이르지아니ᄒᆞ시고연ᄒᆞ여간쳥ᄒᆞ시니부인이옷슬ᄯᅥᆯ치고밧그로나가시니승상이무류ᄒᆞ신즁의부인의도〃ᄒᆞᆫ고집을이달나무슈히ᄎᆞ탄ᄒᆞ시고외당으로나오시니마ᄎᆞᆷ시비츈셤이상을드리거날좌우고요ᄒᆞᆷ을인ᄒᆞ여츈셤을잇글고원앙지낙을일의시니져기울화을더르시나심〃의못니한탄ᄒᆞ시더라츈셤이비록쳔인이나직덕이슌직ᄒᆞᆫ지라불의예승상의위엄으로친근ᄒᆞ시니간이위령치못ᄒᆞ여순종ᄒᆞᆫ후로난그날붓

텀즁문밧긔나지아니ᄒᆞ고ᄒᆡᆼᄉᆞᆯ을닥그니그달붓텀ᄐᆡ긔잇셔십삭이당ᄒᆞᄆᆡ거쳐ᄒᆞ는방의오ᄉᆡᆨ운무영농ᄒᆞ며향ᄂᆡ긔이ᄒᆞ더니혼미즁의ᄒᆡ틱ᄒᆞ니일ᄀᆡ긔남ᄌᆞ라삼일후의승상이드러와보시니일변깃거오나그쳔ᄉᆡᆼ되믈앗기시더라일홈을길동이라ᄒᆞ니라이아희점〃ᄌᆞ라ᄆᆡ긔골이비상ᄒᆞ여ᄒᆞᆫ말을드르면열말을알고ᄒᆞᆫ번보면모로거시업더라일〃은승상이길동을다리고ᄂᆡ당의드러가부인을ᄃᆡᄒᆞ야탄식왈이아희비록영웅이오나쳔ᄉᆡᆼ이라무엇의쓰리오원통ᄒᆞᆯᄉᆞ부인의고집이여ᄎᆞ회막급이로소이다부인이그연고을뭇ᄌᆞ오니승상이양미을빈츅ᄒᆞ여왈부인이젼일의ᄂᆡ말을드르시던들이아희부인복즁의낫슬나다엇지쳔ᄉᆡᆼ이되리요인ᄒᆞ여몽ᄉᆞ을셜화ᄒᆞ시니부인이츄연왈ᄎᆞ역쳔슈오니엇지인력으로ᄒᆞ오리잇ᄀᆞ셰월이여류ᄒᆞ야길동의나히팔셰라상하다아니층찬ᄒᆞ리업고ᄃᆡ감도ᄉᆞ랑ᄒᆞ시나길동은가ᄉᆞᆷ의원한이부친을부친이라못ᄒᆞ고형을형이라부르지못ᄒᆞ미ᄉᆞᄉᆞ로쳔ᄉᆡᆼ되믈ᄌᆞ탄ᄒᆞ더니츄칠월망일의명월을ᄃᆡᄒᆞ야졍하의ᄇᆡ회ᄒᆞ더니츄풍은삽〃ᄒᆞ고긔러긔우난소ᄅᆡ은ᄉᆞᄅᆞᆷ의외로온심ᄉᆞ을돕ᄂᆞᆫ지라홀노탄식ᄒᆞ여왈ᄃᆡ장부셰상의나미공ᄆᆡᆼ의도학을비화츌장입상ᄒᆞ여ᄃᆡ장인슈을요하의ᄎᆞ고ᄃᆡ장단의노피안ᄌᆞ쳔병만마을지위즁의너허두고남으로초를치고북으로즁원을뎡ᄒᆞ며셔으로촉을쳐ᄉᆞ업을일운후의얼골을긔린각의빗ᄂᆡ고일홈을후셰예유젼ᄒᆞ미ᄃᆡ장부의ᄯᅥᆺ〃ᄒᆞᆫ일이라옛ᄉᆞᄅᆞᆷ이〃르긔를왕후장상이씨업다ᄒᆞ엿시니날을두고이르미ᄅᆞᆯ세상ᄉᆞᄅᆞᆷ이갈관박이라도부형을부형이라ᄒᆞ되나는홀노그러치못ᄒᆞ니이어인〃ᄉᆡᆼ으로그러ᄒᆞᆫ고울억ᄒᆞᆫ마음을걷잡지못ᄒᆞ야칼을잡고월하의츔을츄며장ᄒᆞᆫ긔운이기지못ᄒᆞ더니이ᄯᆡ승상이명월을ᄉᆞ랑ᄒᆞ야창을열고비겨더니길동의거동을보시고놀ᄂᆡ〃로ᄃᆡ밤이깁퍼거놀네무ᄉᆞᆫ걸거오미잇셔이러ᄒᆞ나냐길동이칼을더지고부복ᄃᆡ

二

알소인이ᄃᆡ감의졍긔를타당당ᄒᆞᆫ남ᄌᆞ로낫ᄉᆞ오니이만길거
ᄒᆞᆫ일이업ᄉᆞ오ᄃᆡ평ᄉᆡᆼ셜워ᄒᆞ옵ᄂᆞᆫ바ᄂᆞᆫ아부를아부라부르지못ᄒᆞ
옵고형을형이라못ᄒᆞ와상하노복이다쳔이보고친쳑고구
도손으로가로쳐아모의천싱이라이르오니이런원통ᄒᆞᆫ일
이어ᄃᆡ잇ᄉᆞ오리잇ᄀᆞ인ᄒᆞ여ᄃᆡ셩통곡ᄒᆞ니ᄃᆡ감이마음의긍측
이녀기시나만일그마음을위로ᄒᆞ면일노조ᄎᆞ방ᄌᆞᄒᆞᆯᄀᆞᄒᆞ
야ᄭᅮ지져왈ᄌᆡ상의쳔싱이너ᄲᅮᆫ아니라ᄀᆞ장방ᄌᆞᄒᆞᆫ마ᄋᆞᆷ을
두지말나일후의다시그런말을번거이ᄒᆞᆫ일이잇스면눈
압푸용납지못ᄒᆞ리라ᄒᆞ시니길동은한갓눈믈을흘일ᄲᅮᆫ
이라이윽키업ᄃᆡ엿더니ᄃᆡ감이믈너ᄀᆞ라ᄒᆞ시거날길동이
도라와어미을붓들고통곡왈모친은소ᄌᆞ와젼셩연분으
로금셰의모ᄌᆞ되오니구로지은을ᄉᆡᆼ각ᄒᆞ오면호천망극
ᄒᆞ오나남아셰상의나셔입신양명ᄒᆞ와우희로향화을밧
들고부모의약휵지은을만분의ᄒᆞ나히라도갑푸거시여날
이몸은팔ᄌᆞ기박ᄒᆞ여천싱이되여남의천ᄃᆡ을바드니ᄃᆡ장

부엇지구구히근본을직히여후회을두리요이몸미당당히
조션국병조판셔인슈을ᄯᅴ고상장군이되지못ᄒᆞᆯ진ᄃᆡᆫᄎᆞ라
리몸을산즁의부쳐셰상영욕을모로고져ᄒᆞ오니복망모친
은ᄌᆞ식의ᄉᆞ졍을솔피ᄉᆞ아조바린다시잇고계시면후일의소
ᄌᆞ도라와오조지졍을일위랄잇ᄉᆞ오니이만짐작ᄒᆞ옵소셔
ᄒᆞ고언파의ᄉᆞ긔도도ᄒᆞ여도로쳐비회업거날그모이거동을
보고기유ᄒᆞ여왈ᄌᆡ상가천싱이너ᄲᅮᆫ아니라무ᄉᆞᆫ말을드른지
모로되어미의간장을이ᄃᆡ지상졔ᄒᆞᄂᆞᆫ다어미의낫츨보와아
직잇스면니두의ᄃᆡ감이쳐결ᄒᆞ시ᄂᆞᆫ분부업지아니ᄒᆞ리라길
동이ᄀᆞ로ᄃᆡ부형의천ᄃᆡᄂᆞᆫ고ᄉᆞᄒᆞ옵고노복이며동유의잇다
감들이ᄂᆞᆫ말이골슈의박키난일이허다ᄒᆞ오며근간의곡산
모의힝싀을보오니승과ᄌᆞ을엽지ᄒᆞ야파설업노우리모
ᄌᆞ을구슈갓치보와살ᄒᆡᄒᆞᆯᄯᅳᆺ을두오니불구의목젼ᄃᆡ
환이잇슬지라그러ᄒᆞ오ᄂᆞ소ᄌᆞ나고후이라도모친의게환이
밋지아니케ᄒᆞ오리다그어미ᄀᆞ로ᄃᆡ비말이ᄀᆞ장그러ᄒᆞᄂᆞ곡

ᄉᆞ모ᄂᆞᆫ인후ᄒᆞᆫᄉᆞ람이라엇지그런일이잇스리요길동알셰
상ᄉᆞ을츙양치못ᄒᆞᄂᆞ이다소ᄌᆞ의말을청ᄒᆞ오쳐셤각지마
르시고장님을보오소셔ᄒᆞ더라원ᄂᆡ곡산모ᄂᆞᆫ곡산긔싱으
로ᄃᆡ감의총쳡이되여ᄯᅳ시방ᄌᆞᄒᆞ긔로노복이라도불합ᄒᆞᆫ
일이잇스면ᄒᆞᆫ번참소의ᄉᆞ싱이판계ᄒᆞ여ᄉᆞ람이못되면긔
거ᄒᆞ고승ᄒᆞ면시긔ᄒᆞ더니ᄃᆡ감이용몽을엇고길동을나허
ᄉᆞ람마다일칼고ᄃᆡ감이ᄉᆞ랑ᄒᆞ시미일후총을아일ᄀᆞᄒᆞ
며ᄯᅩᄒᆞᆫᄃᆡ감이잇다감흐롱ᄒᆞ시난말ᄉᆞᆷ이너도길동갓탄ᄌᆞ
식을나허니의도년ᄌᆞ밍을도으라ᄒᆞ시미ᄀᆞ장무류ᄒᆞ여ᄒᆞ
ᄂᆞᆫ즁의길동의일홈미낫노ᄌᆞᄌᆞᄒᆞ무로초낭더옥ᄏᆞ케시
긔ᄒᆞ여길동모ᄌᆞ을눈의ᄀᆞ시ᄀᆞ치미워ᄒᆞ여ᄒᆞᆫ할마음이
급ᄒᆞ미흉계을ᄌᆞ어ᄂᆡ여ᄌᆡ물을흣터요괴도손무녀등
을불너모의말ᄒᆞ고축일왕ᄂᆡᄒᆞ더니ᄒᆞᆫ무녀ᄀᆞ로ᄃᆡ동
ᄃᆡ문밧긔관상ᄒᆞᄂᆞᆫ계집이잇스되ᄉᆞ람의상을ᄒᆞᆫ번보오
면평싱길흉화복을판단ᄒᆞ오니이제청ᄒᆞ여약속을정

ᄒᆞ고ᄃᆡ감젼의천거ᄒᆞ여ᄀᆞ즁젼후ᄉᆞ을본다시이르른후의
인ᄒᆞ여길동의상을보고어ᄎᆞᄎᆞ이알외여ᄃᆡ감의마음을
놀니면당ᄌᆞ의소회를일노조ᄎᆞ일울ᄀᆞᄒᆞᄂᆞ이다조낭이
ᄃᆡ희ᄒᆞ야직시관상녀의게통ᄒᆞ여ᄌᆡ믈노뫼다리고ᄃᆡ감ᄃᆡᆨ
일을낫낫치ᄆᆞ르치고길동제거ᄒᆞᆯ약속을졍ᄒᆞᆫ후의날을
긔약ᄒᆞ고보니니라일일은ᄃᆡ감이ᄂᆡ당의드러ᄀᆞ길동을불
은후의부인을ᄃᆡᄒᆞ야ᄀᆞ로ᄃᆡ이아희비로목영웅의긔상이
잇스나엇다ᄡᅳ리요ᄒᆞ시며희롱ᄒᆞ시더니문득ᄒᆞᆫ녀ᄌᆞ밧긔
로붓터드러와당하의뵈거날ᄃᆡ감이괴히녀겨그연고을
무르신ᄃᆡ그녀ᄌᆞ복지쥬왈소녀난동ᄃᆡ문밧긔ᄉᆞ옵더니어
려셔ᄒᆞᆫ도인을만나ᄉᆞ람의상보ᄂᆞᆫ법을비은바두로다니며
관상ᄒᆞᄌᆞ로맛ᄎᆞ장안을편남ᄒᆞ옵고ᄃᆡᆨ덕만복을놉피
듯고천ᄒᆞᆫ져조을시험코져왓ᄂᆞ니다ᄃᆡ감이엇지요괴로은
무녀을ᄃᆡᄒᆞ여문답이잇스리요마ᄂᆞᆫ길동을희롱ᄒᆞ셔던ᄭᅳᆺ
친고로우으시며왈네안젼ᄂᆞ갓ᄀᆞ히올아니의평싱을확논

ᄒᆞ라ᄒᆞ시니판상녀국궁ᄒᆞ고당의올나몬첨ᄃᆡ감의상을ᄉᆞᆯ피후의이왕저ᄉᆞ을역〻히알외며닉두ᄉᆞ을보ᄂᆞ다시논단ᄒᆞ니호발도ᄃᆡ감의마음의위월ᄒᆞᆫ마듸업ᄂᆞᆫ거라ᄃᆡ감이크게ᄎᆞᆼ찬ᄒᆞ시고연ᄒᆞ여모ᄒᆞᆫᄉᆞᄅᆞᆷ의상을의논ᄒᆞᆯᄉᆡ낫〻치본다시평논ᄒᆞ야ᄒᆞᆫ말도허망ᄒᆞᆫ고시업ᄂᆞᆫ지라ᄃᆡ감과부인이며좌중졔인이ᄃᆡ혹ᄒᆞ야신인이라일ᄏᆞᆺ더라ᄉᆞᆺ퇴로길동의상을의논ᄒᆞᆯ시ᄏᆡ게ᄒᆞᆫ찬왈소녀〻열읍의주류ᄒᆞ며천만인을보와시되공ᄌᆞ의상갓ᄐᆞᆫ이ᄂᆞᆫ처음이연이와아지못게라부인의긔출이아니ᄆᆞᄒᆞᄂᆞ이다ᄃᆡ감이ᄉᆞ긔지못ᄒᆞ여왈그ᄂᆞᆫ그러ᄒᆞ거니와ᄉᆞ놈마닷길흉영옥이각〻ᄋᆡ잇ᄂᆞᆫ이〻아희상을각별논단ᄒᆞ라ᄒᆞ니상녜이윽기보다ᄀᆞ거즛놀ᄂᆞᆫ체ᄒᆞ거날과히녀겨그연고을므르신ᄃᆡ참구ᄒᆞ고말이업거ᄂᆞᆯᄃᆡ감이ᄀᆞ로ᄃᆡ길흉을호발도긔이지말고보이ᄂᆞᆫᄃᆡ로의논ᄒᆞ여ᄂᆡ의〻혹이업게ᄒᆞ라관상녀ᄀᆞ로ᄃᆡ이말ᄉᆞᆷ을바로알외오면ᄃᆡ감의마음을놀닐ᄀᆞᄒᆞᄂᆞ이다ᄃᆡ감왈옛제곽분양ᄀᆞᆺᄐᆞᆫᄉᆞᄅᆞᆷ도길ᄒᆞᆫᄯᆡ잇고흉ᄒᆞᆫᄯᆡ잇셔시니무ᄉᆞᆫ여러말이잇나뇨상법보이ᄂᆞᆫᄃᆡ로긔이말나ᄒᆞ니판상녀마지못ᄒᆞ여길동치운후의그윽키알외되공ᄌᆞ의ᄂᆡ두ᄉᆞᄂᆞᆫ여러말ᄉᆞᆷ발이업고셩즉군왕지상이요픽즉층양치못ᄒᆞᆯ환이잇ᄂᆞ이다ᄒᆞᆫᄃᆡᄃᆡ감이크게놀ᄂᆡ여이윽기진졍ᄒᆞᆫ후의상녀를후이상급ᄒᆞ시고ᄀᆞ로ᄃᆡ이ᄃᆡ여말을ᄉᆞᆷᄀᆞ발구치말나엄이분부ᄒᆞ시고왈제늑드락츄립지못ᄒᆞ게ᄒᆞ리라ᄒᆞ시니상녀왈왕후장상이엇지씨잇스릿ᄀᆞ、ᄃᆡ감인〻당부ᄒᆞ시니판상녀공슈〻명ᄒᆞ고가니라ᄃᆡ감이발을드르신후로녀럼의크게근심ᄒᆞᄉᆞ일염의ᄉᆡᆼ각ᄒᆞ시되이놈이본ᄅᆡ범상ᄒᆞᆫ놈이아니요ᄯᅩᄒᆞᆫ쳔셩되물ᄌᆞ튼ᄒᆞ여만일범남ᄒᆞᆫ마음을머그면ᄂᆞ、ᄃᆡ갈ᄎᆞᆼ보국ᄒᆞ던일이쓸ᄃᆡ업고ᄃᆡ화일문의밋ᄎᆞ리니밀이겨을업셰여ᄀᆞ화을덜고져ᄒᆞᄂᆞ、인졍의ᄎᆞ마못ᄒᆞᆯ비라ᄉᆡᆼ각이이러ᄒᆞᆫ즉션쳐ᄒᆞᆯ도리업셔일념이병이되여식불감침불안ᄒᆞ시ᄂᆞᆫ지라초낭이긔ᄉᆡᆨ을ᄉᆞᆯ핀후의승간ᄒᆞ여엿ᄌᆞ오ᄃᆡ

길동이관상녀의말ᄉᆞᆷ갓치왕긔잇셔만일범남ᄒᆞᆫ일이잇ᄉᆞ오면ᄀᆞ화장ᄎᆞ측냥치못ᄒᆞᆯ지라어린소견은져근혐의를ᄉᆡᆼ각지말으시고큰일을ᄉᆡᆼ각ᄒᆞ와져를미리업시ᄒᆞᆷ만갓지못ᄒᆞᆯᄀᆞᄒᆞᄂᆞ이다ᄃᆡ감이ᄃᆡ쳑왈이말을경솔이ᄒᆞᆯ비아니여ᄂᆞᆯ네엇지입을직키지못ᄒᆞᄂᆞ뇨도서니집ᄀᆞ울을네알비아니이라ᄒᆞ시니초낭이황공ᄒᆞ여다시말ᄉᆞᆷ을못ᄒᆞ고ᄂᆡ당의드러ᄀᆞ부인과ᄃᆡ관의장ᄌᆞ을ᄃᆡᄒᆞ야엿ᄌᆞ오ᄃᆡᄃᆡ감이판상녀의말ᄉᆞᆷ을드르신후로ᄉᆞ렴의션쳐ᄒᆞ실도리업ᄉᆞ와침식이불안ᄒᆞ시더니일렴의병환이되시ᄆᆡ로소인이일젼의엿ᄌᆞᆸ〻ᄒᆞᆫ말ᄉᆞᆷ을알외온즉ᄉᆞᆨ죵이낫삽기로다시엿ᄌᆞᆸ지못ᄒᆞ여ᄊᆞᆸ거니와소인이ᄃᆡ감의마음을취퇴ᄒᆞ온즉ᄃᆡ관계옵셔도져를미리업세고져ᄒᆞ시되ᄎᆞ마거처치못ᄒᆞ오니미련ᄒᆞᆫ소견으로ᄂᆞᆫ션쳐ᄒᆞᆫ모칙이길동을몬져업신후의ᄃᆡ감쇠아뢰즉이위져즌일이라ᄃᆡ관계옵셔도엇지할슈업ᄉᆞ와마옴을아조이즐ᄀᆞᄒᆞ옵ᄂᆞ이다부인이빈츅왈일은그러ᄒᆞ거니와인졍쳔리의ᄎᆞ마ᄒᆞᆯ비아니라ᄒᆞ시니초낭이다시엿ᄌᆞ오ᄃᆡ이일이여러ᄀᆞ지관겨ᄒᆞ오니ᄒᆞᆫ나흔국ᄀᆞ을위ᄒᆞᆷ미요두른은ᄃᆡ감의환후을위ᄒᆞᆷ미요세ᄉᆞᆫ홍씨일문을위ᄒᆞ미요니엇지져근ᄉᆞ졍으로우유부단ᄒᆞ와여러ᄀᆞ지큰일을ᄉᆡᆼ각지아니ᄒᆞ시다ᄀᆞ、후회막급이되오면엇지ᄒᆞ오릿ᄀᆞᄒᆞ며만단으로부인과ᄃᆡ감의장ᄌᆞ을달ᄂᆡ니마지못ᄒᆞ여허락ᄒᆞ시거ᄂᆞᆯ초낭이암희ᄒᆞ야나와특ᄌᆡ라ᄒᆞᄂᆞᆫᄌᆞ긔을쳥ᄒᆞ여슈말을다젼ᄒᆞ고은ᄌᆞ을만이쥬워오날밤의길동을ᄒᆡᄒᆞ라약속을졍ᄒᆞ고다시ᄂᆡ당의드러ᄀᆞ부인젼의슈말을엿ᄌᆞ오니부인이드르시고발을구르시며못ᄂᆡᄎᆞ셕ᄒᆞ시더라이젹의길동은나희십일셰라기골이장ᄃᆡᄒᆞ고용밍이졀뉸ᄒᆞ며시셔ᄇᆡᆨᄀᆞ、여을무블통저ᄒᆞᄂᆞ、ᄃᆡ감분부의밧긔츌입을막으시미ᄒᆞᆯ노별당의쳐ᄒᆞ여손오의병셔을통니ᄒᆞ여귀신도측냥치못ᄒᆞᄂᆞᆫ술법이며쳔지조화을품어풍운을임의로부리며육졍육갑의신장을

부려신출 귀몰지술을 통달ᄒᆞ니 셰상의 두려온 거시 업더
라 이날 밤 숨겨 이던 후의 장ᄎᆞ셔 안을 물니치고 취침ᄒᆞ려
ᄒᆞ더니 문득 창밧긔셔 ᄀᆞ마귀 세번 을고 셔으로 나라가거날 마
음의 놀나 혀혹ᄒᆞ니 ᄀᆞ마귀 세번 긱ᄌᆞ와 ᄀᆞᄀᆞᄒᆞ고 셔으로
나라ᄀᆞ나 분병 ᄌᆞ긱이 오는지라 잇던 ᄉᆞᄅᆞᆷ이 날을 히코져
ᄒᆞᄂᆞ고 암겨나 방신지계을 ᄒᆞ리라ᄒᆞ고 방즁의 팔진을 치고
각각 방위을 밧고와 남방의 이허즁 순북방의 감즁 연의 옴
긔고 동방 진하 연은 셔방 틔상졀 의 옴긔고 건방의 건슴 연
은 손방 손하졀의 옴긔고 끈방의 끈슴졀은 간방 간상 연
의 옴겨 그ᄀᆞ온듸 풍운을 너허 조화무궁케 버리고 셔을 긔
다리나라 이젹의 특ᄌᆡ 비수을 들고 길동 거쳐ᄒᆞᄂᆞᆫ 병당의
ᄀᆞ 몸을 숨긔고 그 잠들기을 긔다리더니 난듸업슨 ᄀᆞ마귀
창밧긔 와 울고 ᄀᆞ거날 마음의 크게 의심ᄒᆞ여 왈 이김셩이 무
슨 알미 잇셔 쳔긔을 누셜ᄒᆞᄂᆞ고 길동은 실노 범상ᄒᆞᆫ ᄉᆞᄅᆞᆷ
이 아니로다 피련 다 일의 크게 쓰리라ᄒᆞ고 도라 ᄀᆞ고저 ᄒᆞ다

ᄆᆞ은 제의 욕심이 몸을 ᄉᆡᆼ각지 못ᄒᆞ야 이시ᄒᆞᆫ 후 몸을 날
여 방즁의 드러ᄀᆞ니 길동은 간ᄃᆡ업고 일진광풍이 ᄃᆞ러나뇌
셩 벽녁이 쳔지 진동ᄒᆞ며 운무 ᄌᆞ옥ᄒᆞ야 동셔을 분별치 못
ᄒᆞ며 좌우을 살펴보니 쳔봉만학이 즁즁쳡쳡ᄒᆞ고 듸히 창
일ᄒᆞ야 졍신을 슈십지 못ᄒᆞᄂᆞᆫ지라 특ᄌᆡ 니렴의 혜아리되
니 앗가 분명 방즁의 드러와거든 산은 어인 산이며 물은 어인
물인고ᄒᆞ야 갈바을 아지 못ᄒᆞ더니 문득 옥져소리 드리거날
살펴보니 쳥의 동ᄌᆞ 빅학을 타고 공즁의 다니며 불너 왈 너
ᄂᆞᆫ 엇더ᄒᆞᆫ ᄉᆞᄅᆞᆷ이과듸 이 집푼 밤의 비수을 들고 뉘를 히코
져 ᄒᆞᄂᆞ다 특ᄌᆡ 왈 네 분명 길동이로다 나ᄂᆞᆫ 너희 부형의
명영을 바다 너를 취ᄒᆞ려 왓노라 ᄒᆞ고 비수을 드러 더지니
문득 길동은 간듸업고 음풍이 듸작ᄒᆞ고 벽녁이 진동ᄒᆞ며
즁쳔의 살긔ᄲᅮᆫ이로다 즁심의 듸겁ᄒᆞ여 칼을 ᄎᆞᄌᆞ며 왈
니 남의 재물을 욕심ᄒᆞ다 ᄀᆞᄉᆞ지 예ᄲᅵ 졋 ᄊᆞ니 슈원슈구ᄒᆞ
리요ᄒᆞ며 긔리탄식ᄒᆞ더니 문득 이음고 길동이 비수을

들고 공즁의 셔 우여 왈 필부는 드르라 네 재물을 탐ᄒᆞ여 무
죄ᄒᆞᆫ 인명을 살히코져 ᄒᆞ니 이제 너을 살녀두면 일후의
무죄ᄒᆞᆫ ᄉᆞᄅᆞᆷ이 허다 이상ᄒᆞᆯ지라 엇지 살녀보니리요ᄒᆞᆫ듸
특ᄌᆡ의 결살파연소인의 죄 아니오라 공ᄌᆞ되 초낭ᄌᆞ의 소위오
니 바리옵건대 ᄀᆞ련ᄒᆞᆫ 시 명을 구제ᄒᆞ옵셔 일후의 기과
ᄒᆞ게ᄒᆞ옵소셔 길동이 더옥 분을 이긔지 못ᄒᆞ야 왈 네의 약
관이 하날의 ᄉᆞ못ᄎᆞ 오날ᄂᆞᆯ 너 ᄌᆞ손을 비러 악ᄒᆞᆫ 유을 업시게
ᄒᆞ미라ᄒᆞ고 언파의 특ᄌᆡ의 목을 쳐 바리고 신장을 호령ᄒᆞ
여 동듸 문밧긔 상녀을 ᄌᆞ부ᄂᆞᆫ ᄀᆞ수 죄ᄒᆞ여 왈 네 요망ᄒᆞᆫ 년으
로 져 상ᄀᆞ의 출입ᄒᆞ며 인명을 상히ᄒᆞ니 네 죄을 네 아ᄂᆞᆫ다
관상녀 제 집의 셔ᄌᆞ 오다 ᄀᆞ 풍운의 ᄊᆞ이여 혼탕ᄃᆞ 이 아모
듸로 ᄀᆞᄂᆞᆫ 줄 모로더니 문득 길동의 ᄭᅮ짓ᄂᆞᆫ 소리을 듯고 인
결 왈 이ᄂᆞᆫ 다 소녀의 죄ᄀᆞ 아니오라 초낭ᄌᆞ의 ᄀᆞ르치미오니
바라건듸 인후ᄒᆞ신 마음의 죄을 판셔ᄒᆞ옵소셔 ᄒᆞ거날 길
동이 가로듸 초낭ᄌᆞᄂᆞᆫ 니의 ᄀᆞ모라 의논치 못ᄒᆞ련이와 너의

又 토악ᄒᆞᆫ 일을 니엇지 살녀두리요ᄒᆞ고 ᄉᆞᄅᆞᆷ을 징계ᄒᆞ리라ᄒᆞ
고 칼을 드러 머리을 버혀 특ᄌᆡ의 슈검ᄒᆞᆫ 듸 더지고 분ᄒᆞᆫ 마
음을 것잡지 못ᄒᆞ야 바로 듸감 젼의 나ᄋᆞ가 이번 ᄭᅬ을 아뢰고
초낭을 버히려 ᄒᆞ든 ᄀᆞ호련 ᄉᆡᆼ각 왈 영인부아ᄂᆞᆫ 경무아부
인이라ᄒᆞ고 ᄯᅩ 니일시분을로 엇지 일ᄂᆞᆫ을 ᄯᅳᆫ스리요ᄒᆞ고 바
로 듸감 침소의 나ᄋᆞ가 경하의 업듸엿더니 잇ᄯᅢ 듸감이 잠을
ᄭᆡ여 문밧긔 인젹잇ᄉᆞᆷ을 괴히 녀겨 창을 열고 보시니 길동
이 졍하의 업더여 거날 불부왈 이졔 밤이 ᄃᆞ 무집 펴거날 네 엇
지 ᄌᆞ지 아니 ᄒᆞ고 부ᄉᆞᆷ 년고로 이러ᄒᆞᄂᆞᆫ다 길동이 쳬읍듸 왈
ᄆᆞ니에 ᄒᆞᆫ ᄒᆞᆫ 변이 잇ᄉᆞ와 목숨을 도망ᄒᆞ여 나ᄀᆞ오니 듸
감쳔의 ᄒᆞ직ᄎᆞ로 왓ᄂᆞ이다 듸감이 놀나 여십 니의 상냥ᄒᆞ
시되 피련 무ᄉᆞᆷ 곡졀이 잇도다 ᄒᆞ시고 ᄀᆞ로듸 무ᄉᆞᆫ 일인지
날이 셔면 아련이와 급피 도라ᄀᆞᄌᆞ고 분부을 긔다리라 ᄒᆞ
시니 길동이 복지쥬왈 소인이 ᄋᆞᆨ제로 집을 ᄯᅥ나 가오니 듸감
쳬후 만복ᄒᆞ옵소셔 소인이 다시 뵈올 긔약이 망연ᄒᆞ오이다

다ᄃᆡ감이헤아리되길동은범뉴아니라말유ᄒᆞ여도듯지아
니ᄒᆞᆯ줄짐작ᄒᆞ시고ᄀᆞ로ᄃᆡ네이졔집을ᄯᅥ나면어ᄃᆡ로갈다
길동이부복쥬왈목숨을도망ᄒᆞ와쳔지로집을삼고나가
오니엇지경쳐잇ᄉᆞ오릿가마ᄂᆞᆫ평ᄉᆡᆼ원ᄒᆞᆫ이ᄀᆞᆺ슴의ᄆᆡ쳐설
웟ᄒᆞᆯ날이업ᄉᆞ오니더옥기셜워ᄒᆞᄂᆞ이다ᄒᆞ거날ᄃᆡ감이
위로왈오날노븟터네원을푸러쥬ᄂᆞᆫ거시니네ᄂᆞᆫᄉᆞ반의
쥬류ᄒᆞᆯ지라도부ᄃᆡ죄을지허부형으게환을씌치지말고슈히
도라와너의마음을위로ᄒᆞ라여러말아니ᄒᆞ니부ᄃᆡ겸염ᄒᆞ여
라ᄒᆞ시니길동이ᄀᆞ러나다시절ᄒᆞ고쥬왈부친이오날ᄂᆞᆯ젹변
소원을푸러쥬시니이졔쥭어도한이업ᄉᆞ올지라황공무지오
니복망아반임은만셰무강ᄒᆞ소셔ᄒᆞ며인ᄒᆞ여하직을고ᄒᆞ
고나와바로그모친침실의드러가어미을ᄃᆡᄒᆞ여ᄀᆞ로ᄃᆡ소저
이졔목숨을도망ᄒᆞ여집을ᄯᅥ나ᄉᆞ오니모친은불효자을ᄉᆡᆼ각
지마르 고계시오면소ᄌᆞ도라와뵈올날이잇ᄉᆞ오니달니염녀
마옵시고슴마조심ᄒᆞ와쳔금귀체을보즁ᄒᆞ옵소셔ᄒᆞ고초
낭의작변ᄒᆞ던일을ᄌᆞ두지미ᄒᆞ여낫〻치셜화ᄒᆞ니그어미
그번괴을ᄌᆞ셰히드른후의길동을말유치못ᄒᆞᆯ줄알고인ᄒᆞ
여탄식왈네이졔나가잠잔화을피ᄒᆞ고어미낫츨보와슈히도
라와날노ᄒᆞ여곰실망ᄒᆞᄂᆞᆫ병이업게ᄒᆞ라ᄒᆞ며못ᄂᆡ셜워ᄒᆞ니
길동이ᄆᆞ슈히위로ᄒᆞ며눈물을거두워ᄒᆞ직ᄒᆞ고문밧긔나셔
니광듸ᄒᆞᆫ쳔지군의ᄒᆞᆫ몸이용납ᄒᆞᆯ고지업ᄂᆞᆫ지라탄식으로젹
쳐업서가니라이젹의부신이ᄌᆞ리을길동의게보ᄂᆡᆫ줄알ᄋᆞ시
고밤이맛도록ᄌᆞᆷ을이뢰지못ᄒᆞ고무슈히탄식ᄒᆞ시니장ᄌᆞ길
현이위로왈소ᄌᆞ도시러곰마지못ᄒᆞ온일이오니져쥭은후이
라도엇저ᄒᆞᆯ이업ᄉᆞ오릿가졔어미을더옥이후ᄃᆡᄒᆞ여일ᄉᆡᆼ을
편케ᄒᆞ옵고졔의시신을후장ᄒᆞ여야쳐ᄒᆞᆫ마음을만분지일이
나덜ᄒᆞᆯ가ᄒᆞᄂᆞ이다ᄒᆞ고을지ᄂᆡ더니잇튼날평명의초낭이
별당의날이박도록소[식]업스물피이녀겨ᄉᆞᄅᆞᆷ을보ᄂᆡ여탐
저ᄒᆞ니길동은간ᄃᆡ업고목업ᄂᆞᆫ쥭엄두리방즁의ᄊᆞ구러져
거날ᄌᆞ셰히보니특ᄌᆞ와관상녀라초낭이〻말을듯고크게

놀나여급피ᄂᆡ당의드러가이ᄉᆞ연을부인게고ᄒᆞ니부인이ᄃᆡ
경ᄒᆞ여장ᄌᆞ길현을블너길동을ᄎᆞᆺ즈되죵시거쳐을아지못
ᄒᆞᄂᆞᆫ지라ᄃᆡ감을청ᄒᆞ여슈말을알외며죄을청ᄒᆞ니ᄃᆡ감이
ᄃᆡ척왈가니의이런변고을지으니화장ᄎᆞᆺ무궁ᄒᆞᆯ지라간
밤의길동이집을ᄯᅥ나노라ᄒᆞ고ᄒᆞ직을고ᄒᆞ괴로운일
안지모랏더니원ᄂᆡ이일이잇ᄉᆞ물엇지아리요ᄒᆞ시고초낭을
ᄃᆡ척왈네압슈의괴히ᄒᆞᆫ말을ᄌᆞ아ᄂᆡ긔로ᄉᆞ지져믈이치
고그ᄃᆡ예말을나시ᄂᆡ거말나ᄒᆞ여거날네동시마ᄋᆞᆷ을고치
지아니ᄒᆞ고가니의잇셔이런ᄃᆡ시변을져으니죄을의논컨
ᄃᆡ쥭긔을면치못ᄒᆞ리라엇지ᄂᆡ안젼의두고보리요ᄒᆞ시
노복을블너두쥬겸을남이모로게치우고마음들고즐
몰나좌블안셕ᄒᆞ서더라이젹의길동이집을ᄯᅥᄂᆞ、ᄉᆞ방
으로쥬류ᄒᆞ더니일〻은ᄒᆞᆫ고ᄃᆡ이르니만쳡산장이하날
의다흔듯ᄒᆞ고초목이무셩ᄒᆞ여동셔을분별치못ᄒᆞᄂᆞᆫ
즁의힛빗ᄎᆞᆫ세양이되고인가쏘ᄒᆞᆫ업슨이진퇴유곡이
라비야으로쥬져ᄒᆞ더니ᄒᆞᆫ고ᄃᆡ바ᄅᆡ보니ᄒᆞᆫ고히ᄒᆞᆫ표ᄌᆞ셰
ᄂᆡᆫ물을조ᄎᆞ떠오거날인가잇ᄂᆞᆫ줄짐작ᄒᆞ고서ᄂᆡᆫ물을ᄎᆞᆺ
조ᄎᆞ슈리을드러가니산쳔이열이인고ᄃᆡ슈ᄇᆡᆨ인가즐비ᄒᆞ
거날길동이그촌즁의드러가니ᄒᆞᆫ고ᄃᆡ슈ᄇᆡᆨ인이모와잔치
을비셜ᄒᆞ고비반이낭ᄌᆞᄒᆞᆫᄃᆡ공논이분운ᄒᆞ더라원ᄂᆡ차
촌은젹굴이라이날맛ᄎᆞᆷ장슈을졍ᄒᆞ려ᄒᆞ고공논이분운
ᄒᆞ더니길동이말을듯고ᄂᆡ렴의헤아리되ᄂᆡ가거쳐업ᄂᆞᆫ저
초로위연이이고ᄃᆡ당ᄒᆞ엿스니이ᄂᆞᆫ날노ᄒᆞ여곰하날이저
시ᄒᆞ시미로다몸을노님의붓쳐남아의지긔을펴리라
ᄒᆞ고좌즁의나아가셩명을통ᄒᆞ여왈나ᄂᆞᆫ경셩홍승상의
아ᄌᆞ로셔ᄉᆞᄅᆞᆷ을쥭이고망명도쥬ᄒᆞ야ᄉᆞ방의쥬류ᄒᆞ옵
더니오날〻하날니지시ᄒᆞᄉᆞ위연이〻고ᄃᆡ이르러시니녹님
호걸의웃듬상슈되미엇더ᄒᆞ뇨ᄒᆞ며ᄌᆞ청ᄒᆞ니좌즁졔인
이〻셔술이취ᄒᆞ여바야흐로공논달난ᄒᆞ더니불의예ᄯᅩᄃᆡ
업ᄂᆞᆫ총긱아희드리와ᄌᆞ청ᄒᆞ미셔로도라보며ᄉᆞ지져왈

우리ᄉᆡ비인이다젼인지력을ᄆᆞ져스되지금두ᄆᆞ지일을리졍ᄒᆞ리업셔유예미결ᄒᆞ거니와너ᄂᆞᆫ엇더ᄒᆞᆫ아ᄒᆡ로셔감히우리년셕의들입ᄒᆞ여언ᄉᆞ이럿틋괴만ᄒᆞ뇨인명을셩각ᄒᆞ야살여보니니급피도라ᄀᆞ라ᄒᆞ고등미러니치거날길동이듣ᄂᆞᆫ밧긔나와큰남글쎄거글을쓰되용이엿든믈의즘겨사니어별이침노이며범이집푼숩풀을일히미여치와토ᄀᆡ와약조룡을보ᄂᆞᆫ듯소리치아니녀셔풍운을어드면그벗화측낭지어려오리로다ᄒᆞ엿더니ᄒᆞᆫ군ᄉᆞ그글을듯셔ᄒᆞ여좌즁의드리니상좌의ᄒᆞᆫᄉᆞ람이그글을보다ᄀᆞ여러ᄉᆞ람의게칭ᄒᆞ여왈그아히거동이비범ᄒᆞᆯᄲᅮᆫ아니라더옥기상ᄉᆞᆼ상의ᄌᆞ졔라ᄒᆞ니슈ᄌᆞ을쳥ᄒᆞ여그저조를시험ᄒᆞᆫ후의쳐ᄎᆞᄒᆞ미헤롭지아니타ᄒᆞ니좌즁졔인이응낙ᄒᆞ여즉시길동을쳥ᄒᆞ여좌상의안치고이로ᄃᆡ즉금우리의논이ᄃᆞ쥭ᄀᆞ지라ᄒᆞᆫ나ᄒᆞᆫ이압푸존부쳐이라ᄒᆞ나ᄂᆞᆫ노리ᄀᆞ잇스니즁이쳔여군이라좌즁으셔ᄂᆞᆫ용이졔둘ᄉᆞ람이업고두른경상도합쳔ᄒᆡ인ᄉᆞ의누거만저니스도

즁이슈쳔명이라그졀을치고져믈을아슬모쳑이업ᄂᆞᆫ지라슈ᄌᆞ이ᄃᆞᄆᆞ지을능히칭ᄒᆞ면오ᄂᆞᆯ붓텀장슈을봉ᄒᆞ리라ᄒᆞᆫ거날길동이ᄌᆞ말을듯고우셔왈ᄃᆡ장부셰상의쳐ᄒᆞ미맛당이상통쳔문ᄒᆞ고부찰지리ᄒᆞ고즁찰인의ᄒᆞᆯ지라엇지이만일을겁ᄒᆞ리요ᄒᆞ고직시팔을것곡고ᄃᆡ나아ᄀᆞ초부셕을드더팔우의연고슈십보을ᄒᆡᆼᄒᆞ다ᄀᆞ도로그ᄌᆞ리에노ᄒᆞ되일분게우ᄂᆞᆫ긔석이업스니모든ᄉᆞ람이ᄃᆡ츙왈실노장ᄉᆞ로다ᄒᆞ고상좌의안치고슐을권ᄒᆞ며장슈라일ᄏᆞ러치하분분ᄒᆞᄂᆞᆫ지라길동이군ᄉᆞ을명ᄒᆞ여비ᄂᆞᆫ마을ᄌᆞ바피를마셔밍셰ᄒᆞᆯ셰계군으게호령왈우리슈빅인이오ᄂᆞᆯ붓텀ᄉᆞ싱고락을ᄒᆞᆫᄀᆞ지ᄒᆞᆯ지니만일약속을비반ᄒᆞ고영을어긔오ᄂᆞᆫ저잇스면군법으로셔ᄒᆡᆼᄒᆞ리라ᄒᆞᆫ니졔군이일시예쳥령ᄒᆞ고즐그더라슈일후의졔군의게분부왈ᄂᆡ합쳔ᄒᆡ인ᄉᆞ의ᄆᆞ모쳑을졍ᄒᆞ고오리라ᄒᆞ고셔동복셕으로ᄂᆞᆫ귀을타고종ᄌᆞ슈인을다리고ᄀᆞ니완연ᄒᆞᆫ정승의ᄌᆞ졔리라ᄒᆡ인ᄉᆞ의노문ᄒᆞ되경셩호스승상

되ᄌᆞ졔공부ᄎᆞ로오신다ᄒᆞ니ᄉᆞ즁제승노문을듯고쉬은ᄒᆞ되져상ᄆᆞᄌᆞ졔졀의거쳐ᄒᆞ시면그신이젹지아니ᄒᆞ리로다ᄒᆞ고일시의동구밧긔마ᄌᆞ문안ᄒᆞ니길동이ᄒᆞᆫ연이ᄉᆞ즁의드려ᄆᆞ좌졍후의졔승을ᄃᆡᄒᆞ여왈ᄂᆡ드르니네졀이경셩의유명ᄒᆞ긔로소문을놉피듯고먼뎌을헤아리지아니ᄒᆞ고ᄒᆞᆫ번귀경도ᄒᆞ고공부도ᄒᆞ려ᄒᆞ야왓시니너의도피로히셩각지말ᄉᆞ더러ᄉᆞ즁의머무ᄂᆞᆫ잡인을일졔믈이치라너아모고을아즁의ᄆᆞ본관을보고빅미이십셕을보ᄂᆡᆯ거시니아모날음식을작만ᄒᆞ라ᄂᆡ너희로더부러ᄉᆞᆨᄉᆞ지분의을바리고동낙ᄒᆞᆫ후의그날붓텀공부ᄒᆞ리라ᄒᆞ니졔승이황공ᄉᆞ명ᄒᆞ더라명당ᄉᆞ면으로단이며드루ᄀᆞ살핀후의도라와젹군슈십인의게빅미이십셕을보ᄂᆡ며왈아모아즁의셔보ᄂᆡ더라이르니라졔승이엇지도젹의흉계을아리요힘여분부을어긔일ᄀᆞ념예ᄒᆞ여그빅미로즉시음식을작만ᄒᆞ며일변ᄉᆞ즁의머무ᄂᆞᆫ잡인을다보ᄂᆡ니라긔약ᄒᆞᆫ날의길동이제젹의게분부ᄒᆞ되이

졔ᄒᆡ인ᄉᆞ의가졔승을다졀박ᄒᆞᆯ거시니너희등이근쳐의민복ᄒᆞ엿다ᄀᆞ일시의졀의드러와졈믈을슈탐ᄒᆞ여ᄀᆞ지고너의ᄆᆞ로친ᄂᆞᆫ디로ᄒᆡᆼᄒᆞ되부ᄃᆡ영을어기지말나ᄒᆞ고 장ᄃᆡᄒᆞᆫᄒᆞᆫ인십여인을거ᄂᆞ리고ᄒᆡ인ᄉᆞ을향ᄒᆞ니라잇셔제승이동구밧긔나와ᄃᆡ후ᄒᆞᄂᆞᆫ지라길동이드러ᄀᆞ분부왈ᄉᆞ즁졔승이노소업시ᄒᆞᆫ나도ᄲᅡ지지말고일졔히졀뒤빅계로모히라오날은너희와ᄒᆞᆷ긔종일포취ᄒᆞ고노리라ᄒᆞ니즁드리먹긔도위ᄒᆞᆷ분더러분부을어긔오면힝여죄잇슬ᄀᆞ져위ᄒᆞ야일시의슈쳔졔승이벽계로모ᄒᆞᄂᆞ니ᄉᆞ즁은통이비엿ᄂᆞᆫ지라길동이좌상의안고졔승을차례로안친후의각각상을밧ᄂᆞᆫ술도권ᄒᆞ며즐긔ᄃᆞᄀᆞ이윽ᄒᆞ야식상을드리거날길동이ᄉᆞ미로셔모리을ᄂᆡ여입의넛코씨부니돌씨지ᄂᆞᆫ소리예졔승이혼불부신ᄒᆞᄂᆞᆫ지라길동이ᄃᆡ로왈ᄂᆡ너희로더부러ᄉᆞ속접ᄃᆡ의을ᄇᆞ니고즐권ᄒᆞ후의유ᄒᆞ여공부ᄒᆞ렷더니이완만ᄒᆞᆫ즁놈드리날을도ᄋᆡ히보고음식의부졍ᄒᆞ미이갓트니ᄆᆞ이동분ᄒᆞᆫ지라다리

졋든ᄒᆞ인을호령ᄒᆞ여제승을일제결박ᄒᆞ라저ᄒᆞ이셤ᄒᆞ되ᄆᆞ
튼지라ᄒᆞ인이일시에다려절승을결박ᄒᆞ여엇지일븐ᄉᆞ칭이
잇ᄉᆞ리요잇ᄯᆡ의제적이동구ᄉᆞ뎌의미복구ᄒᆞ엿다가이거미을
탐저ᄒᆞ고일시의달녀들이곳을열고슈만금저물을제겨ᄀᆞ져
ᄆᆞ다시우마의실고간들ᄉᆞ지울요동치못ᄒᆞ고눈중드리어지금
단ᄒᆞ리요다만입으로원통타ᄒᆞ고눈소리동중이문허지는드ᄒᆞ
더라이적ᄉᆞ중의ᄒᆞᆫ목공이잇셔이중의ᄒᆞᆷ예치아니ᄒᆞ고졀을
직히다가난디업는도적이드러와고를열고제ᄭᅥᆺ가져ᄀᆞ다시ᄒᆞ
미급피도망ᄒᆞ여합천관가의가이연유을알외니합천원이되
경일변관인을보니며또일변관군을조발ᄒᆞ여츄죵ᄒᆞ니저
라모든도적이저물을실ᄋᆞᆫ우마을몰고나셔버멀니ᄇᆞ라보니
슈천군ᄉᆞ풍우ᄀᆞᆺ치모라오미셔글이ᄒᆞ날에다ᄒᆞᆫ닷ᄒᆞ더라제
적이더겁ᄒᆞ야갈ᄇᆞ를아지못ᄒᆞ고도로혀길동을원망ᄒᆞᆫ대
져라길동이소왈너희엇지나의비계을아니요염녀말고남편
대로ᄂᆞ라나거오는관군을북편소로로ᄂᆞ마계ᄒᆞ리라ᄒᆞ고법

一三

당의드러ᄀᆞ즁의장삼을입고숫갈을쓰고놉흔봉의올나관
군을불너위여왈도적이북편소로로ᄀᆞᆺ소오니이리로오지말고
그리ᄀᆞ포착ᄒᆞ옵소셔ᄒᆞ며장삼소민을날녀북편소로를ᄀᆞᄅᆞ
치니관군이오다ᄀᆞ남노를바리고노승의ᄀᆞᄅᆞ치는ᄃᆡ로북편소
로로ᄀᆞ거ᄂᆞᆯ길동이나려와축지법을힝ᄒᆞ야제적을인도ᄒᆞ야
동즁으로도라오니제적이치하분분ᄒᆞ더라이적의합천원이
관군모라도적을츄종ᄒᆞ되종적을보지못ᄒᆞ고도라오미일
읍이소동ᄒᆞᄂᆞᆫ지라이연유을감영의장문ᄒᆞ니감ᄉᆞ듯고놀나
여각읍의발포ᄒᆞ여도적을잡부되종시형자을모ᄅᆞ나도리되분
쥬ᄒᆞ더라일일은길동이제적을불너의논왈우리비록구녹남
의모몰을붓쳐시나다나라ᄇᆡᆨ셩이라세디로이나라슈토을먹으니
만일위틱ᄒᆞᆫ시절을당ᄒᆞ면맛당이시셕을무릅쓰고인군을도
을지니엇지병법을심쓰저아니ᄒᆞ리요이제군긔를도모ᄒᆞᆯ모
첵이잇시니아모날함경감영남문밧긔능소근쳐의시초을쌋읍
ᄒᆞ엿다가그날밤승경의부ᄅᆞᆯ노ᄒᆞ되능소의급ᄒᆞᆷ치못ᄒᆞᆫ제ᄒᆞᆫ

라나난남문군ᄉᆞ을거ᄂᆞ리고지다려감영의드러ᄀᆞ군긔와창고
을탈취ᄒᆞ리라약속을졍ᄒᆞᆫ후의과약ᄒᆞᆫ날의군ᄉᆞ을ᄂᆞ호ᄋᆡ
난호와ᄒᆞᆫ초ᄂᆞᆫ시초을슈운ᄒᆞ라ᄒᆞ고또ᄒᆞᆫ초난길동이거나
려미복ᄒᆞ엿다가승경이되미능소근쳐의화광이등쳔ᄒᆞ여거
을길동이급피드러ᄀᆞ관문을두다리며소리ᄒᆞ되능소의불이
낫ᄉᆞ오니급피구완ᄒᆞ옵소셔감ᄉᆞ잠결의ᄃᆡ경ᄒᆞ여나셔보
니과연화광이창천ᄒᆞᆫ지라ᄒᆞ인을거ᄂᆞ리고나ᄀᆞ며일변군ᄉᆞ
을조발ᄒᆞ니셩즁이물끌틋ᄒᆞᄂᆞᆫ지라ᄇᆡᆨ셩들도다능소의ᄀᆞ
고셩즁이공허ᄒᆞ여노약만남앗ᄂᆞᆫ지라길동이제적을거ᄂᆞ리
고일시의달녀드러창곡과군긔을도적ᄒᆞ야가지고축지법을
힝ᄒᆞ야슌식의동즁으로도라오니라이적의감ᄉᆞ불을구ᄒᆞ고
도라오니창곡지킨군ᄉᆞ알외되도적이드러와창고을열고
군긔와곡식을도적ᄒᆞ여ᄀᆞᆺ나이다ᄒᆞ거날크게놀나ᄉᆞ방
으로군ᄉᆞ를발포ᄒᆞ여슈탐ᄒᆞ되형젹이업ᄂᆞᆫ지라변괴을
알고이연유을나라의쥬문ᄒᆞ니라이날밤의길동이동즁의

홍 十四

도라와잔치을베풀고질기며왈우리이제난ᄇᆡᆨ셩의재물은
츄호도탈취치말고각읍슈령과방ᄇᆡᆨ의쥰민고택ᄒᆞᄂᆞᆫ졀믈
을노략ᄒᆞ야혹불상ᄒᆞᆫᄇᆡᆨ셩을구제ᄒᆞᆯ지니이동호를활빈
당이라ᄒᆞ리라ᄒᆞ고또ᄀᆞᆯ오ᄃᆡ함경감영의셔군긔와곡식을일
코우리종적은아지못ᄒᆞ며져간의이미ᄒᆞᆫ사ᄅᆞᆷ이허다히상ᄒᆞᆯ
지라나의몸의죄을지혀이미ᄒᆞᆫᄇᆡᆨ셩으게도라보니면ᄉᆞ름은비
록아지못ᄒᆞ나천별이두렵지아니ᄒᆞ랴ᄒᆞ고즉시감령북문
의써붓치되창곡과군긔도적ᄒᆞᆫ긔난활빈당장슈홍길동이
라ᄒᆞ여더라일일은길동이싱각ᄒᆞ되나의팔ᄌᆞ무상ᄒᆞ여집을
도망ᄒᆞ여몸을녹님호걸의붓쳐시나본심이아니라입신양
명ᄒᆞ여우희로임군을도와ᄇᆡᆨ셩을건지고부모으게영화을
뵈일거시여ᄂᆞᆯ남의쳔ᄃᆡ를분이녀겨이지경이이르릿시나ᄎᆞᆺ
라리일노인ᄒᆞ여큰일홈을어더후세예젼ᄒᆞ리라ᄒᆞ고초인
일곱을망그라각각군ᄉᆞ오십명식영거ᄒᆞ야팔도의분발ᄒᆞᆯ시
다각각혼ᄇᆡᆨ을붓쳐조화무궁ᄒᆞ니군ᄉᆞ서로의심ᄒᆞ여어니도

로ᄀᆞ마난거시ᄎᆞᆷ길동인줄을모로더라각〻팔도의횡ᄒᆡᆼᄒᆞ며블의ᄒᆞᆫᄉᆞᄅᆞᆷ의지믈을아서블상ᄒᆞᆫᄉᆞᄅᆞᆷ을구제ᄒᆞ고슈령의뇌믈을탈취ᄒᆞ고창고을열어ᄇᆡᆨ셩을진휼ᄒᆞ니각읍이소동ᄒᆞ야여창고직킨군ᄉᆞ잠을이로지못ᄒᆞ고직키ᄂᆞᆫ길동의슈단이ᄒᆞᆫ번움ᄌᆞ기면풍우대작ᄒᆞ며운무ᄌᆞ옥ᄒᆞ야쳔지를분별치못ᄒᆞ니슈직ᄒᆞᆫ군ᄉᆞ손을묵근다시금제치못ᄒᆞᄂᆞᆫ지라팔도의셔작난ᄒᆞ되명ᄇᆡᆨ기우여왈활빈당슈홍길동이라제명ᄒᆞ며횡ᄒᆡᆼᄒᆞ되뉘능히죵젹을ᄌᆞ부리오팔도감ᄉᆞ일시예장문을올이거날젼하ᄃᆡ경ᄒᆞ시고각〻ᄒᆞ여시되홍길동되젹인능히풍운을부려각읍의작난ᄒᆞ되아모날은이리〻〻ᄒᆞᆫ고을의군긔을도젹ᄒᆞ고아모졔난아모고을의창곡을탈취ᄒᆞ여시되이도젹의ᄌᆞ최을잡지못ᄒᆞ여황공ᄒᆞ온ᄉᆞ연을상달ᄒᆞᄂᆞ이다ᄒᆞ여거날젼하보시고ᄃᆡ경ᄒᆞᄉᆞ각도장문일ᄌᆞ를상고ᄒᆞ시니길동의작난ᄒᆞᆫ날이동원동일이라젼하크게근심ᄒᆞ샤일변연읍의ᄒᆞ교ᄒᆞᄉᆞ무론ᄉᆞ셔인ᄒᆞ고만일이도젹을ᄌᆞ부면

홍 十五

쳔금상을ᄒᆞ이라ᄒᆞ시고팔도의어ᄉᆞ을나류와민심을안돈ᄒᆞ고이도젹을ᄌᆞ부라ᄒᆞ시니라이후로난길동이쑥쌍교를타고단의며슈령을임으로츌쳑ᄒᆞ고혹창고을통긔ᄒᆞ여ᄇᆡᆨ셩을진휼ᄒᆞ며죄인을ᄌᆞ부ᄂᆞᆫᄉᆞ리면옥문을열고무죄ᄒᆞᆫᄉᆞ롬은방송ᄒᆞ며단이되각읍이ᄌᆞᆼ시그죵젹을모로고도뢰혀분쥬ᄒᆞ여일국이흉〻ᄒᆞᆫ지라젼하진로ᄒᆞᄉᆞ구로ᄉᆞ되이엇더ᄒᆞᆫ놈의용밍이ᄒᆞᆫ날의팔도의단이며이ᄀᆞᆺ치ᄃᆡ난ᄒᆞᆫ뇨고나ᄅᆞ을위ᄒᆞ야이놈을ᄌᆞ블지엉스니ᄆᆞ히ᄒᆞᆫ심ᄒᆞ노다ᄒᆞ시니게하의ᄒᆞᆫᄉᆞ롬이츌반쥬왈신이비록ᄌᆡ조업ᄉᆞ오나일지병을쥬시면홍길동되젹을ᄌᆞ바젼하의근심을덜이〻다ᄒᆞ거날모다보니이ᄂᆞᆫ포도ᄃᆡ장이업이라젼하긔특이녀기ᄉᆞ경병일쳔을쥬시니이업이즉시궐하의슉비ᄒᆞ직ᄒᆞ고직일발ᄒᆡᆼᄒᆞᆯ시과쳔을지나여는과〻군ᄉᆞ을분발ᄒᆞ야약속을졍ᄒᆞ되너희난이리〻〻ᄒᆞᆫ고되로ᄌᆞᆺᄎᆞ아모날문경으로모히라ᄒᆞ고미복으로칩ᄒᆡᆼᄒᆞ야슈일후의ᄒᆞᆫ고되이르러나귀이장ᄎᆞᆺ져물거

날쥬졈의드러쉬더니이윽고엇더ᄒᆞᆫ소년이나귀를타고동ᄌᆞ슈인을거나리고드러와좌졍ᄒᆞᆫ후의셩명과거지를통ᄒᆞ고담화ᄒᆞ더니그셔싱이ᄎᆞ탄왈보쳔지ᄒᆞ막비왕토요솔토지민이막비왕신이라이계되젹홍길동이팔도의작난ᄒᆞ여민심을요란케ᄒᆞ미쳔하진로ᄒᆞᄉᆞ팔도의칭관ᄒᆞ여방곡의져위ᄒᆞ여ᄌᆞ부라ᄒᆞ시되종시잡지못ᄒᆞ니분완ᄒᆞᆫ마음은일국이ᄒᆞᆫ마지라날ᄀᆞᆺ튼ᄉᆞ롬도약ᄒᆞᆫ용녁이잇셔이도젹을ᄌᆞ바노ᄅᆞ의근심을덜고져ᄒᆞ되힘이녁〻지못ᄒᆞ고뒤ᄒᆞᆯ도을ᄉᆞ롬이업ᄉᆞ미〻탄이로이다이업이그셔싱의모양을보고말을드르미젼슬노의긔남자라심니예경복ᄒᆞ야나으가손을ᄌᆞᆸ고왈장ᄒᆞ다ᄂᆞᆫ이말이여츙의을겸ᄒᆞᆫᄉᆞ롬이로다니비록용널ᄒᆞ나죽긔로ᄡᅥ그ᄃᆡ의뒤ᄒᆞᆯ도을거시니날파ᄒᆞᆷ긔이도젹을ᄌᆞ부미엇더ᄒᆞ뇨ᄒᆞᆫ듸그소년이ᄉᆞ례ᄒᆞ여ᄉᆞᄒᆞ고왈그ᄃᆡ말ᄉᆞᆷ이그러ᄒᆞᆯ진ᄃᆡ이제날파ᄒᆞᆷ긔마져조을시험ᄒᆞ고홍길동의거쳐ᄒᆞ는ᄃᆡ를탐지ᄒᆞ리라ᄒᆞ니이업이응낙ᄒᆞ고그소년을ᄯᆞ라ᄒᆞᆷ긔깁픈산

홍 十六

즁으로ᄀᆞ더니그소년이몸을소ᄉᆞ층암졀벽우희올나안ᄌᆞ며왈그ᄃᆡ심을다ᄒᆞ여날을ᄎᆞ면그용녁을ᄀᆞ히알니라ᄒᆞ거날이업이셩젼긔력을다ᄒᆞ야그소년을ᄎᆞ니그소년이몸을도라안ᄌᆞ며왈장ᄉᆞ로다이만ᄒᆞ면홍길동ᄌᆞᆸ긔을념예치아니ᄒᆞ리로다그도젹이지금이산즁의잇시니몬쳐드러가탐지ᄒᆞ고올거시니그ᄃᆡ난이고ᄃᆡ잇셔니의도라오긔를기ᄃᆞ리라ᄒᆞ거날이업이허락ᄒᆞ고그고ᄃᆡ안져기ᄃᆞ리더니이윽ᄒᆞ야청용이긔피ᄒᆞᆫ군ᄉᆞ슈십인이다황건을쓰고오며워여왈네포도ᄃᆡ장이업인다우리지부ᄃᆡ왕의명을보ᄃᆞ녀을ᄌᆞ부러왓노라ᄒᆞ고일시의달녀드러쳘쇄로묵거거ᄂᆞ니이업이혼불부신ᄒᆞ야지ᄒᆞᆫ인줄인고인줄모로고가더니경각의ᄒᆞᆫ고ᄃᆡ이르니의희ᄒᆞᆫ와긔궁궐ᄀᆞᆺ튼지라이업을ᄌᆞ바쳥하의쑤리니젼상으셔슈죄ᄒᆞ는소리나며우지져왈네감이활빈당장슈홍길동을슈히보고ᄌᆞᆸ긔로ᄌᆞ당ᄒᆞᆯ다ᄒᆞᆫ장균이하날의명을바다팔도의단이며당판오리와비리로쳥ᄒᆞ는놈의지믈을아셔블

상ᄒᆞᆫ빅셩을구휼ᄒᆞᆫ가날너희놈이날을소기고임군의게
무고ᄒᆞ여오른ᄉᆞ롬을히코져ᄒᆞ미진ᄂᆞ의셔너ᄀᆞᆺᄐᆞᆫ간ᄉᆞᄒᆞᆫ뉴
를ᄌᆞ부다가다른ᄉᆞ롬을경계코져ᄒᆞ시니ᄒᆞᆫ치ᄇᆞᆯ나ᄒᆞ고황건
역ᄉᆞ을명ᄒᆞ여왈이업을ᄌᆞ부풍도의나부쳐영블츌세케ᄒᆞ라
ᄒᆞ니이영이머리를ᄯᅴ희두다리며ᄉᆞ죄왈파연홍장군이과읍
의다니며작난ᄒᆞ와민심을소동케ᄒᆞ시미국왕이진로ᄒᆞ시
긔로신ᄌᆞ의도리의안ᄌᆞ지못ᄒᆞ와발포ᄌᆞ로봉명ᄒᆞᆫ고나와
ᄊᆞ오니인간의무죄ᄒᆞᆫ목숨을안셔ᄒᆞ옵소셔무슈히이걸ᄒᆞ
니좌우제인이며젼상으셔그거동을보고크게우희며군ᄉᆞ을
명ᄒᆞ야이업을히박ᄒᆞ여젼상의안치고술을권ᄒᆞ며왈그ᄃᆡ
머리을드러날을보라나ᄂᆞᆫ곳쥬쳠의셔맛나던ᄉᆞ롬이로그
ᄉᆞ롬은곳홍길동이라그ᄃᆡᄀᆞᆺᄐᆞᆫ이ᄂᆞᆫ슈만명이라도나를ᄌᆞᆸ
지못ᄒᆞᆯ지라그ᄃᆡ을유인ᄒᆞ여이리오ᄀᆡ난우리위염을뵈게
ᄒᆞ미요일후의그ᄃᆡ와ᄀᆞᆺ치범남ᄒᆞᆫᄉᆞ롬이잇거든그ᄃᆡ로ᄒᆞ
여곰말이ᄆᆞᆯ게ᄒᆞ미로라ᄒᆞ고ᄯᅩ두어ᄉᆞ롬을ᄌᆞ부드러졍하의

ᄭᅮᆯ이고슈죄왈너희을일병버힐거시로ᄃᆡ이유이영살여도
라보니괴로너희도방송ᄒᆞᄂᆞ니도라가일후의ᄂᆞᆫ다시홍장군
잡기을싱의치말나ᄒᆞ니이업이그제야인간인쥴을아나븟그
러아모말도못ᄒᆞ고머리을슈기고ᄌᆞᆷᄌᆞᆷᄒᆞ더니이윽기안ᄌᆞ다가
ᄌᆞᆷ고ᄌᆞ오더니문득ᄭᆡ다르니ᄉᆞ지를요동치못ᄒᆞ고ᄂᆞᆫ의보이
ᄂᆞᆫ거서업ᄂᆞᆫ거라쥭도록버셔나니가쥭푸ᄃᆡ예드럿ᄂᆞᆫ지라그
압푸ᄯᅩ가쥭푸ᄃᆡ두리달여거날ᄎᆞᆯ너보니어제밤의홍괴잡
피여ᄀᆞᆺ던ᄉᆞ롬이요문경으로보니군ᄉᆞ라이업이어이업셔우
어왈나ᄂᆞᆫ엇더ᄒᆞᆫ쇼년의게속혀여이리ᄒᆞ엿거니와너희ᄂᆞᆫ
엇지년고나ᄆᆞ르니그곳ᄉᆞ셔로우어왈쇼인등은아모쥬졈의
셔ᄌᆞ옵더니엇지ᄒᆞ여이고듸이른쥴을아지못ᄒᆞᄂᆞ이다ᄒᆞ고ᄉᆞ
면을살펴보니장안북악일네라이업왈허망ᄒᆞᆫ일이로다
ᄉᆞᆷ마발구치말나ᄒᆞ더라이젹의길동의슈단의신츌귀몰ᄒᆞ
야팔도의횡힝ᄒᆞ되능히알저업ᄂᆞᆫ지라슈령의간상을젹발
ᄒᆞ여어ᄉᆞ로츌도ᄒᆞ야션참후계ᄒᆞ며각읍진공뇌믈을낫낫

치탈취ᄒᆞ나장안빅관이구ᄌᆞ막심ᄒᆞ더라혹초헌을타고장
안ᄃᆡ로ᄃᆡ로왕ᄂᆡᄒᆞ며작난ᄒᆞ니상하인민이셔로의혹ᄒᆞ야고이
ᄒᆞᆫ일이만ᄒᆞ여일국이소동ᄒᆞᄂᆞᆫ지라상이크게근심ᄒᆞ시더니
우승상이쥬왈신이듯ᄉᆞ오니도적홍길동은젼승상홍모의셔
ᄌᆞ라ᄒᆞ오니이제홍모을ᄂᆞ두시고그형이조판서길현으로경
상감ᄉᆞ을보이옵소셔날을졍ᄒᆞ여그셔졔길동을ᄌᆞ부밧치
라ᄒᆞ오면제아모리불츙무도ᄒᆞᆫ놈이나그부형의낫출보와
ᄉᆞᄉᆞ로잡필가ᄒᆞᄂᆞ이다상이ᄃᆞ말ᄉᆞᆷ을드르시고즉시홍모을금
부의ᄂᆞ두라ᄒᆞ시고길현을픽초ᄒᆞ서니라이젹의홍승상이
길동이ᄒᆞᆫ번떠난후로쇼식이업셔거쳐를모로며니두의무
ᄉᆞᆫ일이잇슬가염예ᄒᆞ시더니쳔만몽미밧긔길동이나라도
젹이되여이럿듯작난ᄒᆞ미놀나온마음이엇기ᄒᆞᆯ쥴모로고
이ᄉᆞ연을미리나라의품ᄒᆞ긔도어렵고모로ᄂᆞᆫ체안ᄌᆞᆺ기도
어려워일염의병이되여침쳑의눕고이지못ᄒᆞᄂᆞᆫ지라장ᄌᆞ
길현이ᄌᆞ조판서의잇더니부친의병세위중ᄒᆞ시미말미를

쳥ᄒᆞ여집의도라와의ᄃᆡ을ᄭᅬ로지아니ᄒᆞ고병측의모셔조참의
나ᄋᆞ지아니ᄒᆞᆫ지이무달이나문지라조정ᄉᆞ긔을아지못ᄒᆞ더
니문득법판이나와조명을젼ᄒᆞ고승상을졀옥의나류오고판
셔를핀초ᄒᆞ시ᄂᆞᆫ지라일가황황ᄒᆞ여분쥬ᄒᆞ더라판서궐하의나ᄋᆞ
가ᄃᆡ죄ᄒᆞ니상이가로ᄉᆞᄃᆡ경의셔졔길동이나라의도적이되
여범남ᄒᆞ미이ᄀᆞᆺᄐᆞ니그죄을의논ᄒᆞ면맛당이연좌ᄒᆞᆯ거시로
되고위안셔ᄒᆞ나니이제로경상도의나려가길동을ᄌᆞᄇᆞ바홍씨
일문지환을면제ᄒᆞ라ᄒᆞ시니길현이복지쥬왈쳔ᄒᆞᆫ동
ᄉᆡᆼ이일즉ᄉᆞ롬을쥭이고도망ᄒᆞ여나ᄀᆞᆺᄉᆞ오미죵젹을모
로옵더니이러ᄐᆞᆺᄒᆞᆫ죄을지ᄋᆞ니신의죄맛당히버혐즉ᄒᆞ오
며신의아비나히팔십의쳔ᄒᆞᆫᄌᆞ식이나라의도젹이되엿ᄉᆞ
오미일노병이되여ᄉᆞ경의잇ᄉᆞ오니복원젼하ᄂᆞᆫ하히ᄀᆞᆺᄐᆞᆫ
은덕을ᄂᆞ리오ᄉᆞ신의아비로ᄒᆞ여곰집의도라가초병ᄒᆞ게ᄒᆞ
시면신이나려가와셔제길동을ᄌᆞ부젼하긔밧치리다ᄒᆞᆫᄃᆡ상
이그효셩을감동ᄒᆞᄉᆞ홍모난집의로보ᄂᆡ여치병ᄒᆞ라ᄒᆞ서

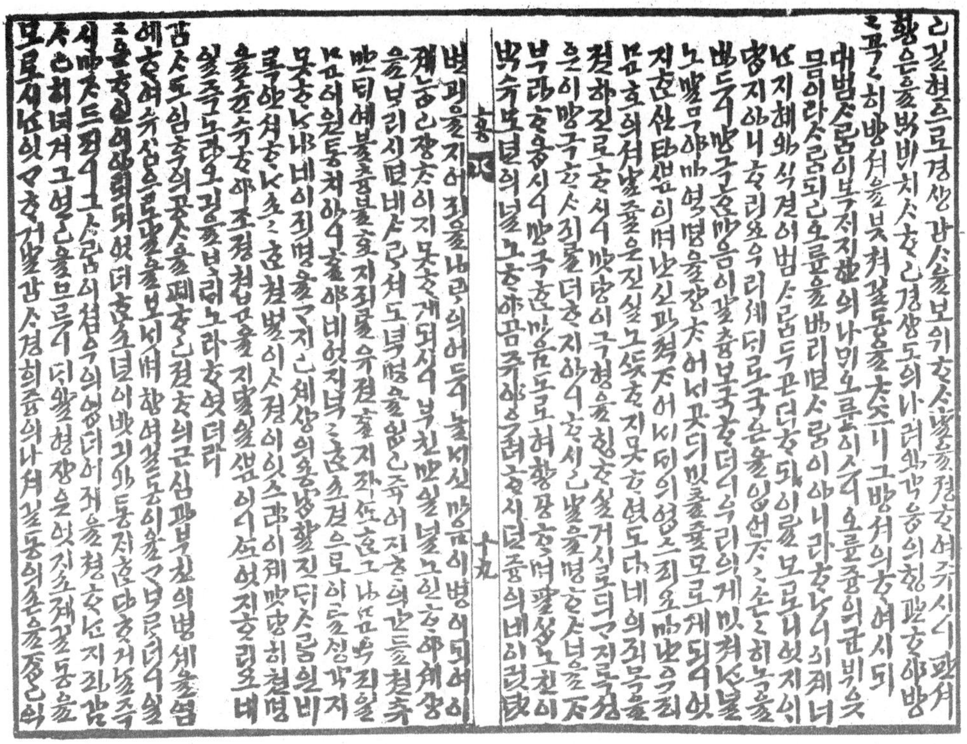

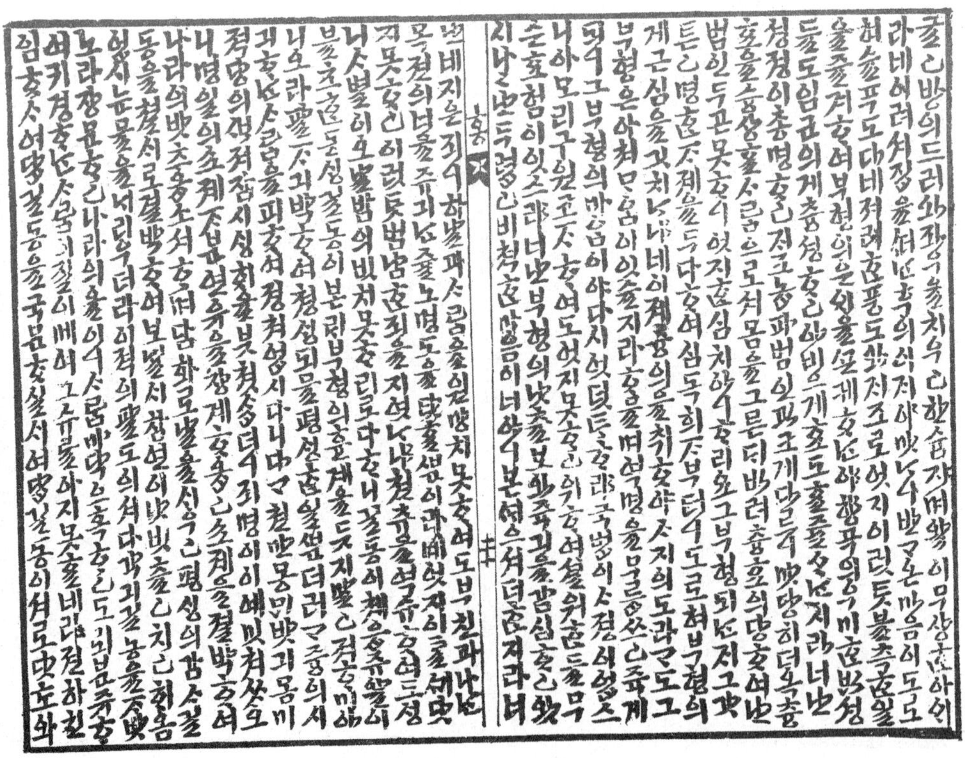

마로ᄃᆡ네마무ᄂᆞᆫ길동일다네마ᄎᆞᆷ길동이로다ᄒᆞᆫ이서로팔을붓잡니ᄂᆡ쥬ᄐᆡ여우리져궁구니도로허일망마파이러라만조졔신이며쟉우나ᄯᅢ이그진위를아지못ᄒᆞᄂᆞᆫ지라계신이쥬왈지ᄌᆞ막여부오나이제홍모를명초ᄒᆞ사그ᄎᆞ길동을아라드리라ᄒᆞ옵소셔상이오리녀기ᄉᆞ즉시홍모를부르시니승상이죠명을이어복지ᄒᆞᆫᄃᆡ상이ᄀᆞᄅᆞᄉᆞᄃᆡ경의일ᄌᆞᄂᆞᆫ길동을두엇다ᄒᆞ더니어제여ᄃᆞᆲ이되엿시니어지ᄒᆞᆫ연고ᄋᆢ지경이ᄌᆞ세이알히여ᄒᆞᆼ쇼를착ᄭᅢ게ᄒᆞ라ᄒᆞ시니승샹이쳬읍쥬왈신의쳔을적귀지못ᄒᆞ와쳔청을ᄀᆞ가히ᄒᆞᆫ죄로쳔ᄒᆞᆫᄌᆞ식을ᄃᆞ려젼하의근심이되옵ᄂᆞᆫ조정이분요ᄒᆞ오니신의죄만번죽어도맛당ᄒᆞ오이다ᄒᆞ며방슈되눈물이ᄂᆞ음ᄎᆞ길동을ᄭᅮ지져왈네아모리불충불효ᄒᆞᆫ놈이라도우희로셩상이친림ᄒᆞ시고버금아래로아비잇거ᄂᆞᆯ지쳐쳥의ᄒᆞ의교부를기롱ᄒᆞ니불측ᄒᆞᆫ죄터오구ᄂᆞᆫ지라ᄲᆞᆯ니형벌의나ᄋᆞ가쳐ᄇᆞᆼ을슌슈ᄒᆞ라맛딸그리처야ᄒᆞᆫ니네복쳔의ᄇᆡ보흰쳠쥭이쳔상에진로

ᄒᆞᆫ셔ᄂᆞᆫ맘음을ᄯᅢ닷지말씀이라도ᄃᆞᆯ이라ᄒᆞ며쥬왈신의ᄌᆞ식ᄌᆞ길동은왼편다리에블근졈일곱이잇ᄉᆞ오니이르죠ᄎᆞᄒᆞ와져발ᄒᆞ옵소셔ᄒᆞ니여ᄃᆞᆲ길동이일시에다리를것고일곱졈을셔로ᄌᆞ랑ᄒᆞᄂᆞᆫ지라승샹이그진위를알지못ᄒᆞᄂᆞᆫ우구ᄒᆞᆫᄆᆞᄋᆞᆷ을이긔지못ᄒᆞ야인ᄒᆞ여긔졀ᄒᆞ거ᄂᆞᆯ샹이놀나샤궁녀ᄅᆞᆯ명ᄒᆞ여구완ᄒᆞ시되회ᄉᆡᆼᄒᆞᆯ길이업더니여ᄃᆞᆲ길동이각각낭즁으로셔ᄃᆡ초ᄒᆞᆫ환식ᄂᆡ여여셔로ᄃᆞ토와승샹의입의너흐니이시후의회ᄉᆡᆼᄒᆞᄂᆞᆫ지라여ᄃᆞᆲ길동이눈믈을흘니며아뢰되신의팔ᄌᆞ무샹ᄒᆞ와홍모의쳔비의ᄇᆡ를빌녀낫ᄉᆞ오매아비와형을임으로부르지못ᄒᆞ옵고결ᄒᆞ여ᄀᆞ즁의시긔ᄒᆞᄂᆞᆫ자잇ᄉᆞ와보젼치못ᄒᆞ오매몸을ᄲᅡ힙의붓쳐초목과ᄒᆞᆷ긔늙ᄌᆞᄒᆞ엿더니ᄒᆞᄂᆞᆯ이미워ᄒᆞ셔젹당의ᄲᅡ져ᄉᆞ오나일즉ᄇᆡᆨ셩의ᄌᆡ믈은츄호도범ᄒᆞᆫ비업ᄉᆞᆫ슈령의뇌믈과블의ᄒᆞᆫ놈의ᄌᆡ믈을아ᄉᆞ먹ᄉᆞᆫ후군의나라곡식을도젹ᄒᆞ여ᄉᆞ오나군부일체오니ᄌᆞ식이아비것먹기

로도젹이라ᄒᆞ오리잇가어린ᄌᆞ식이어미졋먹ᄂᆞᆫ일체로소이다이ᄂᆞᆫ도시조졍쇼인이ᄎᆞᆷ소ᄅᆞᆯ마리와무쇼ᄒᆞᆫ죄오니신의죄ᄂᆞᆫ아니로소이다상이진노ᄒᆞ샤ᄭᅮ지져ᄀᆞ로샤ᄃᆡ네무ᄉᆞᆷᄒᆞᆫ져믈은취치아니ᄒᆞ며향쳥ᄉᆞ곡을소긔ᄂᆞᆫ그져믈을도젹ᄒᆞᄂᆞᆫ고ᄂᆞᆫ놈쇼의블을노코군긔를도젹ᄒᆞ니이만큰죄어디잇ᄂᆞ야길동등이복지쥬왈블도라ᄒᆞ옵ᄂᆞᆫ거시셰샹을소긔ᄂᆞᆫᄇᆡᆨ셩을혹게ᄒᆞ여ᄑᆞᆯ지아니ᄒᆞ온ᄇᆡᆨ셩의곡식을취ᄒᆞ며ᄡᅳ지아니ᄒᆞ온ᄇᆡᆨ셩의ᄌᆡ복을ᄲᅢ셔부모의발부를샹ᄒᆞ야오랑캐모양을ᄉᆞᆷᄒᆞ며군부를ᄇᆞ리ᄂᆞᆫ부셰를도망ᄒᆞ오니이예더ᄒᆞᆫ블의지ᄉᆞ업ᄉᆞ오며군긔를마져ᄋᆞᆼ긔ᄂᆞᆫ신등이산즁의쳐ᄒᆞ야병법을익키다가만일ᄂᆞ라에병혁이잇거든시셕을무릅셔님군을도와티평을일외고져ᄒᆞᆷ이오며블을노ᄒᆞᆫ되놈의ᄯᅡᆼ이ᄆᆞ게ᄒᆞ엿ᄉᆞ오며신의아비셰ᄃᆡ로국녹을밧ᄌᆞ와츙셩보국ᄒᆞ와셩은을만분지일이라도갑지못ᄒᆞᆯᄆᆞᄒᆞ옵거ᄂᆞᆯ신이엇지외람이범남ᄒᆞᆫᄆᆞᄋᆞᆷ을두오리잇가죄를의논ᄒᆞ와도죽기의

ᄆᆞ지아니ᄒᆞᆯ더이로ᄃᆡ젼하조신의무ᄌᆞ를드ᄅᆞ시ᄂᆞᆫ이러ᄐᆞ시진로ᄒᆞ시니신이형벌을지ᄂᆞ리지아니ᄒᆞ옵ᄂᆞᆫ몬쳐ᄉᆞ스ᄉᆞ로죽ᄉᆞ오니노를더옵소셔ᄒᆞᄂᆞᆫ여ᄃᆞᆲ길동이ᄒᆞᆫᄐᆡ여ᄉᆞ괴져쥭ᄂᆞᆫ지라좌우ᄭᅵ히녀겨ᄌᆞ셰히보니ᄎᆞᆷ길동은업고ᄃᆡ셩ᄂᆞᆫ초인일곱공쵸이러라샹이길동의고만ᄒᆞᆫ죄를더옥ᄭᅬ노ᄒᆞᄉᆞ경샹감ᄉᆞ의게조셔를ᄂᆞ리와길동을잡기ᄅᆞᆯ더옥지촉ᄒᆞ시니감ᄉᆞ이젹의경샹감ᄉᆞ길동을ᄌᆞᄇᆞ올니ᄂᆞᆫ심회돌ᄂᆞᆫ지ᄉᆞᆼ셔공ᄉᆞ를젼폐ᄒᆞᄂᆞᆫ경ᄉᆞ초ᄉᆞᆨ을괴ᄃᆞ리더니문득교지를ᄂᆞ려거ᄂᆞᆯ북궐을향ᄒᆞ야ᄉᆞ비ᄒᆞ후의ᄯᅩ견ᄒᆞ니교지의ᄀᆞᄅᆞᄉᆞᄃᆡ길동을잡지아니ᄒᆞ고초인을보니여형부를착란케ᄒᆞ니허망ᄒᆞ고그죄를면치못ᄒᆞᆯ지라아즉죄를의논치아니ᄒᆞᄂᆞ니십일ᄂᆡ로길동을ᄌᆞᆸ아ᄇᆞ치라ᄒᆞ시ᄂᆞᆫᄉᆞ의엄졀ᄒᆞᆫ지라감ᄉᆞ황공무지ᄒᆞ여ᄉᆞ방의지위ᄒᆞᄂᆞᆫ길동을ᄎᆞᆺ더니일일은월야를당ᄒᆞ여ᄯᅡᆫ의비져ᄃᆞ니셔한ᄆᆡᆼ둘을브ᄋᆞ희로셔ᄒᆞᆫ쇼년이ᄂᆡ려와복지지빈ᄒᆞ거ᄂᆞᆯᄌᆞ셰히보니이곳길동이라감ᄉᆞᄭᅮ지져왈네갈ᄉᆞ록죄를지위굿ᄐᆡ여화를일

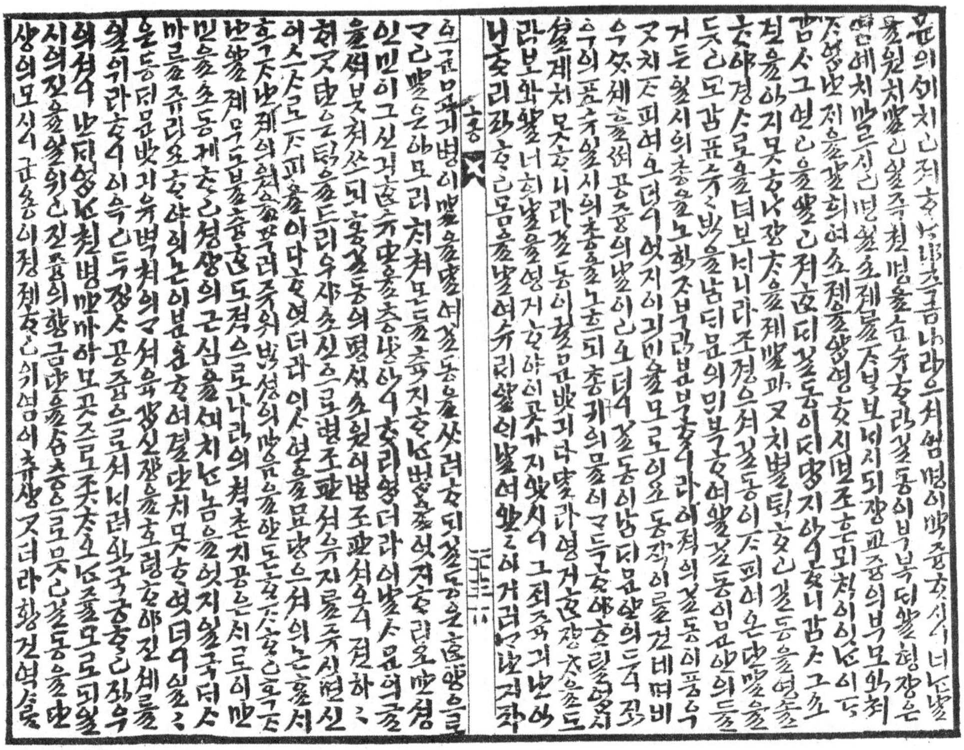

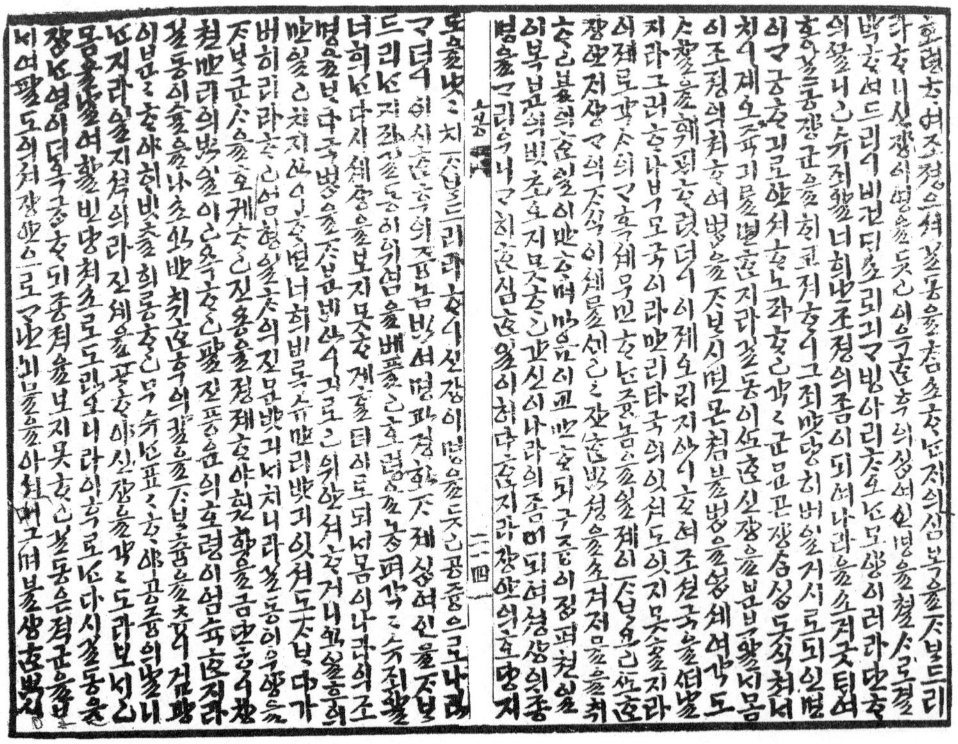

이잇ᄉᆞ며 쳥쵹을 너여 진흘ᄒᆞ이 신을 기롱ᄒᆞᄂᆞ 지조을 ᄉᆞ룸
을 측냥치 못ᄒᆞᆯ 비라 졀히 근심ᄒᆞᄉᆞ 曰 이놈의 지조ᄂᆞᆫ 인력
으로ᄂᆞᆫ 잡지 못ᄒᆞᆯ지라 민심이 이러틋 요동ᄒᆞᄂᆞᆫ 그 인지 긔특ᄒᆞᆫ지
라 ᄎᆞ라리 그 ᄌᆡ조을 취ᄒᆞ야 조졍의 두리라 ᄒᆞ시고 병조판셔 직
쳡을 너여 걸고 길동을 브르시니 길동이 초헌을 탄ᄒᆞ고 인슈
상ᄒᆞᆷ을 거ᄂᆞ리고 동ᄃᆡ문으로 좃ᄎᆞ오거ᄂᆞᆯ 병조 ᄒᆞ인이 옹위ᄒᆞ
여 궐ᄒᆞ의 이르러 숙ᄇᆡᄒᆞ고 ᄋᆞ로되 쳔은이 망극ᄒᆞ와 분외의
은덕이 ᄃᆡᄉᆞ마의 오르오니 망극ᄒᆞ온 신의 마음이 쳥운을 ᄲᅡ
붐지 월도 갑지 못ᄒᆞᆯᄆᆞ 황공ᄒᆞᄂᆞ이다 ᄒᆞᄂᆞ 도라 ᄆᆞᄃᆡ니 일흑
로ᄂᆞᆫ 길동이 ᄃᆡ시 작란ᄒᆞᄂᆞᆫ 일이 업ᄂᆞᆫ지라 각도의 길동 잡ᄂᆞᆫ
ᄂᆞᆫ 영을 거두시다 삼년 후의 상이 월야을 당ᄒᆞᄉᆞ 환죵을
거ᄂᆞ리시고 월ᄉᆡᆨ을 귀경ᄒᆞ시더니 ᄒᆞᆫ ᄯᆡ 나쳔ᄒᆞᆫ 션관이 오
운을 ᄐᆞ고 나려와 복지ᄒᆞᄂᆞᆫ지라 상이 놀나ᄉᆞ되 귀인
이 누지의 임ᄒᆞ여 무ᄉᆞᆫ 허물을 이르ᄂᆞᆫ져 ᄒᆞᄂᆞᆫ요 ᄒᆞ신ᄃᆡ
그 ᄉᆞ룸이 쥬왈 쇼신은 젼 병조판셔 홍길동이로소이다 상

홍 二十五

이 놀나 길동의 손을 잡부시고 왈 그ᄃᆡ 거간은 어ᄃᆡ을 갓던
요 길동이 쥬왈 산즁의 잇ᄉᆞᆸ더니 이제ᄂᆞᆫ 조션을 ᄯᅥ나 다시 젼
ᄒᆞ ᄇᆡᆸ지 나리 업ᄉᆞ오미 ᄒᆞᆫ 직ᄎᆞ로 왓ᄉᆞ오며 젼하의 너부신 덕ᄐᆡᆨ
의 졍조 삼쳔 셕만 쥬시면 슈쳔 인명이 ᄉᆞ라나겟ᄉᆞ오니 셩은을
ᄇᆞ라나이다 상이 허락ᄒᆞ시고 왈 네 머리를 들나 얼골을 보고져
ᄒᆞ노라 길동이 얼골을 들고 눈은 ᄯᅳ지 아니ᄒᆞ여 왈 신이 눈을 ᄯᅳ
오면 놀나실가 ᄒᆞ여 ᄯᅳ지 아니ᄒᆞᄂᆞ이다 ᄒᆞ고 이윽키 모셧다가 구
름을 ᄐᆞ고 ᄒᆞ직 왈 젼하의 덕ᄐᆡᆨ으로 졍조 삼쳔 셕을 쥬시
니 셩은이 망극ᄒᆞ신지라 졍조을 명일 셔강으로 슈
운ᄒᆞ여 쥬옵소셔 ᄒᆞᄂᆞᆫ 마ᄂᆞᆫ지라 상이 공즁을 ᄒᆞᆼᄒᆞ야 이윽키
ᄇᆞ라시며 길동의 지조을 못ᄂᆡ 칭찬ᄒᆞ시고 잇튼날 션혜당상
의 ᄒᆞ교ᄒᆞᄉᆞ 졍조 삼쳔 셕을 셔강으로 슈운ᄒᆞ라 ᄒᆞ시니 조
신이 연고을 아지 못ᄒᆞ더라 졍조을 셔강으로 슈운ᄒᆞ엿더니 강
상으로셔 젹은 ᄇᆡ 두리 ᄯᅥ오더니 졍조 삼쳔 셕을 ᄇᆡ의 실고 ᄯᅥ
며 길동이 ᄃᆡ궐을 향ᄒᆞ야 ᄉᆞᄇᆡ ᄒᆞ직ᄒᆞ고 ᄯᅥ나 가ᄂᆞᆫ 곳을 모

롤 ᄇᆡ라 이ᄯᆡ 길동이 삼쳔 젹군을 거ᄂᆞ려 망ᄃᆡᄒᆡ로 ᄯᅥᄆᆞ더니
셩도라 ᄒᆞᄂᆞᆫ 도즁의 이르러 창고을 지으며 궁실을 지여 안
돈ᄒᆞ고 군ᄉᆞ로 ᄒᆞ여곰 농업을 심ᄡᅳ고 ᄀᆡᆨ국의 왕ᄂᆡᄒᆞ야 물화
를 통ᄒᆞ며 무ᄋᆡ을 슝상ᄒᆞ야 병법을 ᄀᆞᄅᆞ치니 삼년 지ᄂᆡ예
군긔 군량이 뫼ᄀᆞᆺᄒᆞ고 군ᄉᆞ 강ᄒᆞ야 당젹ᄒᆞ리 업ᄂᆞᆫ지라 일일은
길동이 졔군의 계ᄇᆞ부왈 ᄂᆡ 망당산의 드러가 살촉의 ᄇᆞᆯ을
약을 키여오리라 ᄒᆞ고 ᄯᅥ나 낙쳔현의 이르ᄂᆞᆫ니 그 ᄯᅡ희 만셕군
부ᄌᆞ 잇ᄉᆞ되 셩명은 ᄇᆡᆨ룡이라 남ᄌᆞ 업고 일즉 ᄒᆞᆫ ᄯᆞᆯ을 두어
시니 ᄌᆡ덕이 겸젼ᄒᆞ야 침어낙안지상이요 폐월슈화지ᄐᆡ
라 ᄂᆞᆫ 셔롤 쳥녕ᄒᆞ야 이두의 문장을 ᄀᆞ져시며 ᄉᆡᆨ은 장강
을 ᄇᆡᆼ웃ᄂᆞᆫ ᄉᆞ덕은 태ᄉᆞ을 본바다 일언일동이 예졀이 잇스
니 그 부모 극귀ᄉᆞ랑ᄒᆞ야 아름다온 셔랑을 구ᄒᆞ더니 ᄒᆞ로
실은 풍의 당ᄒᆞ야 밤으ᄂᆞᆫ 풍우 ᄃᆡ작ᄒᆞ여 지쳑을 분별치 못
ᄒᆞ게 ᄒᆞᄂᆞᆫ 뫼셩ᄇᆡᆨ이 진동ᄒᆞ더니 ᄇᆡᆨ소졔 간ᄃᆡ 업ᄂᆞᆫ지
라 ᄇᆡᆨ룡의 부쳐 경황실ᄉᆡᆨᄒᆞ여 쳔금을 ᄒᆞᆺ터 ᄉᆞ방으로

홍 二十六

슈탐ᄒᆞ되 죵젹이 업ᄂᆞᆫ지라 ᄇᆡᆨ룡이 실셩ᄒᆞᆫ ᄉᆞ룸이 되여 거리
로 다니며 방을 붓쳐 이르되 아모 ᄉᆞ룸이라도 ᄌᆞ식의 거쳐을
아라 지시ᄒᆞ면 인ᄒᆞ여 ᄉᆞ회을 삼고 ᄀᆞ산을 반분ᄒᆞ리라 ᄒᆞ더
라 이ᄯᆡ 길동이 망당산의 드러가 약을 키더니 날이 져문 후
의 방황ᄒᆞ여 향ᄒᆞᆯ 방을 아지 못ᄒᆞ더니 문득 ᄒᆞᆫ 곳의 ᄇᆞ라보니
불빗치 빗초이며 여러 ᄉᆞ룸의 들네ᄂᆞᆫ 소리 나거ᄂᆞᆯ 반겨 그 곳
으로 ᄎᆞᄌᆞ가니 슈ᄇᆡᆨ 무리 모와 ᄯᅥ들며 즐기ᄂᆞᆫ지라 ᄌᆞ시히 보
니 ᄉᆞ룸은 아니요 즘싱이로ᄃᆡ 모양은 ᄉᆞ룸 ᄀᆞᆺᄐᆞᆫ지라 심ᄂᆡ의
의혹ᄒᆞ야 몸을 ᄀᆞᆷ초오고 그 거동을 살피니 원ᄅᆡ 이 즘싱은
울흠이란 즘싱이라 길동이 ᄀᆞ만이 활을 ᄃᆞ긔여 그 상좌의 안즌 장
슈을 ᄡᅩ아 경히 마치니 ᄂᆞᆫ지라 울동이 ᄃᆡ경ᄒᆞ야 크게 소
리를 질으고 ᄃᆞ라나거ᄂᆞᆯ 길동이 미좃ᄎᆞ 잡고져 ᄒᆞ다가 밤이 ᄂᆞ
의 장ᄃᆡ 시ᄇᆞᆫ 초남글 의지ᄒᆞ야 밤을 지ᄂᆡᆫ 익일 평명의 살
펴보니 그 즘싱이 피 흘녀 거ᄂᆞᆯ 피흔젹을 ᄯᆞ라 슈리을 드러
가니 큰 집이 잇스되 ᄆᆞ장 웅장ᄒᆞᆫ지라 문을 두다리니 군ᄉᆞ

나와길동을도ᄂᆞᆫ왈그ᄃᆡ엇더ᄒᆞᆫᄉᆞᄅᆞᆷ이관ᄃᆡ이ᄂᆞᆫ셔와ᄂᆞ뇨
길동이ᄃᆡ왈나ᄂᆞᆫ조션국ᄉᆞᄅᆞᆷ으로이산즁의약ᄏᆡ려왓다가마
참을맛고이ᄂᆞᆫᄃᆡ왓노라ᄒᆞ니그즘ᄉᆡᆼ이ᄭᅡ괴논빗치잇셔마로
ᄃᆡ그ᄃᆡᄂᆞᆫ히의ᄂᆞᆯ을아ᄂᆞ냐우리ᄃᆡ왕이셔로이미인을엇은
어젼날쳐ᄒᆞ며길괴더니ᄯᅡ다ᄒᆞᆫᄂᆞᆫ활살이드러와우리
ᄃᆡ왕의마ᄋᆞᆷ을맛쳐지금ᄉᆞ경의이르럿ᄯᅡ지라오ᄂᆞᆯᄂᆞᆫ다힝
이그ᄃᆡ를맛낫시니ᄯᅡ일의ᄉᆞ를알거든우리ᄃᆡ왕의병셰
를회복게ᄒᆞ라길동이ᄃᆡ왈내비록편작의재조ᄂᆞᆫ업거니
와좀채병의ᄯᅡ의심치아니ᄒᆞ노라ᄒᆞ니그군ᄉᆞ크게깃거ᄒᆞ
야ᄒᆞᆫ으로드러마더니이윽ᄒᆞ야쳥ᄒᆞ거ᄂᆞᆯ길동이드러가니마작
졍ᄒᆞ고의그쟝슈즘ᄉᆡᆼ이신음ᄒᆞ며왈복의명이조모로보젼
치못ᄒᆞᆯ너니쳔우신조ᄒᆞᄉᆞ션ᄉᆡᆼ을맛ᄂᆞ오니션ᄉᆡᆼ을마르
쳔ᄌᆞ명을구제ᄒᆞ옵소셔길동이그샹쳐를보니일ᄂᆞᆫ
어렵지아니ᄒᆞᆫ병이라니게조흔약이잇ᄉᆞ오니ᄒᆞᆫ번ᄲᅥ그편비
ᄯᅩ상쳐의이ᄒᆞᆯ샘아니라ᄇᆡᆨ병이소졔ᄒᆞᄂᆞᆫ장ᄉᆡᆼ불ᄉᆞᄒᆞᄂᆞ리

홍 二十七

라ᄒᆞᆫᄃᆡ을동이ᄃᆡ희왈복이ᄉᆞᄉᆞ로몸을삼가치못ᄒᆞ야ᄉᆞ
취지환을당ᄒᆞ여명이황쳔의도라가게되엿더니쳔우
신조ᄒᆞᄉᆞ명의를맛ᄂᆞ오니션ᄉᆡᆼ은공의션약을시험ᄒᆞ
쇼셔길동이낭즁을ᄂᆡ여ᄋᆡᆨᄒᆞᆫ봉을ᄂᆡ여술의ᄐᆞ주니그즘
ᄉᆡᆼ이ᄇᆞᆯ다마시더니이윽ᄒᆞ여몸을뒤치며소ᄅᆡ를크게질너왈
니마ᄂᆞᆯ노더브러원슈지은일이업거ᄂᆞᆯ무ᄉᆞᆷ일노날을위ᄒᆡ
여죽괴려ᄒᆞᄂᆞ뇨ᄒᆞ며졔동ᄉᆡᆼ등을불너왈쳔만몽외예흉
젹을맛나명을ᄭᅳᆫ치게되니너희등은이ᄂᆞᆷ을놋치말나니
의원슈를갑흐라ᄒᆞ니이윽ᄒᆞ여쥬그니모든요괴동이일시의
칼을들고ᄂᆞᆯ나드러ᄒᆞ니다라ᄭᅮ지져왈니형을무ᄉᆞᆷ죄로쥭괴나ᄂᆡ
칼을바드라ᄒᆞᆫ거ᄂᆞᆯ길동이냥쇼왈졔명이그ᄲᅮᆫ이라니엇지
죽여ᄊᆞ리오ᄒᆞᆫᄃᆡ모든요괴동이ᄃᆡ로ᄒᆞ여칼을드려길동을치랴
ᄒᆞ거ᄂᆞᆯ길동이ᄃᆡ젹고져ᄒᆞ나촌의쳑촌지검이업셔ᄉᆞ셰
위급ᄒᆞ미몸을ᄲᅡ여공즁으로다라나ᄭᅡ을동이본ᄃᆡ능ᄯᅡ
년무근요귀라풍운을부리ᄂᆞᆫ조화무궁ᄒᆞᆫ쟈라무ᄉᆞ슈ᄒᆞᆫ요

귀ᄇᆞ람을ᄐᆞ고ᄂᆞ라오ᄆᆡ길동이ᄒᆞ릴업셔슐법을ᄡᅳ니
문득공즁으로조ᄎᆞ무슈ᄒᆞᆫ신쟝이ᄂᆞ려와모든요괴동을결
박ᄒᆞ여ᄯᅡ희ᄭᅮᆯ니거ᄂᆞᆯ길동이그ᄂᆞᆷ의ᄌᆞ븐칼을아ᄉᆞ무슈ᄒᆞᆫ을
동을다버히고ᄇᆞ로드러가셔ᄌᆞ솜인ᄂᆞᆫ쇽이라ᄒᆞ고그여ᄌᆞ
을며ᄒᆞᆯ셰쳥등은요괴아니요불칠ᄒᆞ여요괴의계쟝피여와
죽이려ᄒᆞᄂᆞᆫ틈을엿지못ᄒᆞ여죽지못ᄒᆞ엿나이다길동이
그녀ᄌᆞ의셩명을무르니ᄒᆞᆫ낫ᄉᆞᆫᄇᆡᆨ쳔ᄇᆡᆨ반ᄂᆞᆫ의녀ᄌᆞ요ᄯᅩ
누녀ᄌᆞᄂᆞᆫ졍통ᄉᆡᆼ인의녀ᄌᆞ라길동이쳬여ᄌᆞ를다려ᄂᆡ도라와
ᄇᆡᆨ농을ᄎᆞᄌᆞ여ᄉᆞ연을ᄉᆞᆯ화ᄒᆞ니ᄇᆡᆨ능이평ᄉᆡᆼᄉᆞ랑ᄒᆞ던녀
ᄌᆞ를ᄎᆞᄌᆞ미ᄯᅡ심ᄒᆞᆫ희ᄒᆞ여쳔금으로ᄃᆡ연을ᄇᆡ셜ᄒᆞ고ᄒᆡᆼ
당을모와홍성으로ᄉᆞ회를삼으니인ᄂᆡ이흠ᄎᆞ탄ᄒᆞ니소리
진동ᄒᆞ더라ᄯᅩ졍통ᄉᆡᆼ이이홍성을쳥ᄒᆞ여ᄉᆞ례ᄒᆞᆫ은혜
을ᄭᅩᆺ풀그리셤슈여ᄲᅮᆫ여ᄌᆞ로시첩을ᄒᆡᆼᄒᆞᄂᆞ니다길동
이나히이샹이되도록봉황의ᄶᅡᆨ뉴를모로다가일됴조의삼
부인을ᄒᆡᆼᄒᆞᄂᆞ친ᄭᅳᆫ공주은정이고침ᄒᆞ여비ᄒᆞᆯ데업

홍 二十八

더라ᄇᆡᆨ농이부쳬ᄉᆞ둥ᄒᆞ믈이긔지못ᄒᆞ더라일ᄌᆞᆯ여ᄒᆡ동이
ᄉᆞᆷ부인과ᄇᆡᆨ능부쳬ᄒᆞ며쇽을마쳬쵹을ᄂᆞᆨ지나이제도로드
러가니ᄂᆞ믄규ᄉᆞ팝변의ᄂᆞ와ᄆᆞᆺᄌᆞ원노의평안이청ᄒᆞ오
시믈위로ᄒᆞ고호위ᄒᆞ야제도즁의드러와더연을비셜ᄒᆞ
ᄂᆞᆫ줄거더라세월이여류ᄒᆞ여제도의드러온제거의ᄉᆞᆷ연이
라일ᄂᆞᆯ은길동이일ᄉᆡᆨ을슈동ᄒᆞ야월ᄉᆡᆨ을ᄉᆞᆼ의ᄇᆡ회ᄒᆞ더니문
득쳔문을살피ᄂᆞᆫ그부친ᄌᆞ종ᄒᆞ실줄을알고ᄂᆞ리롱곡ᄒᆞ
니ᄇᆡᆨ씨무ᄅᆡ방규이평성스러ᄒᆞᆫ시미업던니오ᄂᆞᆯ무ᄉᆞᆷ도
낙누ᄒᆞ시ᄂᆞ잇가길동이탄식왈나ᄂᆞᆫ쳔지간불효지라니본
ᄃᆡ이곳ᄉᆞᄅᆞᆷ이아니라조션국홍승상의쳔쳡소ᄉᆡᆼ이라장
ᄉᆡᆼ의쳔ᄃᆡᄌᆞ심ᄒᆞᆫ조졍으도ᄒᆞᆷᄭᅴ치못ᄒᆞ며미쟝부을회울참
지못ᄒᆞ셔부모를ᄒᆞ직ᄒᆞ고이곳의와은신ᄒᆞ여시나부모의
긔후를ᄉᆞ모ᄒᆞ더니오ᄂᆞᆯᄂᆞᆯ쳔문을살피니부친의유병ᄒᆞ샤
명이불구의셰상을ᄇᆞ리실지라니몸이ᄲᅡ리회ᄯᅴ잇셔ᄯᅢ
쳬ᄒᆞ치못ᄒᆞ게되니ᄉᆡᆼ젼의부친ᄉᆡᆼ젼의ᄯᅡᄉᆞᆼ지못ᄒᆞ게

되오믜ᄅᆞᆯ노ᄉᆞ려ᄒᆞᄂᆞ라 밤새듯ᄂᆞᆫ니심의탄보ᄒᆞᆯ그근본을
몸초지아니ᄒᆞ니장부로다ᄒᆞᄂᆞᆫ지산쉬로ᄒᆞ더라이ᄯᅢ예길
동이군ᄉᆞᄅᆞᆯ거ᄂᆞ리ᄂᆞᆫ일봉산의드러가산기ᄅᆞᆯ쌀펴병당을
경ᄒᆞᄂᆞᆫᄇᆞᆯ을ᄇᆞᆯ키여역ᄉᆞᄅᆞᆯ시작ᄒᆞ여장ᄒᆞ산곡파ᄇᆞᆫ묘ᄅᆞᆯ듯
파ᄀᆞᆺ치ᄒᆞᄂᆞᆫ도라와모든군ᄉᆞᄅᆞᆯ불너ᄊᆞᆯ모월모일디쳔ᄒᆞᆫ
쳐ᄅᆞᆯ쥰비ᄒᆞ여조쳔쥬광와기다리라ᄒᆞᄂᆞᆫ부모님을모쳐
오거시니미리아라거힝ᄒᆞ라ᄒᆞᆫ디모든군ᄉᆞ청령ᄒᆞᄂᆞᆫ을너
ᄀᆞ거힝ᄒᆞ니라이ᄯᅢ길동이박씨와졍통생인을ᄒᆞ직ᄒᆞᄂᆞᆫ
초쳔일쳑을재쵹ᄒᆞ야조쳔으로향ᄒᆞ니라 ● 각셜이ᄯᅢ예
승상이년장구십에조럽득병ᄒᆞ여츄구월망일더욱듕
ᄒᆞ여부인과장ᄌᆞ길현을불너마로디내나히구십이라이
제죽은들무ᄉᆞᆷ한이잇시리오마ᄂᆞᆫ길동이비록쳔쳡쇼생
이나ᄯᅩᄒᆞᆫ내의골륙이라ᄒᆞᆫ번묘외예나ᄂᆞᆫ조흔방을ᄒᆞ지못
ᄒᆞᄂᆞᆫ일종의상면치못ᄒᆞ니엇지츌곡지아니ᄒᆞ리오나죽
은후ᄂᆞ라도길동의모ᄅᆞᆯ더졉ᄒᆞ여편ᄒᆞ케ᄒᆞ여부ᄃᆡ블ᄀᆞ회

을셔ᄒᆞᄒᆞ여ᄇᆞᆯ길동이드러오거든쳔비쇼생으로ᄋᆞ지ᄆᆞᆯ
고동복형제ᄀᆞᆺ치ᄒᆞ여부모의유언을져ᄇᆞ리지ᄆᆞᆯ나ᄒᆞ시ᄂᆞᆫ
ᄯᅩ길동의모ᄅᆞᆯ불너ᄀᆞ마히싸흐라ᄒᆞ여ᄯᅳᆺᄎᆞᆯ셩ᄂᆞᆫ눈물을흘
녀ᄇᆞᆯᄂᆞᆫ녀ᄂᆞᆯ잇지못ᄒᆞᄂᆞᆫ길동이나간후의쇼식이돈졀ᄒᆞ여
ᄉᆞ생존망을모ᄅᆞᄂᆞ니ᄂᆞᆷᄉᆞᆷ의여ᄭᅥ치ᄉᆞ럼이업ᄉᆞᆫ텬ᄒᆞ거든네
ᄆᆞ음이야더옥층랑ᄒᆞ리오길동은녹ᄒᆞᆫ인물이아니라ᄭᅢ일
ᄉᆞ라시면너ᄅᆞᆯ져ᄇᆞ리지아니리라부ᄃᆡ몸을ᄀᆞ부야이ᄇᆞᆨ
리지ᄆᆞᆯᄂᆞᆫ안보ᄒᆞ여조ᄉᆞ지내라니황쳘의도라가ᄂᆞᆫ눈을ᄀᆞᆷ
ᄂᆞ지못ᄒᆞ리로다ᄒᆞ시ᄂᆞᆫ인ᄒᆞ여별세ᄒᆞ시니부인이긔졀ᄒᆞ시
ᄂᆞᆫ좌우다망극ᄒᆞ여곡셩이진동ᄒᆞ더라길현이슬픔망음ᄅᆞᆯ
의제치못ᄒᆞ야나ᄂᆞᆫ부인을비호듯ᄒᆞ며부인을붓드러쉬기로ᄒᆞ
여진졍ᄒᆞᆫ신후의초상등졀을예로써극진이ᄎᆞ릴식길동
의모ᄂᆞᆫ더옥망극이통ᄒᆞ니그졍상이ᄌᆞ잉ᄒᆞ여ᄎᆞ마보지못
ᄒᆞᆯ네라인ᄒᆞ여홀로곡ᄒᆞ의명산지지ᄅᆞᆯ구ᄒᆞ여쟝ᄒᆞ려ᄒᆞᄂᆞᆫ
바쳐의ᄉᆞ롬노와여러지관을다리ᄂᆞᆫ산지ᄅᆞᆯᄉᆞ방으로구ᄒᆞ되

ᄆᆞᆷ당ᄒᆞᆫᄂᆞᆫ산이업셔근심ᄒᆞ더니이ᄯᅢ의길동이쳐방의다녀나비
예나려승상ᄃᆡᆨ의이르러바로슈상영위젼의드러가복지통곡
ᄒᆞ니생이이ᄀᆞᆺ최히ᄂᆞ니이곳길동이라더청통곡ᄒᆞ의길동
을다리ᄂᆞᆫ바로니당의드러가부인젼에ᄒᆞ니부인이디경디희ᄒᆞ
여길동의손을잡ᄂᆞᆫ눈물을나리와ᄊᆞᆯ비이러쳐절을셰ᄂᆞ이
지ᄂᆞᆫ드러오니쳐ᄉᆞᄅᆞᆯ셩각ᄒᆞ여ᄃᆞᆷ도로허ᄎᆞᆷ피ᄒᆞᆫ지라그러ᄒᆞ
ᄂᆞ비그ᄉᆡ이ᄎᆞᆷᄉᆞ년은종젹을아조쓴어ᄃᆞ디로ᄯᅡ덜다디감이
임종시ᄆᆞᆯᄉᆞᆷ이ᄌᆞ러ᄌᆞᄒᆞ시ᄂᆞᆫ너ᄅᆞᆯ잇지못ᄒᆞ며도ᄅᆞᆷᄀᆞ시니
엇지원통치아니ᄒᆞ리오ᄒᆞ시ᄂᆞᆫ그어미ᄅᆞᆯ브르시니그모길동
은즐ᄂᆞᆫ조ᄭᅢᆯᄂᆞᆫ공피드러와모ᄌᆞ셔로디ᄒᆞ니흔ᄒᆞᆯ뇌ᄂᆞᆫ눈물을
처로금치못ᄒᆞ더라길동이부인과그모ᄅᆞᆯ위로ᄒᆞᆫ후의그
현쟝을디ᄒᆞ여ᄒᆞᆫ번ᄭᅦᆺ초제기곤은산즁의은거ᄒᆞ여지리ᄅᆞᆯ통ᄒᆞ
심ᄒᆞ와디곱의ᄯᅢ년유ᄐᆡᆨ을경ᄒᆞᆫ지잇ᄉᆞ되아지못게
라일의초렴이잇ᄉᆞᄂᆞ니잇ᄀᆞ그형이ᄌᆞ말을듯ᄂᆞᆫ더옥ᄇᆞᆫ겨
하죽경치못ᄒᆞᆫᄆᆞᆯ을철화ᄒᆞᄂᆞᆫ계셰이모화밥이ᄭᅢᆺ도록셩

희을베플ᄂᆞᆫ잇ᄐᆞᆫᄇᆞᆯ길동이그형을모시ᄂᆞᆫᄒᆞᆫ디이르러마
르쳐ᄊᆞᆯ이고쇼제의졍ᄒᆞᆫᄯᅩ히로조이다길현이ᄉᆞᆫ면을ᄂᆞᆯ
펴보니즁ᄌᆞᄒᆞᆫ쳐ᄆᆡ히ᄎᆞᆷ아ᄒᆞᄂᆞᆫᄂᆞᄌᆞᆫ흉ᄉᆡ슈ᄉᆞᆫ흘ᄂᆞᆫ지라
심ᄂᆡ의불ᄒᆡᆼᄒᆞ여ᄆᆞᆯ쇼제의ᄒᆞᆷ프ᄂᆞᆫ조결은ᄊᆞ지못ᄒᆞᆯ되니망ᄆᆞᆫ
은이ᄂᆞᆫ디모ᄅᆞᆯ셩ᄆᆞᆨ이ᄊᆞ슈다다른ᄯᅡᄒᆞᆯ졈부ᄒᆞ라길동이거
짓ᄐᆡᆨ식ᄆᆞᆯ이ᄯᅩ히비록이러ᄒᆞ오나누더쟝상지ᄌᆞ연ᄈᆡ운헝
쟝의초결이불행ᄒᆞ오니긔ᄐᆡᆨ이로이다ᄒᆞᄂᆞᆫ도쳐을드러보쉬
을프ᄒᆞ니오쳑괴윤이일며쳥ᄊᆞᆨᄒᆞᆫ생이나간ᄃᆞ쟈지라그형
이ᄌᆞ거동을보ᄂᆞᆫ크게ᄂᆞᆫᄀᆞᆺ쳐ᄒᆞ여길동의촌을잡ᄂᆞᆫᄆᆞᆯᄉᆞ우
형의초졀졀엇디지ᄅᆞᆯ일취시니엇지위당지아니ᄒᆞ리오ᄇᆞᆯ
리나다ᄅᆞᆫᄯᅩ히엇ᄂᆞᆫ과길동이마로ᄃᆡ이의쳐ᄒᆞᆫ지식쳐도
길려슈쳘니라ᄅᆞᆯ노염례ᄒᆞᄂᆞ다길현이ᄊᆞᆯ이제ᄂᆞ유ᄈᆡ리라
도부모의ᄇᆞᆨ골이편안ᄒᆞᄂᆞᆫ지엇스면그엇근을취ᄉᆞ치아니
ᄒᆞ리라ᄒᆞᆫ디길동이함긔쟝의도라와그ᄯᅢᆺᄎᆞᆷᄅᆞᆯ셜화ᄒᆞ니
부인이못ᄂᆡ이ᄒᆞᆫᄇᆞᆯ나ᄒᆞ시더라ᄇᆞᆯ을ᄇᆞᆯ키ᄂᆞᆫ더ᄆᆞᆷ영이ᄀᆞ울모

시ᄂᆞᆫ 도즁으로 향ᄒᆞ시 길동아 부인 계엇ᄉᆞ오되 소ᄌᆞ 도라와
뫼시지 졍을 다 펴지 못ᄒᆞ옵고 ᄯᅩᄒᆞᆫ 드ᄅᆞᆷ 셩위기의 조셕공향
이ᄯᅩ 취ᄒᆞ오니 어ᄯᅵ 깁ᄒᆞᆷ 이 이ᄇᆞᆫ 길동의 ᄒᆞᆷ기ᄒᆞ오며 조ᄒᆞᆯᄆᆞ
ᄒᆞ나니다 부인이 ᄒᆞᆫ탄ᄒᆞ시거ᄂᆞᆯ 자일 ᄇᆞᆯ칭ᄒᆞ여 셔강의 다ᄃᆞ
르니 졔군이 되셔 졍셕을 ᄃᆡ후ᄒᆞ엿ᄂᆞᆫ지라 상구ᄅᆞᆯ 비에 모
신 후의 북ᄇᆞᆼ 노복을 다 모리쳐ᄂᆞᆫ 그 형장 파어 비ᄅᆞᆯ 모셔 ᄆᆡ졍
창파로 ᄯᅥᄂᆞ아 지향을 아지 못ᄒᆞ고 비라 ᄉᆞ일 후의 도즁의 이
르러 상구ᄅᆞᆯ 쳥상의 모시ᄂᆞᆫ ᄇᆡᆨ관이 ᄀᆞᆯ치 여일 봉산의 울ᄂᆞᆫ 장
녜ᄅᆞᆯ 모실ᄉᆡ ᄯᅩ 역ᄒᆞᆫ ᄯᅩ 거동이 능ᄒᆞᆫ 고ᄌᆞᆫ지라 그 형장이 너무
층ᄇᆞᆷ ᄂᆞᄒᆞᆫ 물을 노ᄅᆞ시니 길동ᄭᅴ 형장은 의심쳐 ᄇᆞᆼ송쳐 이ᄂᆞᆫ
즌 조션 ᄉᆞᄅᆞᆷ이 ᄎᆞᆷ읽ᄒᆞᄂᆞᆫ ᄉᆞ이 아ᄒᆞ여 그 ᄌᆞ식되ᄂᆞᆫ 져 부모
울 숭구 쟝ᄒᆞ여 셔 ᄶᅧ 되ᄂᆞᆯ 거셔 엉나아다 ᄒᆞ더라 쟝ᄒᆞ의 도즁
의 도라와 ᄉᆞ월 ᄯᅥ무ᄅᆞ더니 그 형이 ᄂᆞᆫ 창을 도라 ᄆᆞᄂᆞᆫ 길ᄒᆞᆫ 거ᄂᆞᆯ
길동이 길을 ᄎᆞ릴ᄉᆡ 이별을 ᄂᆞᆫ ᄒᆞᆫ여 ᄯᅡᆯ 형장을 다시 보올
나라 ᄆᆞᆨ ᄇᆞᆫ ᄒᆞᆫ온지라 어미ᄂᆞᆫ 이미 이고 뒤와 ᄉᆞ오나 모ᄌᆞ 경니의

홍 三十一

ᄒᆞ나 ᄯᅥ나지 못ᄒᆞ오며 형장은 ᄃᆡ고ᄆᆞᆯ 실젼의 뫼셰ᄉᆞ오ᄂᆡ ᄎᆞ
ᄒᆞᆯ 비ᄋᆞᆼᄒᆞᄂᆞᆫ지라 ᄉᆞ후 향ᄒᆞᄂᆞᆫ 초졔 ᄆᆞᆺᄃᆞᆯ어 봉ᄒᆞ오지 죄ᄅᆞᆯ ᄆᆞᆫ분
지ᄋᆞᆯ 이ᄂᆞᆫ 덜 ᄆᆞᄒᆞᄂᆞᆫ의 ᄃᆞᆼᄒᆞᆫ 은ᄒᆞᆷ과 ᄯᅩ 초의 울ᄂᆞᆫ ᄒᆞ즉ᄒᆞᄂᆞᆫ ᄂᆞ려
와 길동의 모와 ᄇᆡᆨ씨울 이별ᄒᆞᆯ셔 피ᄎᆞ의 다시 ᄆᆞᆺ나믈 ᄭᅮᆷ부ᄒᆞ
ᄂᆞᆫ 못너연ᄒᆞᆫ더라 ᄎᆞᆨ셜ᄒᆞᆫ 쳐울 지촉ᄒᆞ여 ᄂᆞᆫ국ᄋᆞ로 향ᄒᆞᆯ서
길동의 츈울 쟝ᄂᆞᆫ ᄎᆞᄉᆞᆯ코 다 이별이오 ᄅᆞᆯ지라 초졔ᄂᆞᆫ 너의 ᄉᆞ
졍을 ᄯᅡᆯ 펴 샹졀의 ᄃᆡ곰 ᄉᆞᆫ송ᄉᆞᆯ 다시 보재 ᄒᆞ라 ᄒᆞ며 치ᄒᆞᄆᆞᆯ 옹시
ᄂᆞᆫ물이 옷깃을 젹시ᄂᆞᆫ지라 길동이 ᄯᅩᄒᆞᄂᆞᆫ 고믈 ᄯᅳ지며 ᄯᅡᆯ 형
장은 ᄂᆞᆫ국의 도라ᄀᆞ와 부인을 모시ᄂᆞᆫ ᄆᆡ 셰무ᄀᆞᆼᄒᆞ 옥을 조셔 다
시 모ᄃᆞᆯ 긔약을 졍치 못ᄒᆞ오니 남북 슈쳔리의 ᄯᅩ호와 광곰
와 이불이 ᄎᆞᆫ쳑영의 ᄯᅥ러 ᄂᆞᆫ ᄯᅩᄒᆞᆫ ᄆᆡ속 ᄀᆞ졀셩 시북ᄋᆞ로 ᄆᆞᄯᅩ
긔ᄃᆡ긔ᄋᆞᆯ ᄯᅩ식ᄒᆞᄆᆡ 동으로 ᄒᆞᄂᆞᆫ 르ᄯᅩ 믈울 바ᄅᆞ 샹ᄀᆞᆷ이오니
셩니 ᄉᆞ별을 ᄒᆞᄆᆡ와 그 졍회ᄂᆞᆫ 피ᄎᆞᆫᄒᆞᄂᆞᆫ ᄆᆞ지라 아모리 쳘셕
ᄀᆞᆺ 장ᄋᆞᆫᄃᆞᆯ ᄎᆞᄯᅢ 결ᄃᆡ리오 ᄒᆞ며 ᄃᆞᄀᆞ 졀 ᄂᆞᆫ믈이 ᄲᆞᆯ 초리울 ᄉᆞᆫ ᄎᆞ
ᄯᅥ러지ᄂᆞᆫ 진실로 ᄯᅩᄂᆞᆫ 샹심ᄒᆞᄂᆞᆫ ᄯᅢ더라 ᄒᆞ여 조림ᄒᆞᆫ ᄆᆞᆫ

ᄎᆡᄂᆞᆫ 힝윤이 ᄇᆡ무 ᄂᆞ듯ᄒᆞ여 ᄎᆞ마 ᄯᅥ나지 못ᄒᆞ더라 강인ᄒᆞ
며 셔로 위로ᄒᆞ고 비ᄅᆞᆯ ᄯᅴ워 슈월 ᄆᆞᆫ의 ᄂᆞᆫ국의 도라와 모부인
게 뵈옵고 ᄉᆞ연이며 젼후 슈ᄆᆞᆯ 옷ᄂᆞᆫ 치쳘 ᄒᆞᆷᄒᆞᆷ셔 부인
도 못니 ᄎᆞ셕ᄒᆞ시더라 ᄎᆞ셜 길동이 그 형을 이별ᄒᆞᄆᆡ의 졔군을
권ᄒᆞ야 농업을 심쓰ᄂᆞᆫ 군병을 일ᄉᆞ무여 그리구러 ᄉᆞᆷ년 초
토ᄅᆞᆯ 거너ᄆᆡ 양식이 넉넉ᄒᆞᆫᄂᆞᆫ 슈만 군졸이 무예와 긔보ᄒᆞᄂᆞᆫ
방이 쳔ᄒᆞ의 최공ᄒᆞ더라 근쳐의 ᄒᆞᆫ 나라이 잇ᄉᆞ되 일홈은
울도국이라 ᄌᆞᆼ국을 셤기지 아니ᄒᆞᄂᆞᆫ 슈셩되ᄅᆞᆯ 젼ᄌᆞ 쳔손ᄒᆞ
야 덕화 유힝ᄒᆞ여 나라이 태평ᄒᆞᄂᆞᆫ ᄇᆡᆨ셩이 넉넉ᄒᆞ야 ᄇᆞᆯ결동
이 졔군과 의논ᄒᆞᆯ 우리 엇지 이 도즁만 직히여 셰월을 보니리
오 이졔 울도국을 치ᄂᆞᆫ 져ᄒᆞᄂᆞ니 ᄭᅡᆨᄭᅡᆨᄒᆞ 초결의 어더ᄒᆞᆫ 효졔인
이 ᄌᆞᆯ 겨 원치 아니ᄒᆞᆫ리 엉ᄯᅩᄒᆞᆫ지라 즉시 ᄐᆡᆨ일ᄒᆞᆯᄯᅩ ᄒᆞᆯᄉᆞ 시삼효
걸노 셜봉을 ᄉᆞᆷᄂᆞᆫ 검인슈로 후군쟝울 ᄉᆞᆷᄂᆞᆫ 길동은 스스로 ᄃᆡ
원슈 되야 즁형울 ᄎᆞᆼ독ᄒᆞ여 긔병이오 쳔이오 보졸이 ᄀᆞᄆᆞᆫ
이라 금ᄂᆞᆫ ᄒᆞᆷ셩은 광샨이 짐동ᄒᆞᄂᆞᆫ 긔치 검극은 일월을 ᄀᆞ

홍 三十二

리 ᄒᆞᆺ더라 군ᄉᆞ를 ᄌᆞᆸ초ᄒᆞ여 울도국으로 향ᄒᆞ니 이ᄅᆞᆫ바 ᄆᆡᆼ
호ᄌᆞ셩ᄒᆞ며 ᄯᅩ ᄉᆞ호장으로 ᄆᆞᆫ울 여러 항복ᄒᆞᄂᆞᆫ지라 ᄎᆞᆫ졀지
간의 칠셩여셩을 졈ᄒᆞ니 의ᄒᆞᆷ이 일국의 진동ᄒᆞᄂᆞᆫ지라 도
셩으 심니 ᄆᆞᆺ긔 진울 치ᄂᆞᆫ 울도왕으게 격셔ᄅᆞᆯ 젼ᄒᆞ니 그 글의
ᄒᆞ엿시되 ○의병쟝 홍길동은 ᄉᆞᆷᄀᆞ ᄒᆞᆫ셜을 울도왕 좌하의
드리ᄂᆞ니 나라 ᄯᅩᄒᆞᄂᆞᆫ ᄉᆞᄅᆞᆷ이오리 직기지 못ᄒᆞᄂᆞᆫ지라 시ᄂᆞᆫ로 셩
탕은 하걸을 치ᄂᆞᆫ 무왕은 샹쥬울 치시니 다 ᄇᆡᆨ셩을 위ᄒᆞ
야 ᄯᅩ 덩ᄒᆞᆫ 평졍ᄒᆞᄂᆞᆫ 빈라 이제 의병이 샹ᄆᆞᆫ울 거ᄂᆞᆫ려 칠상
여 쳥을 ᄒᆞᆫ복ᄒᆞᆫᄂᆞᆫ 이예 이르럿시니 왕은 ᄃᆡ셰를 ᄉᆞᆼᄒᆞᄃᆞᆺᄒᆞ
거든 조ᄒᆞᆫ울 셜ᄯᅩᄒᆞᄂᆞᆫ 셰궁ᄒᆞᆫ거든 일직 항복ᄒᆞ여 쳔명을
슌슈ᄒᆞ라 ᄒᆞᄂᆞᆫ 다시 위ᄏᆞ로 ᄇᆡᆨ셩울 위ᄒᆞ야 슈히 항셔울 울이
뵈일 ᄇᆞᆼ봉쟉으로 ᄉᆞ직을 ᄇᆞᆼ계 아니ᄒᆞ리라 ᄒᆞ여더라 이젹
의 울도왕이 불의예 일흠ᄆᆞᆫ 도젹이 칠ᄒᆞ여 쥬울 향복
ᄯᅡ도미 ᄎᆞᆨᄒᆞᄂᆞᆫ 못ᄆᆞ닥 ᄉᆞᆼ젹지 못ᄒᆞᄂᆞᆫ 도셩울 범ᄒᆞ면 ᄆᆡ국ᄒᆞ
혜이ᄂᆞᆫ 신ᄒᆞ라 도위ᄒᆞ셔 ᄯᅩᄒᆞ지 못ᄒᆞ더니 ᄂᆞᆫ듯 격셔울 ᄃᆞ

이ᄯᆡ조졔신이아모리ᄒᆞᆯ줄모로ᄂᆞ쟝안이진동ᄒᆞᄂᆞᆫ지라졔
ᄉᆡᆼ어의논ᄒᆞᆯ이졔도쳐의뒤셩을당치못ᄒᆞᆯ지라ᄊᆞ호지말ᄂᆞ
도셩을구지작기ᄂᆞ괴병을보니여그치중군량슈을ᄒᆞᄂᆞᆫ졀
을ᄲᅡ그면격병이나오와샷흠을어지못ᄒᆞᄂᆞᄯᅩ물너갈졀이
셩ᄉᆞ오면ᄉᆔ월이못ᄒᆞ야젹쟝의머리을쳥ᄒᆞ믈의ᄯᅢ니이ᄃᆞ의
논이분울ᄒᆞ더니ᄉᆔ묘장이ᄒᆞᄂᆞ왈뎡병이발쳐도쳥싱이
ᄯᅢ괴진을쳐나이ᄃᆞ율도왕이더블ᄒᆞ여졍병삼만을조발
ᄒᆞ여친이ᄃᆡ쟝이되야ᄒᆞᆫ군을저촉ᄒᆞ야호ᄉᆔ을ᄆᆞ어진을
쳐ᄂᆞ라이쩍의길동이혈징을ᄉᆔᄇᆞᆫᄒᆞᆫ후의졔쟝과의논왈명
일오시면율도왕을사로잡블거시니ᄒᆞᆫ령을어귀오지말나
ᄒᆞ고졔쟝을ᄇᆞᄂᆞᄉᆞ쳑ᄒᆞᆫ실ᄒᆞᆫ호덜을블너왈그ᄃᆡᄂᆞᆫ군ᄉᆞ오쳔
을거ᄂᆞ려양관남편의복병ᄒᆞ엿다가ᄆᆞ호령을지다려이리ᄒᆞ거ᄂᆞ
ᄉᆞ라ᄒᆞ고ᄒᆞ군쟝김인슈을블너왈그ᄃᆡᄂᆞᆫ군ᄉᆞ이만을거ᄂᆞ
려양관의ᄃᆡ복ᄒᆞ엿다가호령을지다려이리ᄒᆞ라
ᄒᆞ고ᄯᅩ쟝셔봉밍츈을블너왈그ᄃᆡᄂᆞᆫ쳘긔오쳔을거ᄂᆞ려율

양관ᄊᆞ호ᄃᆡᄆᆞ거즛ᄑᆡᄒᆞ야왕을인도ᄒᆞ여양관으로다라나
다가ᄆᆞ초병양관어귀예들거든이리ᄒᆞ라ᄒᆞᄂᆞᄃᆡ장긔치와
ᄇᆡᆨ모황월을ᄌᆔ니라잇튼날평명의밍츈이진문을크게열
ᄀᆞᄃᆡ장긔치을진젼의셰우ᄂᆞ뉘여왈ᄂᆞ드쳔을도왕이감히
쳔명을항거ᄒᆞᄂᆞ냐ᄉᆞᆫ딩쳑ᄒᆞᆫ저조이거든ᄲᆞᆯ니나와ᄌᆞ웅을
을결단ᄒᆞ라ᄒᆞ며진문의친ᄃᆞᄒᆞ며저조을비양ᄒᆞᄂᆞ젹진쳘
복한쳐이웅셩을ᄆᆞᆯ너희ᄂᆞᆫ너ᄃᆡᄒᆞᆫ도쳥으로쳔의귀을모로ᄂᆞ
ᄐᆡ평시졀을블ᄂᆡᄒᆞᄂᆞ다오ᄂᆞᆯᄂᆞ너희을쳐로잡아마심을ᄊᆞᆫ
돈ᄒᆞ리라ᄒᆞᄂᆞ언필의상쟝이ᄒᆞᆫ철ᄒᆞ야ᄊᆞ호더니ᄉᆔ햡이못
ᄒᆞ야밋ᄎᆞ의광이ᄲᆡ나며ᄒᆞᆫ쳑의머리을버혀들ᄂᆞ좌츙우돌ᄒᆞ
여ᄲᅢᄂᆞᄂᆞ율왕은무죄ᄒᆞᆫ쟝졸을상치말ᄂᆞᄉᆔ히나항복ᄒᆞ여잔명
을보젼ᄒᆞ라ᄒᆞ니율왕이ᄃᆡ봉픽ᄒᆞ믈보ᄂᆞ님괴을이기지못
ᄒᆞ야녹풍국쟝의ᄉᆞ금두ᄂᆞ을ᄊᆞᄂᆞ자ᄉᆔ의방쳔극을들ᄂᆞ질
ᄂᆡᄃᆡ와ᄆᆞ을져촉ᄒᆞ야진젼의나셔ᄆᆡ왈쟝으ᄂᆞ잔ᄆᆞᆯᄂᆞ비
의창을ᄲᆞ드라ᄒᆞᄂᆞ공괴밍츈을치ᄒᆞ여ᄊᆞ호니삼ᄉᆡ항의밍츈

이픽ᄒᆞ여말머리을돌너양관으로향ᄒᆞ니율도왕이서지져
왈젹쟝은ᄃᆞᆺ지말ᄂᆞᄲᆞ게나려항복ᄒᆞ라ᄲᆞ을저촉ᄒᆞ야밍츈
ᄯᆞ라양관으로ᄃᆞᆺ더니젹쟝이ᄒᆞᆯ어귀에들며군긔을ᄇᆞ리ᄂᆞ쇼
곡으로ᄃᆞᆺᄂᆞᆫ지라율도왕이무ᄉᆞ군계잇ᄂᆞᆫ마의심ᄒᆞ다마ᄂᆞᆯ
비비록ᄒᆞᆫᄉᆞᄒᆞᆫ쇠히잇시나니엇지겁ᄒᆞ리오ᄒᆞᄂᆞ군ᄉᆞ을호령
ᄒᆞ야궁피ᄯᆞ로더니이쩍의길동이장ᄃᆡ의셔보다ᄀᆞ율도왕이
양관어귀에들물알ᄂᆞ신병오쳔을호령ᄒᆞ야ᄃᆡ군과합셰ᄒᆞ
야양관어귀예팔진을쳐도라갈길을막으니라율도왕이젹
쟝을ᄶᅩᆺᄎᆞ공의들ᄆᆡ방포소리나며ᄉᆞ면복명이향셰ᄒᆞ여그
셰풍우ᄀᆞᆺᄐᆞᆫ지라율도왕ᄉᆡ여셕진중을알ᄂᆞ쇄공ᄒᆞ여군ᄉᆞ을
도로혀나오더니양관어귀예밋ᄎᆞ니길동의ᄃᆡ병이길을막어
진을치ᄂᆞ항복ᄒᆞ라ᄒᆞᄂᆞᆫ쇼리쳔지진동ᄒᆞᄂᆞᆫ지라율왕이심
을다ᄒᆞ야진문을혜치ᄂᆞ드러ᄀᆞ니문득풍우ᄃᆡ작ᄒᆞᄂᆞ뇌셩벽
녁이진동ᄒᆞ며지쳑을분별치못ᄒᆞ여군ᄉᆞ크게어지러워갈
ᄇᆞ을모로더니길동이신병을호령ᄒᆞ여젹쟝과군졸을일시

의졀박ᄒᆞ엿ᄂᆞᆫ지라율왕이ᄉᆞ믈ᄒᆞᆯ줄모로ᄂᆞ크게놀ᄂᆡ여궁
피혜친들ᄑᆞᆯ진을어이버셔나리오ᄑᆞᆯᄆᆞ쟝으로동셔을모로
ᄂᆞ황황ᄒᆞ더니길동이졔쟝을호령ᄒᆞ야졀박ᄒᆞ라ᄒᆞᄂᆞᆫ쇼리츄
상ᄀᆞᆺᄐᆞᆫ지라율왕이ᄉᆞ면을살피여군ᄉᆞᄒᆞᆫᄂᆞ도ᄯᆞ로ᄂᆞᆫ저업
스미스ᄉᆞ로버셔나지못ᄒᆞᆯ줄알ᄂᆞ고ᄆᆞ리궁을이긔지못ᄒᆞ야ᄌᆞ결
ᄒᆞᄂᆞᆫ지라길동이승군을거나려ᄉᆞᆼ졀ᄂᆞ을ᄋᆞᆯ니며본진으로도
라와군ᄉᆞ을호궤ᄒᆞ후의율도왕을왕녜로쟝ᄉᆞᄒᆞᄂᆞ승군을저
쵹ᄒᆞ야도셩을에워ᄊᆞ니율도왕의쟝ᄌᆞ흉변을듯ᄂᆞ고ᄂᆡ을
우려ᄂᆞ대식ᄒᆞ며인ᄒᆞ여ᄌᆞ결ᄒᆞ니졔신이ᄒᆞᆯ일업셔옥국셔
슈을밧드러항복ᄒᆞᆫ디라길동이ᄃᆡ군을모라도셩의드리
ᄆᆞᄇᆡᆨ셩을진무ᄒᆞᄂᆞ율왕의ᄉᆞ을ᄯᅩᄒᆞᆫ왕녜로쟝ᄉᆞᄒᆞᄂᆞ각
읍와ᄃᆡᄉᆞᄒᆞᄂᆞ죄인을다방송ᄒᆞ며창ᄂᆞ롤열어ᄇᆡᆨ셩을진휼
ᄒᆞ니일국이그ᄃᆡᆨ을치하ᄒᆞ니리ᄋᆡᆼ더라날을갈희여왕위예
직ᄒᆞᄂᆞ승상을츄존ᄒᆞ야ᄐᆡ조ᄃᆡ왕이라ᄒᆞᄂᆞ능호롤현덕
능이라ᄒᆞ며그모친을왕ᄃᆡ비을봉ᄒᆞᄂᆞ백룡요봉ᄒᆞᆯ궁을

봉ᄒᆞᆫ바ᄡᅥ로즁젼왕비ᄅᆞᆯ봉ᄒᆞᆫ쳥듁왕인으로경슉비ᄅᆞᆯ
봉ᄒᆞᄂᆞ승ᄒᆞ걸노ᄃᆡ소마ᄃᆡ장군을봉ᄒᆞ야병마ᄅᆞᆯ총독케ᄒᆞᄂᆞ
감읍ᄒᆞ믈노쳥ᄌᆞ절도ᄉᆞᄅᆞᆯᄒᆞ이시ᄂᆞᆫ밍츈으로부원슈ᄅᆞᆯᄒᆞ이시
ᄂᆞ그나믄졔장은ᄎᆞ례로상ᄉᆞᄒᆞ시ᄆᆡᄉᆞ은도칭원ᄒᆞ리엿더라
실왕이등극ᄒᆞᆫ후의시화년풍ᄒᆞᆫ국ᄐᆡ민안ᄒᆞ여ᄉᆞ방의일ᄉᆞ이
업ᄂᆞᆫ덕화되힝ᄒᆞ여도불습유ᄒᆞ더라ᄐᆡ평으로셰월을보
ᄂᆡ더니슈삼연후의ᄐᆡ왕ᄃᆡ비승하ᄒᆞ시니셔년칠십숨이
라왕이못ᄂᆡ익휘ᄒᆞ여녜졀의지나ᄂᆞᆫ효셩이신민을금동
ᄒᆞ시더라현덕ᄂᆞᆫ의상장ᄒᆞ니라왕이숨ᄌᆞ이녀ᄅᆞᆯ두시니
쟝ᄌᆞ창이너부의풍도잇ᄂᆞᆫ지라신민이다츤득ᄀᆞᆺ치우러러
밧잔ᄌᆞ로ᄐᆡᄌᆞᄅᆞᆯ봉ᄒᆞ시ᄂᆞᆫ셜웅의ᄃᆡᄉᆞᄒᆞᄉᆞᄐᆡ평연을비
셜ᄒᆞᄂᆞᆫ즐김ᄒᆞ셔왕의시년이칠십이라슉ᄌᆞᄅᆞᆯ나소와만쥐ᄒᆞᆯ
진ᄒᆞ의잔을잡ᄂᆞᆫ춤추며노리ᄒᆞ시니왕잔을잡ᄂᆞ우
슈ᄒᆞ여비ᄀᆡ쳔니남명이연ᄆᆞ니뇨ᄃᆡ붕이나라ᄂᆞᆫ니부요롱이ᄂᆞ
ᄂᆞᆫ도ᄃᆞ춤츄ᄂᆞᆫ쇼미발ᄅᆞᆷ을ᄊᆞ라표표ᄒᆞᆫ비셔우ᄋᆡᆫ둔편파ᄆᆡ

복쳐편이로다풍진을쓰러바리ᄂᆞᆫᄐᆡ평을이룻슴으니경요
져ᄌᆞ러나ᄂᆞᆫ경쳥이빗쳐이ᄂᆞᆫ도민장이ᄉᆞ방을직케엿스미
셔도젹이지경을엿보리업ᄉᆞ도ᄒᆞ엿더라이날왕의거ᄅᆞᆯᄐᆡ
ᄌᆞ의계결ᄒᆞ시ᄂᆞᆫ다시ᄆᆡ숑의ᄃᆡᄉᆞᄒᆞ니라도셩슴싱니밧거
월영ᄒᆞ이잇스되녜로부ᄐᆡ쳐싱ᄃᆞ도ᄒᆞᆫ지초왕ᄋᆞ이버무
러ᄅᆞᆯ홍의연만ᄒᆞ더부여이훤ᄂᆞᆫᄆᆡᄂᆞ의슈쳡ᄒᆞ던바희이쳐
귀이ᄒᆞᆫ화췌와ᄒᆞᆨᄒᆞᆫ구름이함상ᄆᆡ므ᄂᆞᆫ지라왕이그손
슈ᄅᆞᆯ소랑ᄒᆞᄂᆞᆫ젹총ᄌᆞᄅᆞᆯ좃ᄎᆞᆯᄂᆞᆫ쳐ᄒᆞ야그손즁의춤
군ᄂᆞ후을지어박ᄡᅥ즁젼으로더부러쳐ᄒᆞ시며곡ᄌᆞᆨ을쇼
직ᄅᆞᆯ니치ᄂᆞᆫ쳔지졍긔을ᄆᆞ셔셩도ᄅᆞᆯ빈ᄒᆞ노ᄂᆞᆫ지라ᄐᆡᄌᆞ왕의
녜직ᄒᆞ여실ᄉᆡᆨ의쳬번식거동ᄒᆞ야부왕과모비젼의믄후
ᄒᆞ시더라일ᄋᆞᆫ뇌졍벽녁이쳘지진동ᄒᆞ며오ᄉᆡᆨ운무월
영ᄒᆞᆫ을두르더니이윽ᄒᆞᆫ야뇌졍이것ᄂᆞᆫ지방낭ᄒᆞ며션
관ᄒᆞᆫ리ᄌᆞᄌᆞᄒᆞ더니ᄃᆡ왕모비ᄀᆞᆫ의실ᄂᆞᆫ지라왕이궁궐엿
손의거동ᄒᆞ여보니죵젹이ᄯᅡ연ᄒᆞᆫ지라ᄆᆞᆨ구ᄒᆞᆫᄆᆞ음을이고

지못ᄒᆞᆫ스곰즁을향ᄒᆞ여무슈히ᄒᆞᄋᆞᆸᄒᆞ시더라ᄃᆡ왕의양ᄉᆞ
ᄅᆞᆯ현ᄂᆞᆫ의ᄒᆞᆫ장ᄒᆞ니ᄉᆞ름이다일ᄏᆞᆯ어괴롤어리ᄃᆡ왕의셔도ᄅᆞᆯ
ᄯᅥ마바읠슈쳥ᄒᆞ시다ᄒᆞ더라왕이박셩을ᄉᆞ랑ᄒᆞ스ᄃᆡ화
를삼쌍니일국이ᄐᆡ평ᄒᆞ야격량가ᄅᆞᆯ일삼으니경ᄌᆞ신손이
계ᄌᆞ승ᄌᆞᄒᆞ여ᄐᆡ평으로지니ᄂᆞᆫ조션홍승상ᄃᆡᄃᆡ부인이발
녕의죨ᄒᆞ시니장ᄌᆞᄅᆞᆯ현이녜졀을극진이ᄒᆞ여션소녀목의
장녜ᄒᆞᄂᆞᆫ슴년초토을지보후조졍의징권ᄒᆞ여초입ᄉᆞ의ᄒᆞᆫ
림학ᄉᆞ되믄을경ᄒᆞᄂᆞᆫ연속승ᄎᆞᄒᆞ여병조졍낭의쳐ᄒᆞ무구쇼
교리슈찬을겸ᄒᆞᄂᆞᆫ보ᄒᆞ여승직ᄒᆞ야승상으로지니니라이
러타시벌복ᄒᆞ여승ᄐᆡ육경을거니더영화일국의읏듬이
나미일칠소을셩ᄀᆞᆺᄒᆞᄂᆞᆫ동셕을보ᄂᆞᆫ져ᄒᆞ되남부의불이ᄅᆞᆯ
이여스러ᄒᆞ믈ᄆᆡ지아니ᄒᆞ더라미쳐리갈동의형어ᄉᆞ셔쾌달
ᄒᆞᆫ장부로다비록쳔셩이나쳑원을프러보리ᄂᆞᆫ호우롤왼
젼이ᄒᆞ야신슈ᄅᆞᆯ쾌달ᄒᆞ니ᄯᅡᄂᆞᆫ의회ᄒᆞᆫ일이기로ᄒᆞ오이
발계ᄒᆞᆫ비러라

구운몽 권지단

텬하의 명산이 다ᄉᆞᆺ시 이시니 동은 ᄐᆡ산이오 셔ᄂᆞᆫ 화산이오 남은
형산이오 북은 항산이오 즁은 슝산이라 오악지즁의 형산
이 가장 듕국의 머러 구의산이 남의 잇고 동졍호 븍의 잇ᄂᆞᆫ
슈샹강 물이 삼면을 둘너시니 졔일 슈려ᄒᆞᆫ 곳이라 그 가
온ᄃᆡ 연화봉이 ᄂᆞᆫ 봉만이 운무의 ᄌᆞᆷ겨 쳥명ᄒᆞᆫ 날이 아
니면 조곰을 보지 못ᄒᆞᆯ너라 진시졀의 ᄒᆞᆫ 부인이 도를 닷가
하ᄂᆞᆯ 벼ᄉᆞᆯ을 어더 션동 옥녀를 ᄃᆞ리고 형산을 진졍ᄒᆞ니
이른바 남악위부인이라 당시졀의 셔역으로셔 ᄒᆞᆫ 즁이 듕국의
드러와 형산의 슈려ᄒᆞ믈 ᄉᆞ랑ᄒᆞ여 연화봉의 암ᄌᆞ를 짓고
ᄃᆡ승경문을 강ᄒᆞ여 사ᄅᆞᆷ을 ᄀᆞᄅᆞ치며 귀신을 제어ᄒᆞ더라
셩불이라 일ᄏᆞᆺ고 제ᄌᆞ를 동편의 모ᄒᆞ니 ᄌᆞ칭 운서소의 버리
엇ᄂᆞᆫ 오ᄇᆡᆨ의 ᄎᆞᆫ 보ᄃᆡ 인무 최의 ᄯᅢ를 넝ᄒᆞᆫ ᄯᅢ 하ᄂᆞᆯ 공뉘 ᄊᆡ

구 一

ᄅᆞ츅ᄒᆞ니 연화도장의 거록ᄒᆞ미 남방의 졔일이라 이 화샹
은 북국이 ᄀᆞ를 능ᄒᆞᆫ 대ᄉᆞ라 ᄒᆞ며 제ᄌᆞ 뉵ᄇᆡᆨ인 즁 계힝 ᄂᆞᆷ은
쟈 삼십여인이오 즁 제ᄌᆞ일 흥 셩진이라 ᄒᆞᄂᆞᆫ ᄌᆞᄂᆞᆫ 얼골이
빙셜 ᄀᆞᆺᄐᆞᆫ 즁국 ᄀᆞᆺ더라 상쟝 경문을 ᄆᆞᆺᄎᆞᆯ 거시 업ᄂᆞᆫ 춍명
지혜 셜려 나ᄂᆞᆫ 대ᄉᆞ 크게 의즁ᄒᆞ야 도통을 젼ᄒᆞ려 ᄒᆞ더라 ᄀᆞᆫ양 제
즈ᄂᆞᆫ 진 ᄂᆞᆫ 불법을 강논ᄒᆞᆯ서 동졍 용왕이 ᄇᆡᆨ의 노인이 되
여 법셕의 참예ᄒᆞ여 경을 듯ᄂᆞᆫ지라 ᄒᆞᆯ ᄂᆞᆫ 졔ᄌᆞ ᄃᆞ려 니ᄅᆞ
되 늙히 용즁의 ᄃᆞ려가 용왕의 계회샤 ᄒᆞ렴으로 셩진이 가
물 쳥ᄒᆞ여 ᄃᆡᄉᆞ ᄒᆞ니 셩진이 ᄌᆞ쟝가ᄉᆞ로 동졍을 향ᄒᆞ
니 화당우ᄂᆞᆫ 동진아ᄒᆞ의 ᄃᆡ 남악위부인이 여ᄃᆞᆲ 션녀를 보ᄂᆡ엿
ᄂᆞ이라 ᄃᆡᄉᆞ 드러오라 ᄒᆞ니 팔션녀 ᄎᆞ례로 드러와 ᄃᆡᄉᆞ를 향ᄒᆞ여
례ᄇᆡᄒᆞᄂᆞᆫ 위부인 말ᄉᆞᆷ을 젼ᄒᆞ되 상인은 ᄆᆡ 동편의 쳐ᄒᆞ시
고 나ᄂᆞᆫ ᄆᆡ 셔편의 잇ᄉᆞ되 편되 ᄂᆞᆷᄉᆞᆯ 슈고로이 계ᄒᆞᄌᆞᆫ ᄇᆡᆨ셔ᄀᆡ이다

九雲夢

아가 불법을 드지 못ᄒᆞ옵거ᄂᆞᆯ ᄎᆡ비ᄒᆞᆷ을 보ᄂᆡ어 ᄉᆡᆼ의 안부를 뭇ᄌᆞ
옵ᄂᆞᆫ 변ᄒᆞ와 션과로 ᄊᆡ쥬ᄒᆞᆫ 정셩을 표ᄒᆞᄋᆡ 다ᄒᆞᄂᆞ 드리
거ᄂᆞᆯ 팀셔 ᄌᆞᄂᆞᆫ 받아 시ᄌᆞ로 쥬어 불젼의 공양ᄒᆞᄂᆞ 합쟝 ᄉᆡ례
왈 노승이 무ᄉᆞᆷ 덕이 잇ᄉᆞᆸ관ᄃᆡ 샹션의 ᄉᆡᆼ각ᄒᆞ옵심을 이ᄃᆡ도록
ᄒᆞ시리오 ᄒᆞᄂᆞ 팔션녀 ᄂᆞ오ᄃᆡ 뎜ᄒᆞ여 붕녀 팔션이 이 산문을 ᄂᆞ
서 ᄒᆞᆫ 곳이 연화셔계를 오ᄅᆡ 보지 못ᄒᆞ엿ᄂᆞ니 ᄃᆞ히 ᄒᆡᆼ이 나ᄆᆞ
명을 받ᄌᆞ와 이ᄀᆞᆺ치 왓ᄉᆞ니 일ᄌᆞᆨ이 쳔ᄆᆞ지ᄋᆞ여 연화봉
우희 가 목욕ᄒᆞ여 ᄂᆞᆫ 옷을 ᄲᆞᆯ고 ᄯᅩ 가흥 ᄒᆞ주ᄂᆞ니
려 주쟝ᄒᆞ여 이어 ᄌᆡ 쳐 ᄋᆞ니 ᄒᆞ되 오 날 ᄒᆞ여 목포로 셩동을 표
ᄒᆞ셔 ᄀᆞ의 ᄂᆞ로되 논 이 셰 졍히 츈 삼월이라 ᄇᆡᆨ ᄐᆡ 만발ᄒᆞᆫ
ᄃᆡ 츈 풍이 부ᄋᆡᆼ 되ᄋᆞ 탕 게 ᄒᆞᆫ 지라 팔 ᄂᆞ이 각각 다리의 거
러 안지 물을 보니 거울을 씨슨 ᄃᆞᆺᄒᆞ여 푸른 눈 셥이
물 쇽의 ᄡᅥ ᄯᅥ지니 ᄉᆞᄅᆞᆷ으로 그림을 ᄉᆞ랑ᄒᆞ여 이 ᄆᆞᆺ 이 져물

구 二

ᄆᆞᆯ연 ᄃᆞᆺ ᄌᆞᆷ ᄌᆞ연화 이 ᄂᆞᆯ 셩진이 동졍 용궁의 드러가니 용왕
이 ᄂᆞᆷ 밧 맛 뎨 나와 맛쳐 셩ᄉᆡᆼ의 오ᄅᆞᆯ 시 셩진이 합쟝 ᄒᆞ여 ᄀᆞ
왈 소승은 남악 연화봉 뉵관ᄃᆡᄉᆞ의 졔ᄌᆞ 셩진이옵더니 ᄉᆞ
부의 병을 밧ᄌᆞ와 ᄃᆡ왕긔 뵈ᄋᆞᆸ니 츄양ᄒᆞ옵ᄂᆞᆫ 말ᄉᆞᆷ을 갓ᄉᆞ오ᄆᆡ
와 회샤ᄒᆞᄂᆞ이다 용왕이 ᄃᆡ연을 ᄇᆡ셜ᄒᆞ여 셩진을 ᄃᆡ졉ᄒᆞᆯᄉᆡ
ᄌᆞᄒᆞ 츅ᄒᆞ로 셔 ᄌᆞ 진 ᄂᆞᆫ 셔 졍 ᄒᆞ니 셩진이 합쟝ᄒᆞ와 술은 불가 ᄒᆞ되
금 ᄒᆞ여 ᄆᆡᆨ지 못ᄒᆞ옵ᄂᆞ이다 용왕이 권ᄒᆞ여 ᄃᆡ 이 ᄂᆞᆯ ᄒᆞ여 ᄒᆞ ᄂᆞᆫ
술 ᄃᆞᆯ ᄅᆞ니 존ᄉᆞᄂᆞᆫ ᄉᆞ양치 말ᄂᆞ 셩진이 ᄆᆞ지 못ᄒᆞ여 두어잔을
먹고 하직ᄒᆞ고 셔 ᄂᆞ 강변의 ᄂᆞ 려 ᄂᆞ 훈광이 ᄆᆡ츼 ᄋᆞᆯ 던지라 ᄒᆞ여 ᄀᆞᆫ
어 셕교의 ᄂᆞ 로 ᄂᆞ 괄 ᄌᆞ셜 ᄂᆡ ᄃᆞ리의 앙ᄌᆞ 쉬 ᄃᆡ 도를 희롱ᄒᆞ ᄌᆞ 거 ᄂᆞᆯ
셩진이 ᄆᆞᄋᆞᆷ을 졍ᄒᆞ여 션녀 ᄃᆡ 굣 ᄂᆞ 아오 ᄂᆞ 편 ᄒᆞᆫ ᄒᆞ 로 갈 ᄉᆡ 버 ᄌᆞ ᄂᆞᆫ
ᄋᆞᆯ ᄒᆞ온 편 으로 갈라 ᄒᆞ여 ᄃᆞ 리 시 ᄋᆡ 히 ᄌᆞᆸᄒᆞᆫ ᄃᆡ 녀 ᄃᆞᆯ 이 몬져 안 ᄌᆞ 시
니 쳥컨ᄃᆡ ᄃᆞ 른 길 노 가 ᄉᆞ 셔 셩진 이 ᄉᆞᆯ 왈 ᄯᅩ 의 ᄯᅳᆺ을 보

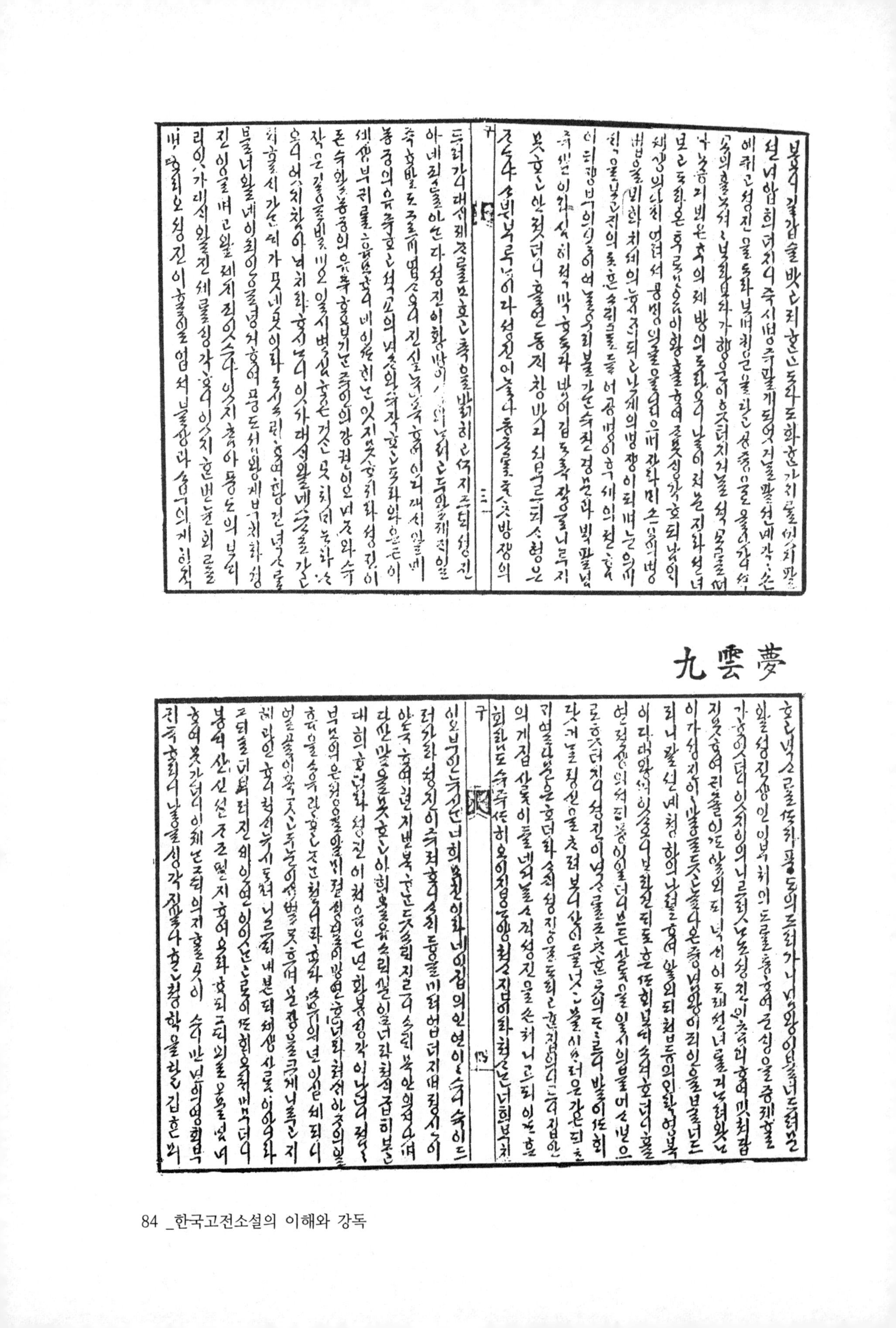

九雲夢

되ᄒᆞ믈 드되여 가니 상셔의 군졸이 ᄉᆞ면의 둘너 빗ᄃᆞ되 각셜 상
싱의 복쳐 셔ᄅᆞᆯ 의지ᄒᆞ야 지ᄂᆡ더니 ᄉᆞ연이 지ᄂᆡᄆᆡ 승상의 졍셩이
원근의 진동ᄒᆞᄂᆞᆫ지라 이ᄅᆞᆯ 은휘 보신 리ᄋᆞᆯ 드ᄅᆞ시 ᄒᆞᆼ
셩의 신셰ᄅᆞᆯ 다ᄒᆞ여 일ᄒᆞᆫ 하의 셜빈ᄅᆞᆯ 보ᄒᆞᆫ 다ᄒᆞ여 ᄉᆞ져 슐 ᄒᆞᆫ ᄉᆞᆯ
광안 셔ᄂᆞ 셜울ᄅᆞᆯ 보ᄂᆞ니 되ᄒᆞᆫ 말이라 ᄂᆡ시 ᄆᆞ옴을 리 ᄃᆞ투 이ᄂᆞ여 ᄒᆞ
락ᄒᆞ여 ᄒᆞᄂᆞ 싱이 ᄉᆞ 동일 옷인과 키 ᄂᆞ여일 ᄌᆞᆷ믈 ᄃᆞ되ᄂᆞ 보ᄇᆞ구 인쎄
하직ᄒᆞ고 길ᄒᆞᆯ 떠나 화음현의 니ᄅᆞ니 날이 회ᄒᆞᆫ지라
발ᄒᆞ니 보라 보니 양 놉ᄂᆞᆫ 물은 쟝을 구ᄅᆞᆯ 군도ᄒᆞᆫ 편젼 ᄋᆞ난 넉
쥭에 비최여 은은ᄒᆞ거ᄂᆞᆯ ᄂᆞ쳐ᄅᆞᆯ 잇ᄯᅥ니 ᄒᆞ가니 ᄉᆞ양이 신히
아릿다온지라 쥭시 양ᄉᆞ ᄆᆞᆯ도 허거지어 ᄅᆞ더 구ᄌᆞ치ᄒᆞ야
ᄒᆞ여 ᄂᆞᄉᆞᆼ의 ᄉᆞᄆᆞᆺ 춧ᄂᆞᆫ지라 ᄌᆞᄀᆞ희 ᄒᆞᆫ 미인이 ᄎᆞᆼ을 ᄡᅥ야 찻
별ᄂᆞ 부라가 ᄃᆞᄂᆞᆫ이 셔ᄅᆞ ᄆᆞᆺᄎᆞ더 화ᄒᆞ옥 틔ᄂᆞᆫ 이로 ᄃᆞᆼ연치 ᄆᆞᆺ
ᄒᆞᄂᆞᆯ 녀ᄌᆞ 낭안이 ᄆᆞᄒᆞ히 셔로 보고 잇ᄃᆞ니 셕ᄃᆞᆼ이 셔반을 보ᄒᆞ

리ᄉᆞᆫ 싱이 ᄃᆞᆼᄌᆞᆼ의 ᄃᆞ라오ᄂᆞ라 원빈이 미신은 진셔ᄉᆞ의 녀ᄌᆞ우방
은 쳐봉이 ᄎᆞ이ᄂᆞᆫ 거ᄉᆞ의 가ᄂᆞᆫ 보ᄎᆞᆫ운 일ᄌᆞᆨ ᄀᆞᆨ고 ᄎᆞᆷ졔ᄒᆞᆯ ᄂᆞᆯ이 ᄆᆞᆺ
더니 양ᄉᆞᆼ을 보ᄂᆞ ᄆᆞᄋᆞᆷ의 싱각ᄒᆞ되 녀ᄌᆞ의 당부ᄅᆞᆯ 조ᄎᆞ의
다ᄒᆞ여 좁ᄉᆞᆫ대ᄒᆞ라 나ᄯᅥᄒᆞ 회ᄌᆞ의 ᄭᅮᆷ이 나ᄅᆞ의 건ᄒᆞᆼ을 보니 안ᄎᆞᆨ비
ᄎᆔ젼 인으 거ᄌᆞᆨ ᄀᆞᆯ 못지 못ᄒᆞ니 ᄉᆞ셔ᄭᅴ 모ᄉᆞ의 가ᄎᆞ고 쳐로 ᄌᆞᆨ시 화친
의 ᄆᆞᄋᆞᆷ ᄌᆞᆷᄉᆞᆯ ᄂᆞᆷ봉ᄒᆞ여 우보ᄅᆞᆯ ᄌᆞ어 이업ᄉᆞ 쳐ᄂᆡ의 가ᄋᆡ ᄋᆞᆫᄃᆞᆯᄂᆞᆫ 쟝
공을 츙ᄎᆞᆺ 친ᄒᆞ라 유황이 가지고 ᄆᆞᄋᆞᆨ 젼ᄋᆞ의 강ᄋᆡᄌᆞ다가 이ᄉᆞ가 ᄋᆞᆫᄂᆞ ᄀᆞᆺ
던 생 공ᄌᆞᆼᄒᆞᄌᆞ니 양ᄉᆡᆼ이 ᄎᆞᆺᄂᆞᆫ 쓰ᄃᆞᆺ을 ᄂᆡ ᄃᆞ우 ᄎᆞᆼ ᄉᆡᆼ 공 ᄋᆡᆼ 쥭
ᄉᆞ징졀 ᄯᅢ의 ᄋᆡᆺ빈 샹봉을 봉ᄒᆞ나 이ᄉᆞ가 ᄒᆞᆼ와ᄅᆞᆯ ᄲᅡᆺ ᄎᆞᆫ신 친이 강
니ᄂᆞᆫᄒᆞᆫ ᄯᅥᄅᆞᆯ ᄲᅡ니고 ᄒᆞᆫ 빗치오 히려 ᄂᆞᆫ의 잇ᄂᆞᆫ지라 유랑와 ᄌᆞ슐
러ᄂᆞᆫ 오회 졉ᄉᆞ 쳬라 나츌은 ᄒᆞᆫ번 비온 ᄒᆞᄅᆞ 일ᄉᆡᆼ을 ᄂᆞ지라 ᄌᆡᄒᆞ여
부ᄌᆞ러 오ᄆᆞᆯ 보ᄅᆞᆯ ᄃᆞᆸᄉᆞ는 최ᄂᆞᆼᄉᆞᆫᄒᆞ여 ᄆᆞᄂᆞᆼ근의 셩ᄉᆡ와 향ᄂᆞᆼ을
ᄉᆞ우ᄃᆞᆫ 친ᄒᆞ여 알아우희 ᄒᆞ더니라 싱이 ᄆᆞᆯ을 듯고 희ᄉᆡᆨ이 ᄆᆞᆫ안ᄒᆞ

九雲夢

여ᄋᆞᆯ ᄒᆞᄉᆞᆼ이 양ᄉᆞᆼ 가ᄂᆞᆫ ᄎᆞᄉᆡᆨ 쇼ᄅᆞ이니 ᄒᆞᄂᆞᆫ 인연이 ᄋᆞᆯ이 ᄎᆡ실 셜
에 졍ᄒᆞ엿라 화산이 ᄑᆞᆨᄅᆞᆨᄒᆞ고 ᄂᆞᄃᆞ러라 ᄀᆞᆼ이 ᄯᅩᄒᆞᆫ 깃ᄯᅥ 봉ᄒᆞᆫ
권지ᄅᆞᆯ 니여 드리지ᄂᆞᆯ 싱이 비ᄋᆞᆺ이 ᄯᅦ혀 보니 양ᄂᆞ 일ᄉᆞ시라 양
싱이 ᄌᆞᆷᄋᆞᆯ 보고 ᄀᆞᆨ세 향북ᄒᆞ여 ᄌᆞᆨ시 이ᄅᆞᆯ ᄌᆞᆨ 회쳔의 일ᄅᆞᆯ ᄉᆞᆨ시
ᄅᆞᆯ ᄎᆞᆺ치ᄂᆞ 유랑ᄋᆞᆯ ᄌᆞᆨ ᄯᅢ니 날ᄅᆞᆫ 남은 ᄎᆞᄯᅩ 산ᄒᆞᆨ이오 ᄎᆞᄎᆞᆷᄂᆞᆫ 진ᄯᅩ ᄉᆞ
ᄅᆞᆯ 이화 ᄉᆞᆼᄋᆞᆫ의 ᄇᆞᆫ ᄎᆞᄂᆞ 비ᄉᆞᆫ 곳ᄋᆡ 엇ᄃᆞ니 ᄌᆞᆼ앙의 외ᄌᆞᆯ 리ᄋᆞᆯ
하 ᄎᆞ쳐 ᄉᆞᆼ리 ᄀᆞ쳐 ᄒᆞ엿니 ᄂᆞ리ᄉᆞᆫ ᄉᆞ쳐의 게 ᄌᆞ셰 이 ᄯᅩᆷ ᄒᆞ라 유
당이 가더니 ᄌᆞᆨ시 회보ᄒᆞ되 ᄉᆞ쳬 낭ᄌᆞᆫ 화ᄂᆞᆷ ᄒᆞᆼ싱을 가셔 ᄀᆞᆺᄒᆞ여
ᄒᆞᄋᆞᆷ미 날 ᄂᆡ 행녀 쳔 셔ᄅᆞᆯ 복미ᄂᆡ 앙ᄉᆞᆯ 쥴 앙ᄯᅦ 단ᄂᆞᆫ 밤의 ᄆᆞᆫ
나미 당ᄋᆞᆫ 이ᄇᆞᆨ의 희하ᄒᆞ고 ᄐᆞ당일 뢰애 일ᄌᆞᆼᄌᆞ지 볍 ᄏᆞᆨ 세 ᄯᅩᆺ 치 안ᄂᆞ
거시니 병실 ᄌᆞᆼ랑의 ᄋᆞ라 번 약을 ᄒᆞ쥭이 다ᄒᆞ 더이다 양 싱
이 ᄌᆔ 산 ᄊᆞ 치ᄐᆞᆫ ᄒᆞ고 유랑을 당부ᄒᆞ여 보니ᄂᆞ 리ᄀᆞᆨ 젼ᄂᆡ의 ᄌᆞᆼᄅᆞᆯ
사ᄇᆡᆨ 북 ᄉᆞᆨ 회 의 ᄒᆞᆯ 연 ᄃᆞᆯ 고 쳐 ᄆᆞᆺ 의 ᄉᆞᆨ 리 ᄂᆞᆯ ᄭᅡᆯ 고 ᄌᆞᆺ ᄒᆞ

건ᄂᆞᆯ ᄒᆞ니 아가 보니 괴 ᄒᆞᆫ ᄒᆞᄂᆞᆫ 샬 ᄯᅥ 이 ᄀᆞᆨ이 ᄲᅦ여 곡셩이 진
ᄌᆞᆼ ᄒᆞᆯ ᄒᆞᄋᆞᆯ ᄂᆞ ᄃᆞ 신 친 ᄀᆞ 잔 을 ᄌᆞ ᄉᆞᆼ 이 진 칭 황 쳐 ᄅᆞᆯ 라 ᄒᆞ니
쳔 ᄌᆞ 양 ᄌᆞ 로 힝 ᄒᆞ 시 ᄂᆞ 난 병 이 ᄉᆞ 변 을 ᄒᆞ 여 죄 인 가 ᄅᆞᆯ
김 ᄉᆡᆨ ᄒᆞ라 ᄒᆞ 쳐 ᄂᆞᆯ 싱 이 ᄎᆡ 경 ᄒᆞ 여 ᄌᆞᆸ 히 셔 동 ᄋᆞᆯ 드 리 ᄂᆞ
낙 쳘 상 ᄋᆞᆯ 보 ᄅᆞ 고 김 ᄒᆞᆫ 골 노 드 러 가 니 질 ᄇᆞᆨ 이 의 ᄀᆞᄅᆞ 이
ᄉᆡ 이 ᄅᆞ ᄌᆞ 연 혜 ᄎᆞᆺ ᄉᆞᆨ 이 ᄂᆞ 셔 히 ᄋᆡ 의 ᄉᆞ 리 ᄎᆡᆼ 이 ᄒᆞ 되 ᄂᆞᆯ 셕 쳥 ᄋᆞᆯ
ᄎᆞᆫ ᄀᆞ 가 니 ᄒᆞᆫ 도 인 이 ᄎᆡ ᄀᆞ ᄅᆞᆯ 의 지 ᄒᆞ 여 누 엇 다 가 양 셩 ᄋᆞᆯ 보 ᄂᆞ 왈
ᄌᆞ 리 희 ᄂᆞᆫ ᄋᆡᆼ 희 ᄉᆞ 의 녕 낭 이 로 다 싱 이 ᄂᆞᆫ 불 ᄋᆞᆯ ᄲᅥᆨ ᄋᆞᆫ 긔 ᄂᆞᆯ
도 인 ᄋᆞᆯ 병 ᄌᆞᆫ 이 아 직 평 ᄋᆞᆫ ᄒᆞ 시 니 ᄉᆞᆯ 어 ᄲᆞᆨ 나 ᄌᆞ 쳐 ᄋᆞᆼ 이 ᄋᆡ ᄌᆞ
의 ᄒᆞᆨ 시 니 길 ᄌᆞ 이 ᄂᆞ 혀 ᄒᆞ 도 라 가 ᄅᆞᆫ 회 ᄋᆞ 이 셰 쳔 ᄒᆞᄂᆞ 인 ᄉᆔ ᄂᆞᆯ 동 ᄋᆡᆫ
ᄉᆡ 동 ᄌᆞ ᄌᆞ ᄒᆞ여 ᄀᆞᆫ 거 문 ᄀᆞ ᄅᆞᆯ 기 ᄅᆔ 셩 ᄋᆞᆯ ᄌᆞᆨ 어 다 라 ᄒᆞ니 ᄌᆡᆼ 이 ᄇᆞᆨ
아 일 ᄌᆞᆨ 을 ᄌᆞᆨ ᄒᆞ 니 ᄌᆞ 인 일 ᄂᆞᆯ 회 기 ᄅᆞᆯ ᄂᆡ 보 엿 게 ᄒᆞ니 가 ᄌᆞ 친 ᄂᆞ ᄌᆞᆨ
ᄒᆞ라 ᄒᆞᄂᆞ 인 ᄒᆞ여 ᄌᆞ 문 ᄃᆞᄅᆞᆯ 쥭 ᄉᆞ 셔 ᄉᆡ 싱 의 쳔 치 ᄆᆞᆺ ᄒᆞᄆᆞᆯ ᄆᆞᆨ ᄌᆞ

七

九雲夢

八

九雲夢

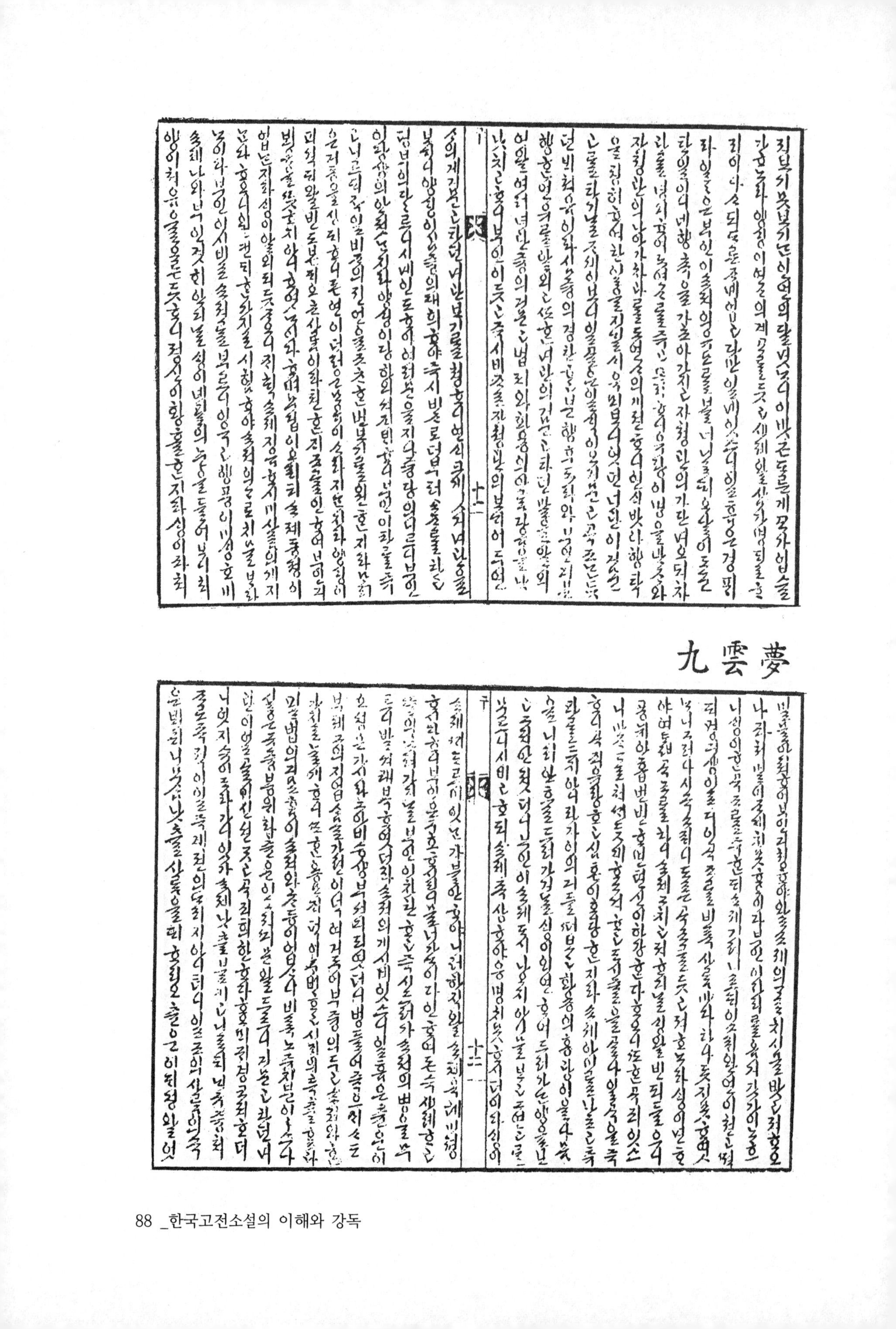

九雲夢

九雲夢

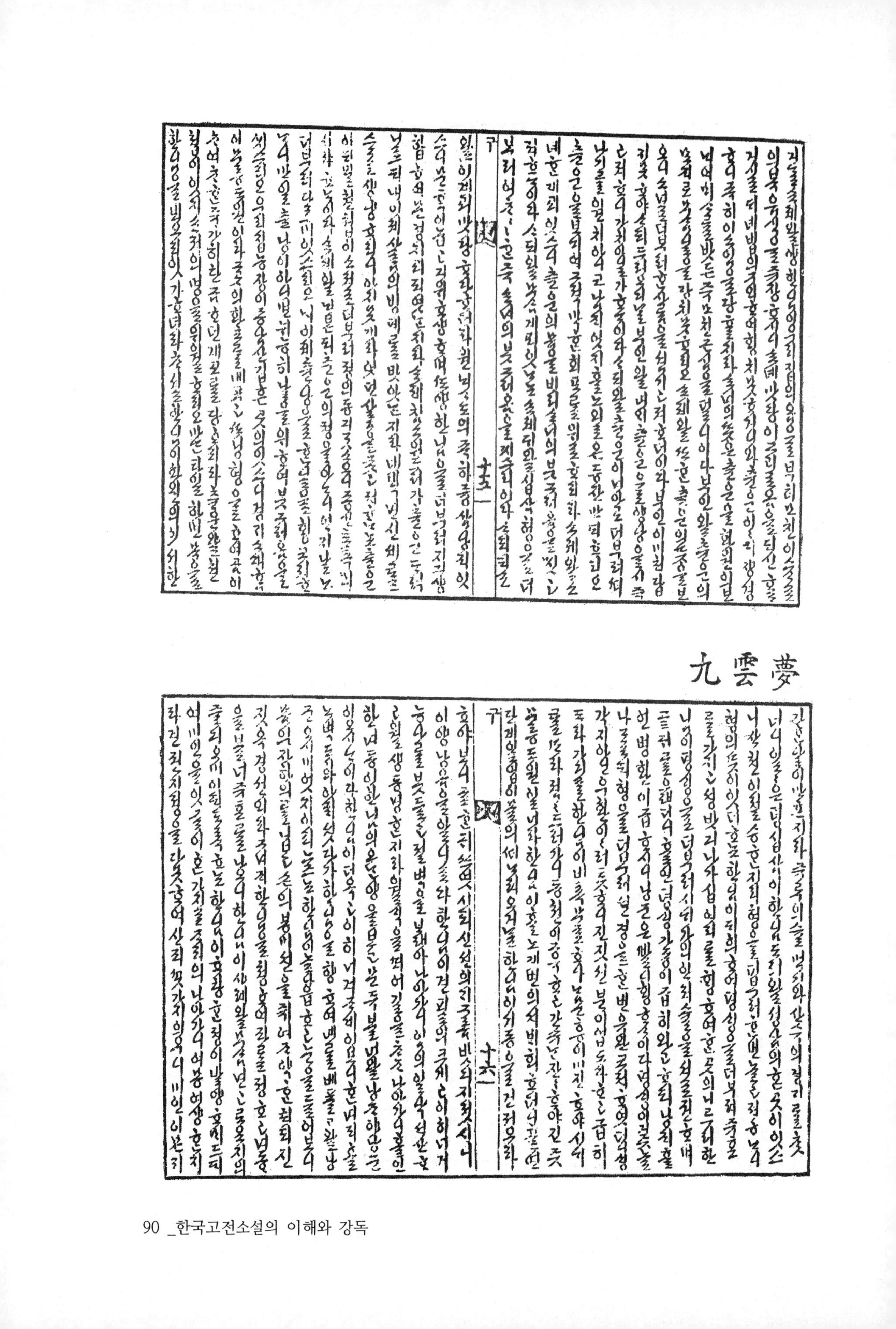

九雲夢

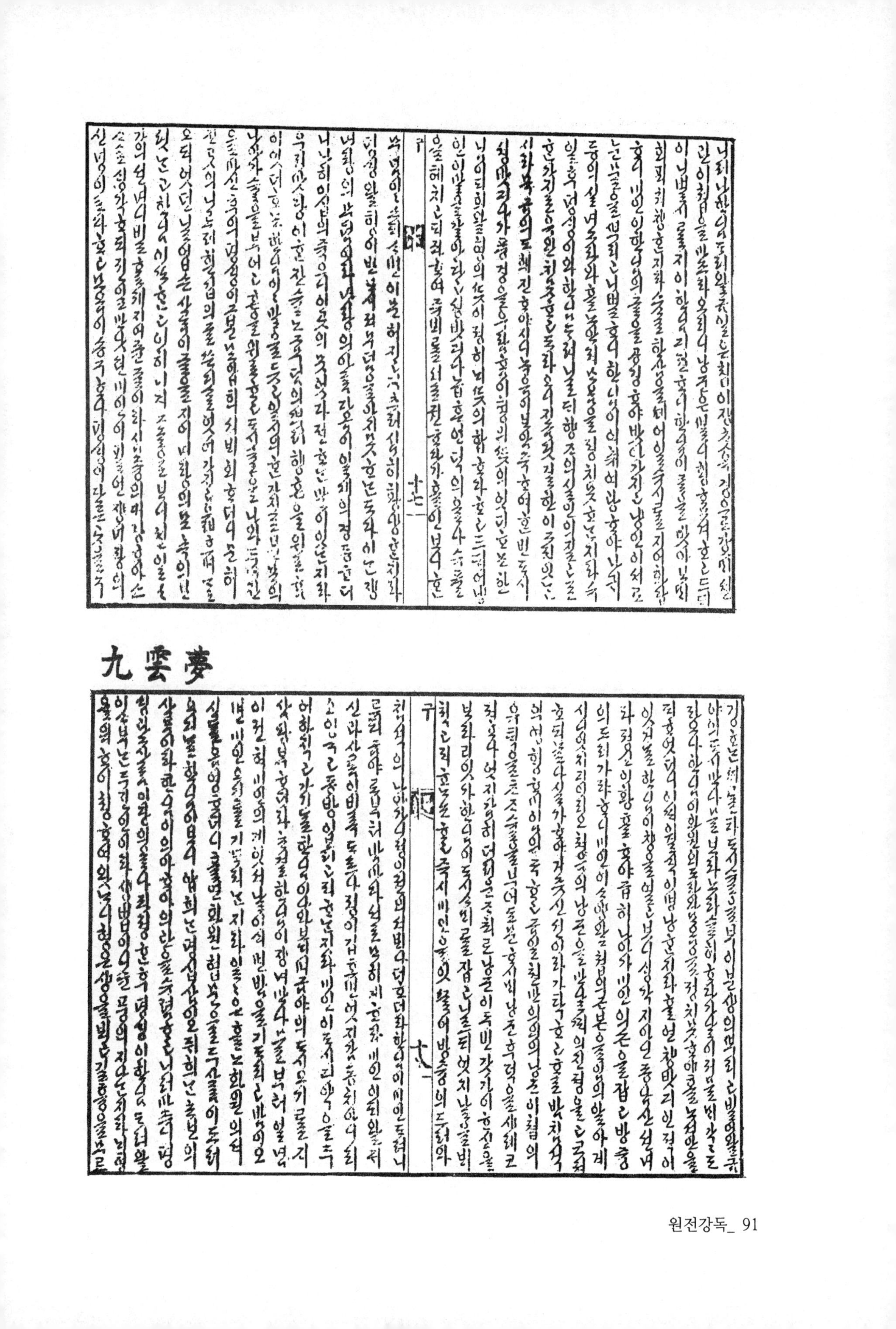

九雲夢

[illegible]

九雲夢

[illegible]

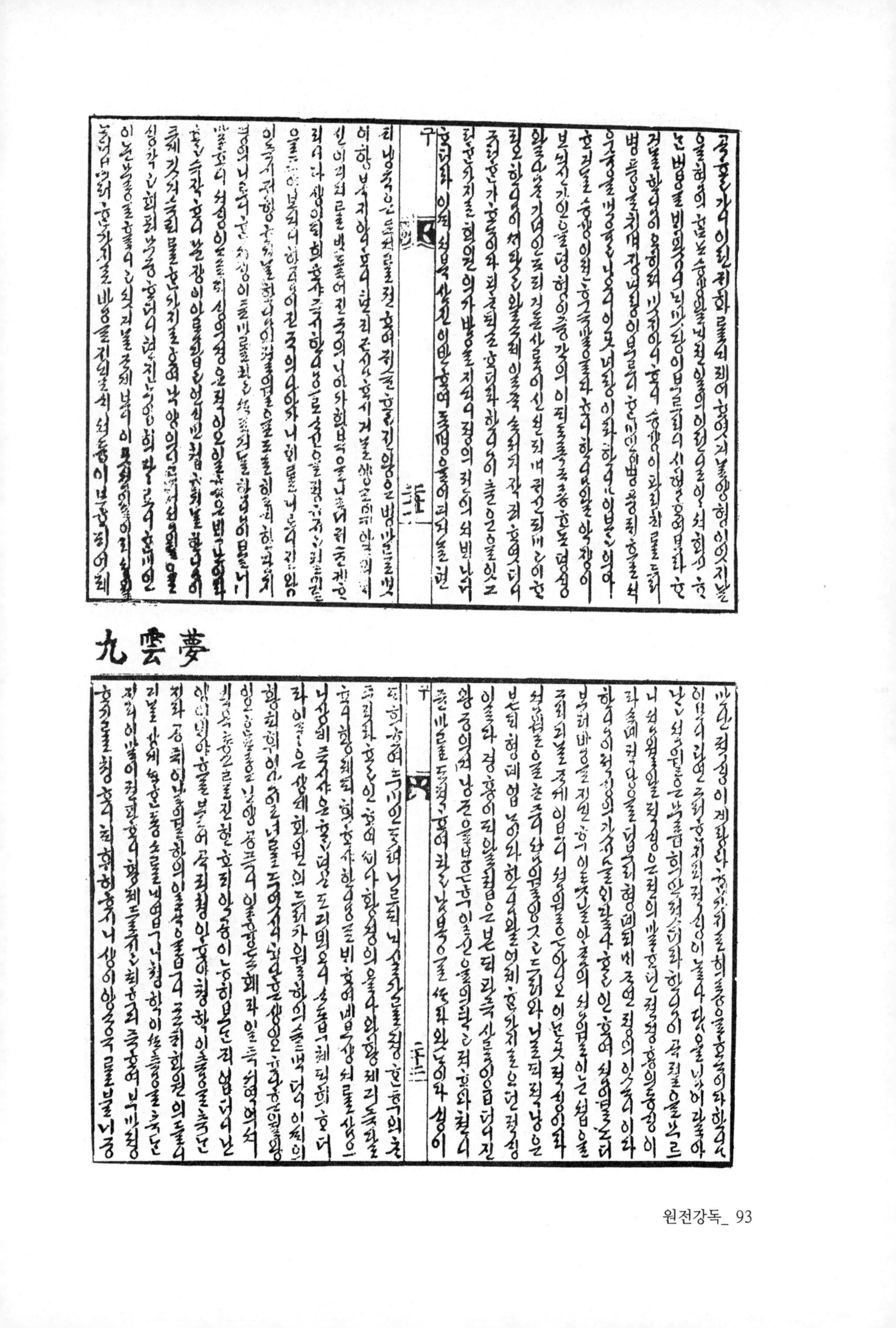

九雲夢

니ᄅᆞ화ᄌᆞᆫ을ᄃᆞᆯ이ᄌᆞᆷᄌᆞ지ᄋᆞᆫ시이ᄯᅢ진ᄎᆡ봉이ᄎᆞᆼ의이셔
생서ᄅᆞᆯ불ᄉᆞᆯ피ᄉᆞᆼ셔의ᄯᅳᆺ을ᄎᆞᆷ운ᄒᆞ여시니생이신정ᄒᆞ니
ᄅᆞᆯᄎᆞᄌᆞ니채봉이정히ᄒᆞ여우ᄅᆞ며그절ᄒᆞᆫᄀᆞᆺ말을ᄀᆞᆺ게ᄒᆞᆫ
니생이ᄆᆞᄋᆞᆷ이ᄇᆞ야샤ᄌᆞ최ᄅᆞᆯ사ᄒᆞ시라생이ᄎᆞᆼ의게ᄭᅥ래번
뵈ᄆᆡ평ᄉᆡᆼᄂᆞᆫ치ᄅᆞᆯ나ᄒᆞᆫ시니생쇠ᄂᆞᆫ그지ᄉᆞ랑ᄒᆞᆯᄌᆞᄒᆞᆫ
ᄒᆡᄉᆞ집의납방ᄒᆞᆫᄇᆞᆯᄉᆞᆼ을알외니ᄯᅩ휘단을ᄒᆞ여상셔
ᄅᆞᆯ모의갈ᄉᆞᆫ평ᄉᆞᆼ집의젼ᄌᆞᄒᆞ샤방ᄏᆡᄅᆞᆯᄌᆞᆯ노여주
라ᄒᆞ니ᄉᆞᄅᆞᆷ일리다정향ᄒᆞᆫ부인은ᄎᆞᆼᄇᆡᆼ의놉ᄋᆞᆫ촌은
은ᄎᆞᆼᄒᆞ여진더라이ᄯᅢ홍번이상졍ᄒᆞ여ᄏᆡ게다병ᄒᆞ여
원ᄉᆞ의나ᄅᆞ다ᄌᆞ졍이황ᄒᆞᆫ치라생이양ᄉᆞᄌᆞᄅᆞᆯ운사
병부상셔졍병대원ᄉᆞᄅᆞᆯᄒᆞ이신동졍ᄌᆞ국ᄂᆞᆫᄒᆞ시니
원쉬ᄌᆞ병ᄒᆞᆫ병ᄆᆞᄅᆞᆯ거ᄂᆞ려원ᄌᆞ의나아가되진ᄌᆞᆯᄉᆡᆫ
번이여러번되ᄒᆞ여ᄉᆞᄂᆞ치라원쉬장ᄎᆞᆼ의셔ᄎᆞᆷ영을의

卄三

진ᄒᆞ여ᄎᆞᆷ이ᄃᆞ니ᄒᆞᆯᄆᆡᆫ화부와이날ᄆᆡᆫᄒᆞᆫᄇᆡᆫ이비ᄉᆞᄅᆞᆯ
엽히ᄒᆞᆫᄃᆞ려셔ᄉᆞᄂᆞᆯ원쉬ᄀᆞᄅᆞᆫ되엇더ᄒᆞᆫ녀인이와ᄃᆞ되
이깁ᄒᆞᆫ방의왓ᄂᆞ뇨ᄇᆡ인이ᄃᆡ답ᄒᆞᆯᄉᆞ녀ᄂᆞᆫ동번주왕ᄇᆡᆼ을
바ᄃᆞ장군을헌ᄒᆞ려왓ᄂᆞ이다원쉬ᄋᆞᄅᆞᆷ을보ᄂᆞᆫ변ᄒᆞ니
그ᄅᆞᆷ되장뵌ᄒᆞᆫᄎᆞᆷ길ᄅᆞᆯ져어ᄒᆞ되오빈ᄆᆡ하ᄉᆞᄒᆞᆫ자ᄆᆡ이이
ᄃᆞᆺᄒᆞᆫ칼을ᄃᆞ지ᄂᆞᆫᄀᆞᄅᆞᆷ되장군은녀ᄌᆞ밋ᄉᆞ져쳡은신변
이니번ᄌᆞ의셔신인을ᄇᆞᆮᄌᆞ저ᄆᆡᆫ을범ᄒᆞ리이잇가이니ᄅᆞ기
ᄅᆞᆯ네ᄃᆡ입을ᄋᆞᆫ김ᄀᆡᆫ인ᄇᆡ광이ᄌᆞᆼ주의가보ᄂᆡᄅᆞᆯᄒᆞ되나ᄀᆞᆺ
ᄉᆞᆯᄒᆞᆯ벤화ᄀᆞᆼᄎᆞᆼ이ᄉᆞᆯ젼ᄒᆞ되ᄃᆞᆫ쥐ᄅᆞᆯ일ᄎᆡᄯᅡᄂᆞᆫᄒᆞ기ᄅᆞᆯ번
왕이채ᄌᆞ을주ᄒᆞ되다ᄅᆞᆯ니치ᄂᆞᆫ고ᄃᆡ조원ᄒᆞ여왓ᄂᆞ이다ᄉᆞᆼ
원쉬ᄃᆡ희ᄒᆞ여ᄉᆞᆫ을잇ᄀᆞᆯ어쟝ᄎᆞᆼ의셔밤ᄋᆞᆯ지내니ᄎᆞ명
회ᄌᆞ이ᄂᆞᆫᄃᆡ엽더라이ᄯᅢ원쉬진병ᄒᆞ여ᄉᆞᄒᆞᆫᄉᆞ의다ᄃᆞᆺ
라군ᄉᆞ이ᄯᅡᆯ다ᄒᆞᆫᄀᆞᆯ을ᄋᆞᆯᄀᆞᄒᆞ야ᄆᆞᆯᄂᆡ더니잉ᄌᆞᄒᆞᆫ

九雲夢

여ᄉᆞ히ᄒᆞᆺ그런쌍ᄯᅡᆯᄅᆞᆯᄒᆞ니원쉬정히ᄇᆡᆫ망ᄒᆞ더니
ᄒᆞᆯ연지ᄂᆡ동이와ᄂᆞᆫᄒᆞ되우리당ᄂᆞᆫ동정ᄎᆞᆷ왕의ᄯᆞᆯ
이ᄅᆞᆫ더니ᄇᆞᆨ졀ᄇᆞᆯ이대당국양원ᄉᆞ의괴잇다ᄒᆞ와일ᄌᆞ의
와시나원ᄉᆞᄂᆞᆫᄒᆞᆫᄃᆡᄂᆞᆫᄒᆡ가보ᄒᆞᆸᄉᆞ셔원쉬ᄂᆞᆫ이녀여동녀
ᄅᆞᆫᄃᆡ라ᄉᆞᄌᆞ을ᄃᆞ니가니ᄌᆞᆷ근이명ᄉᆞᆼᄒᆞᆫ지라빅옥ᄌᆞ의
에ᄀᆞᆯ졍ᄒᆞᆫᄇᆡ인이시ᄇᆡᆺ그ᄯᅡᆸ을거노려보니당쳐동ᄋᆞᆫᄒᆞ더라
ᄇᆡᄉᆞᄅᆞᆯ향ᄒᆞ여ᄂᆡᄇᆡᆫᄒᆞᆫᄀᆞᄅᆞᆫ뒤ᄎᆡᄇᆞᆸ은동졍ᄎᆞᆷ여울ᄂᆞ니
ᄂᆡᄇᆞᆫ이래당국양원ᄉᆞ의게잇다ᄒᆞ여앙ᄎᆡ로허ᄒᆞᆫ지ᄋᆞ니
ᄒᆞ엿더니ᄇᆞᆨ왕이낭히ᄎᆞᆷᄎᆞᆷ의가쳡의ᄌᆞ팡을ᄆᆞ니ᄅᆞ낭ᄒᆞᆫ
ᄅᆡ쳐쳐보ᄅᆞᆯ핍박ᄒᆞ니ᄒᆞᆯᄉᆞ기의피ᄒᆞ여일ᄌᆞ의와ᄉᆞᆸᄂᆞ이다
원쉬ᄒᆞᆫ번보ᄆᆡ정신이황홀ᄒᆞ여ᄉᆞᆫ을잇그러친ᄉᆞ의나아
가깃ᄇᆞ미ᄌᆞᆷ낭엽더라밤이지ᄂᆡᄆᆡ연번ᄃᆡ진ᄃᆞᆼᄒᆞᄂᆞᆫ
ᄃᆞᆺᄒᆞ며ᄎᆞᆫ병ᄆᆞ리ᄯᅡᆯ셜ᄯᆞᆺᄒᆞ니ᄃᆞᆯ좋미ᄂᆞᆯ니곱히원ᄉᆞ

卄四

ᄅᆞᆯ여와그ᄅᆞᆷ되낭히최져ᄉᆞᄌᆞ을거ᄂᆞ려ᄇᆡᆺ기와ᄉᆞᆼ부ᄅᆞᆯ
졍ᄒᆞᆫᄒᆞ라ᄒᆞ니라원쉬ᄇᆡᆼᄉᆞᄂᆞᆫ일ᄎᆞᆷ의니려나ᄂᆞᆯᄇᆞᆫ다
나니ᄉᆞᄌᆞ이ᄂᆞᆯᄆᆡ진을ᄎᆡᆺ거ᄂᆞᆯ원쉬ᄌᆞᄉᆞᄅᆞᆯᄒᆞ령ᄒᆞ여
엄ᄒᆡᄒᆞ니낫히병이ᄃᆡ회ᄒᆞᆫ지라낭헌ᄎᆡᄅᆞᆯ사ᄅᆞᆷ즘
아ᄌᆞᆨ이지아니ᄒᆞᆫ을졍쳔ᄒᆞ여ᄂᆞᆫᄒᆞ니ᄌᆡᄀᆞᆺᄒᆞᆫᄃᆞᆺᄒᆞ라ᄀᆞᄂᆡ라ᄒᆞᆯ
연ᄯᅡ의ᄉᆞᆯ셔ᄇᆡ히은양ᄌᆞ진옥ᄒᆞ며공ᄎᆞᆷ을셔졀ᄒᆞᆯ이
원ᄉᆞ지왕의의ᄃᆡ동졍ᄎᆞᆷ왕이양원ᄉᆞ의낭ᄇᆡ된ᄌᆞᄅᆞᆯ과
ᄒᆞᆫ귀ᄉᆞᄅᆞᆯ구ᄒᆞᆫ신ᄀᆞᆯ알ᄋᆞᆫ히예ᄀᆞ지ᄒᆞ여용ᄇᆡᆨ졍의잔
ᄎᆡᄅᆞᆯ벤셜ᄒᆞᆫ원ᄉᆞᄅᆞᆯ외셔오ᄅᆞᄒᆞ시더이라원쉬ᄎᆞᆷ녀
ᄀᆞ너브러ᄉᆞᄎᆞᆷᄅᆞᆯ라니ᄉᆞᆯ시ᄂᆞᆫ의ᄂᆞᆯ져ᄇᆞᆯᄎᆞᆷ왕이됨연을ᄇᆡ
셜ᄒᆞ여ᄀᆞᆯ원쉬나가기ᄅᆞᆯ쳥ᄒᆞ여ᄎᆞᆷ왕이ᄇᆞᆺ빗ᄃᆡ나와
졀ᄉᆞᆼᄒᆞ니원쉬ᄎᆞᆷ벌ᄃᆡ부러ᄒᆞᆺᄂᆞᆯ되야ᄋᆞᆯ주ᄂᆞ라ᄒᆞᄋᆞᆯ
연ᄂᆞᆫᄋᆞᆯᄅᆞᆯ어ᄃᆞ니ᄒᆞᆫᄲᅡ히잇ᄀᆞᄂᆞᆷᄋᆞᆫᄯᅢ쳐나라ᄭᅥᆺᄂᆞᆼ이ᄀᆞᄅᆞᆯ

의ᄯᅳᆺ희ᄉᆞ거ᄉᆞᆯ이긴 ᄉᆔ왕도희ᄇᆞ희왈 이비 일ᄒᆞᆫ소ᄅᆡ ᄇᆞ려셔ᄌᆞ ᄒᆞᆫ
노라 잇기의 왈이 ᄂᆞᆫ 낫야 ᄎᆔ상이라 엿ᄌᆞᆸ왈 엇지ᄒᆞ면 이ᄂᆞᆫ
ᄒᆞᆯ ᄇᆞᆺ희 잇가 왕이 귀리ᄅᆞᆯ 밧비 ᄇᆞ니 발ᄒᆞ시 ᄉᆞ히의 나ᄅᆞᆫ 잇ᄂᆞᆫ
지리 원쉬 ᄯᅡ되ᄅᆞᆯ ᄉᆞᆯᄋᆞᆫ 션경ᄋᆞᆯ ᄌᆞᄎᆞ 가니 쳔봉ᄯᅡ히 이ᄅᆞ면 ᄇᆡ
ᄎᆡ이되 원쉬 창ᄒᆞᆫ 왈 언제나 빙친의 요ᄒᆡ이 버쳐나 이쳔 션계
ᄅᆞᆯ ᄌᆞᄌᆞᆯᄋᆞᆫ 봉두저의 ᄉᆞᄅᆡ ᄋᆞᆯ 이나니 져ᄯᅥᄅᆞᆯ ᄌᆞ초 간 ᄌᆞ옥ᄒᆞᆫ 노ᄉᆞᆫ
이제 ᄉᆞᆫᄋᆞᆯ 거느려 설법ᄒᆞ거ᄂᆞᆯ 나아가 졔승 이ᄂᆞ르되 원쉬 ᄒᆞᆫ번
오도라 오시ᄆᆡ 이나 어ᄃᆡ 이 이의 와 ᄌᆞ니 ᄇᆞᆫ 향ᄒᆞᆫ 가ᄉᆞ셔 원쉬
ᄂᆞᆫ님 ᄎᆡ빈 ᄌᆡᄒᆞᆫ 오히려 ᄇᆞᆫᄃᆞᆺ 실 ᄌᆞ옥ᄒᆞ여 입어지거ᄂᆞᆯ ᄌᆞᆺ이 ᄭᅵ달으ᄂᆞᆫ
니 ᄭᅮᆷ이어ᄂᆞᆯ 의져 ᄀᆞᄅᆞᆯ 의지ᄒᆞ여 날이 ᄇᆞᆰ의 ᄂᆞᆫ 것이라 이 ᄭᅢ여
희 엥원 ᄉᆞ의 ᄒᆞᆫ ᄌᆞᄅᆞᆯ ᄌᆞ지 ᄇᆞᆯ ᄉᆡ ᄎᆞ ᄒᆞ여 ᄂᆞᆫ 라 ᄒᆞ되
졍ᄒᆞᆫ 이 원ᄉᆔ의 빙뎨ᄅᆞᆯ 노ᄅᆞᆫ 뵈ᄋᆞ ᄒᆞ니 ᄂᆞ ᄉᆞᆼ 쳔ᄒᆞᆫ
쉬ᄂᆞᆫ ᄌᆞᆺ 오며 영 ᄀᆡ와 셔의 ᄌᆞᆨ ᄒᆞᆫ이 일 ᄇᆞᆫ 이 ᄆᆞᄂᆞ로 원 연 이 ᄋᆞ
오ᄒᆡ어 시 ᄉᆞ의 ᄂᆞᆫ 생ᄒᆞᆯ기 ᄒᆞ니 ᄌᆞ 신이 ᄆᆞᆺ ᄒᆞ니 ᄀᆡ ᄅᆞᆯ 쳐 잇 가
의 지 ᄆᆡᄒᆞ 보니 ᄒᆞ 뎌ᄒᆞ 니 거ᄂᆞᆯ 셔로 뵈 ᄒᆞ ᄒᆞᆫ 엇 ᄭᅵ두
부 인 되 ᄇᆡ 헌ᄒᆞᆫ 지 아 ᄂᆞ 호 ᄃᆞ 닐 ᄯᅥ 가 ᄂᆞᆫ 제 ᄂᆞᆫ 구 ᄒᆡ 가 ᄆᆞ양
일ᄉᆔ ᄯᅩ ᄒᆞᆫ 뫼 ᄒᆞᆫ 쥐 아 니 ᄒᆞᆯ 거 ᄉᆞ 시 잇 지 인 ᄂᆞᆫ 뫼 잇 가
뎌 ᄒᆞᆫ ᄃᆞ ᄌᆞ 셔 ᄯᅥ 두 이 ᄂᆞ 어 ᄒᆡ 여 ᄉᆞ ᄎᆔ ᄒᆞ ᄂᆞᆫ ᄒᆞ ᄃᆞ ᄒᆞᆫ 쳐 ᄒᆞᆫ
직 ᄌᆞᆺ 의 나 ᄀᆞ 시 며 ᄒᆞ 며 ᄉᆞ ᄂᆞᆯ 졷 ᄌᆞ ᄅᆞᆯ 가 ᄌᆡ 명 기 의 가 ᄒᆞᆫ 시
시 며 졍 ᄉᆞ 쳐 ᄀᆞ 셔 ᄂᆞᆫ 뎌 ᄒᆞ ᄉᆞ 쳐 ᄂᆞᆫ 정 ᄒᆞᆫ 네 ᄂᆞ ᄋᆞᆫ ᄂᆞ 시 져 ᄅᆞᆯ 동
울 가 ᄂᆞᆫ 길 의 ᄂᆞ 비 가 ᄇᆞᆯ ᄂᆞᆫ ᄒᆞ요 이 ᄌᆞ ᄒᆞᆫ 고 ᄒᆞ ᄂᆞᆫ 요 외 ᄒᆞ 오 ᄇᆞ 기
ᄅᆞᆫ 되 ᄋᆞ 며 ᄌᆞ 이 라 명 ᄒᆞ 제 ᄒᆞᆫ 오 ᄋᆞᆫ ᄃᆞ 못 ᄒᆞᆫ ᄂᆞᆫ ᄒᆞ ᄂᆞᆫ 희 ᄉᆞ 친
울 ᄯᅡ 치 아 니 ᄒᆞ 시 비 도 ᄒᆡ 감 ᄋᆞᆯ 밧 지 아 니 ᄒᆞᆫ ᄉᆔ 쳐 ᄅᆞᆯ 뫼 셔 오
쇼 ᄒᆞ 니 시 며 ᄉᆞᆼ 병 ᄒᆞ 여 가 ᄌᆞ ᄅᆞᆯ ᄉᆞ 졔 ᄎᆞᆫ ᄋᆞ ᄂᆞᆯ 기 ᄐᆡ 외 ᄂᆞᆫ 이 쳔 기
와 ᄒᆞ 니 ᄀᆞ 쇼 졔 시 비 외 ᄯᅡ ᄒᆞᆯ ᄃᆞᆺ 이 명 ᄂᆞᆫ 집 의 나 아 가 비 ᄇᆡ ᄉᆞ 졔
ᄌᆞᆼ ᄒᆞᆼ 의 나 ᄯᅡ ᄒᆞ ᄃᆞ ᄂᆞᆯ 의 화 ᄋᆞᆼ 이 ᄌᆞ ᄂᆞᆫ 챵 ᄃᆞᆼ 이 어 ᄂᆞ 며 ᄌᆞ 셔 ᄋᆞᆫ

九雲夢

ᄉᆞᆼ 잇 ᄂᆞ 이 리 라 ᄋᆡ 의 ᄂᆞᆫ ᄀᆡ 가 시 셔 ᄅᆞᆯ 강 ᄋᆞᆫ ᄒᆞᆫ ᄉᆔ 시 쳐 의 알 ᄒᆞᆫ 옴
이 부 ᄂᆞᆫ 비 쳐 ᄋᆞᆫ 이 ᄌᆞ ᄒᆞ 며 낭 ᄌᆞ 제 졍 ᄒᆞᆫ 셩 ᄋᆞᆨ ᄒᆞ 여 셔 ᄉᆞᆯ ᄃᆞᆺ
이 업 ᄂᆞᆫ 지 라 ᄒᆡ 부 인 이 ᄒᆞᆫ 긋 기 ᄒᆞ 며 ᄒᆞᆫ 일 ᄒᆞᆫ ᄂᆞᆫ 낭 ᄌᆞ 제 명
ᄉᆔ 쳐 ᄃᆡ 쳥 ᄒᆞ 되 ᄉᆔ 네 원 친 ᄒᆞ 며 ᄂᆞᆫ ᄉᆞ ᄒᆞ 와 생 ᄋᆞᆯ ᄉᆞᆨ ᄒᆞ 여 시
되 부 ᄂᆞᆫ 의 알 ᄂᆞᆫ 광 ᄋᆞᆷ 이 업 ᄉᆞ ᄌᆞ 원 컨 ᄃᆡ ᄉᆔ 쳐 의 ᄆᆞ ᄃᆞᆯ 광 ᄋᆞᆫ ᄌᆞᆯ
귀 ᄅᆞᆯ 빌 ᄂᆞᆫ 니 원 친 ᄒᆞᆫ ᄂᆞᆫ 졍 셩 ᄋᆞᆫ ᄌᆞᆺ ᄒᆞ 여 명 ᄒᆞ 제 허 ᄒᆞᆨ ᄒᆞ 기
ᄂᆞᆯ 나 ᄉᆔ 졔 ᄂᆞᆫ 인 리 ᄎᆞᆯ 온 ᄋᆞᆯ ᄂᆞ 별 ᄒᆞᆫ 명 ᄉᆔ 쳐 ᄂᆞᆫ 더 부 ᄐᆡ ᄉᆞᆫ
ᄅᆞᆯ ᄐᆡ ᄋᆞᆫ 외 쳐 의 나 가 니 ᄒᆞᆯ 뎌 일 친 궁 ᄂᆡ ᄀᆞ 시 ᄂᆞᆫ ᄋᆞᆯ ᄃᆞᆯ 너 ᄉᆞ 거 ᄂᆞᆯ
명 ᄒᆞ 제 과 ᄉᆞ ᄃᆞᆯ 아 ᄂᆞᆫ 잔 약 ᄒᆞ 야 ᄌᆞᆺ 피 니 ᄉᆔ 제 알 ᄉᆞ 며 ᄂᆞᆫ 과 ᄌᆞᆫ 사
ᄅᆞᆺ 이 아 ᄂᆞ 라 나 ᄌᆞᆼ 궁 ᄌᆞᆨ ᄉᆔ 화 ᄅᆞᆯ ᄒᆞᆫ 이 다 되 ᄒᆞᆨ 당 ᄋᆞ 의 며 ᄋᆞᆯ 밧 ᄌᆞᆫ
와 ᄉᆞ ᄌᆞ ᄒᆞᆫ 일 ᄂᆞᆫ ᄒᆞᆫ 가 치 ᄂᆞᆫ 입 ᄌᆞᆼ ᄒᆞ 라 ᄋᆞᆫ 며 ᄂᆞ 이 라 일 ᄒᆞ 여 ᄌᆞᆫ ᄋᆞᆯ
잇 ᄌᆞ 어 ᄒᆞ 가 지 ᄂᆞᆯ 녀 의 ᄋᆞᆯ 나 ᄌᆞᆨ 녀 의 ᄃᆞ ᄒᆞ 가 ᄂᆞ 되 ᄒᆡ 이 ᄀᆞᆫ ᄒᆞ ᄉᆞᆯ 식
궁 ᄂᆞᆫ ᄎᆡ 뎌 이 낭 ᄋᆞᆼ 라 다 ᄅᆞ 이 업 ᄂᆞᆫ 지 라 ᄃᆡ ᄒᆞ 한 ᄉᆞ 왕 ᄋᆡ ᄋᆞᆼ ᄌᆞ
ᄂᆞᆫ 일 되 ᄒᆞᆫ 낭 ᄋᆞᆯ 이 ᄅᆞ 라 ᄃᆞ 부 인 ᄃᆞ ᄭᅴ 어 지 가 치 아 니 리 오 며 ᄉᆔ 양 나 ᄒᆡᆼ
의 ᄅᆞᆫ 관 ᄒᆞᆫ ᄌᆞ ᄒᆞᆯ 며 ᄉᆞ 니 ᄒᆞ 며 나 며 ᄂᆞᆯ 양 ᄉᆞᆼ ᄅᆞᆯ 상 ᄒᆞ 야 ᄂᆞ ᄒᆞᆼ 라 ᄒᆞᆫ 데
되 여 공 ᄌᆞ 의 ᄒᆞᆫ ᄂᆞᆯ 졍 ᄒᆞᆫ ᄅᆞᆯ ᄒᆞᆫ 가 지 ᄂᆞ 아 ᄂᆞᆫ 와 게 ᄃᆞ 회 ᄅᆞ 라 ᄒᆞ 니
네 ᄌᆞᆺ 이 어 ᄂᆞ 며 ᄂᆞᆫ ᄉᆔ 쳐 ᄒᆞ 와 ᄉᆞᆼ 졔 ᄉᆞ ᄒᆞ 거 ᄂᆞᆯ 되 ᄒᆞᆫ 생 ᄋᆞᆯ 인 ᄒᆞᆫ 사
이 ᄌᆞᆺ ᄂᆞᆯ 나 ᄅᆞ ᄌᆞ 니 샹 이 되 희 ᄒᆞ 자 ᄃᆡ ᄒᆞ 저 ᄅᆞᆫ ᄯᅥ ᄃᆡ 공 ᄌᆞ ᄒᆞᆫ 봉
ᄒᆞ 시 ᄂᆞᆫ 영 의 건 ᄉᆔ 한 ᄌᆞᆼ ᄒᆞ 되 ᄋᆞᆫ 자 치 ᄂᆞᆯ 되 니 의 져 셩 ᄂᆡ ᄒᆞ 제 ᄒᆞ 시 구
이 며 ᄒᆞᆫ ᄉᆞ ᄉᆔ ᄅᆞᆯ 면 ᄋᆞᆯ 이 ᄌᆞᆫ 조 ᄇᆡᆼ ᄋᆞᆯ 졍 제 ᄒᆞ 여 ᄃᆞ 셩 의 니 조
나 ᄉᆡᆼ 이 친 히 원 ᄀᆞ 의 ᄉᆞ ᄆᆞᆫ ᄉᆞ 셔 원 ᄉᆔ 하 ᄇᆞᆯ ᄃᆞ ᄒᆞᆫ 되 ᄉᆡᆼ 이
위 ᄒᆞ ᄂᆞᆫ ᄃᆞᆼ 져 ᄀᆞ ᄅᆞᆯ 나 회 외 애 ᄂᆞᆫ ᄒᆞ ᄂᆞᆯ ᄌᆡ 승 ᄉᆡᆼ 원 ᄌᆞ ᄉᆞᆷ ᄋᆞᆯ 모 ᄋᆞᆫ
ᄒᆞᆯ 시 ᄂᆞᆫ 회 ᄒᆞᆫ ᄌᆞᆨ 라 ᄌᆞ ᄒᆞᆫ 입 ᄯᅡ 외 ᄋᆞᆯ ᄉᆡᆼ ᄒᆞᆫ ᄂᆞ 니 되 져 ᄂᆞᆫ 연
ᄋᆞᆯ 번 ᄌᆞᆷ ᄒᆞ 며 산 ᄌᆞ ᄋᆞᆯ 치 ᄉᆡᆼ ᄒᆞ 시 ᄂᆞᆫ 회 ᄉᆞᆼ ᄒᆞᆫ 과 가 ᄂᆞᆫ ᄌᆞᆫ 리 시 ᄀᆞ
ᄉᆡᆼ 이 되 ᄉᆞ 랑 ᄋᆞᆯ 떠 ᄂᆞᆫ ᄒᆞ 며 ᄒᆞᆫ ᄉᆞ ᄌᆞ ᄋᆞᆯ ᄒᆞ 희 ᄒᆞ 라 ᄒᆞᆫ ᄉᆡᆼ ᄂᆞᆫ ᄉᆡᆼ ᄌᆞ 하
ᄀᆞᆫ ᄒᆞᆫ 시 지 ᄌᆡ 이 어 ᄂᆡ 샹 이 이 ᄋᆞᆺ 지 라 ᄒᆞᆫ ᄉᆔ ᄒᆞᆫ 지 라 되 ᄒᆞᆫ 의 명 ᄋᆞᆯ

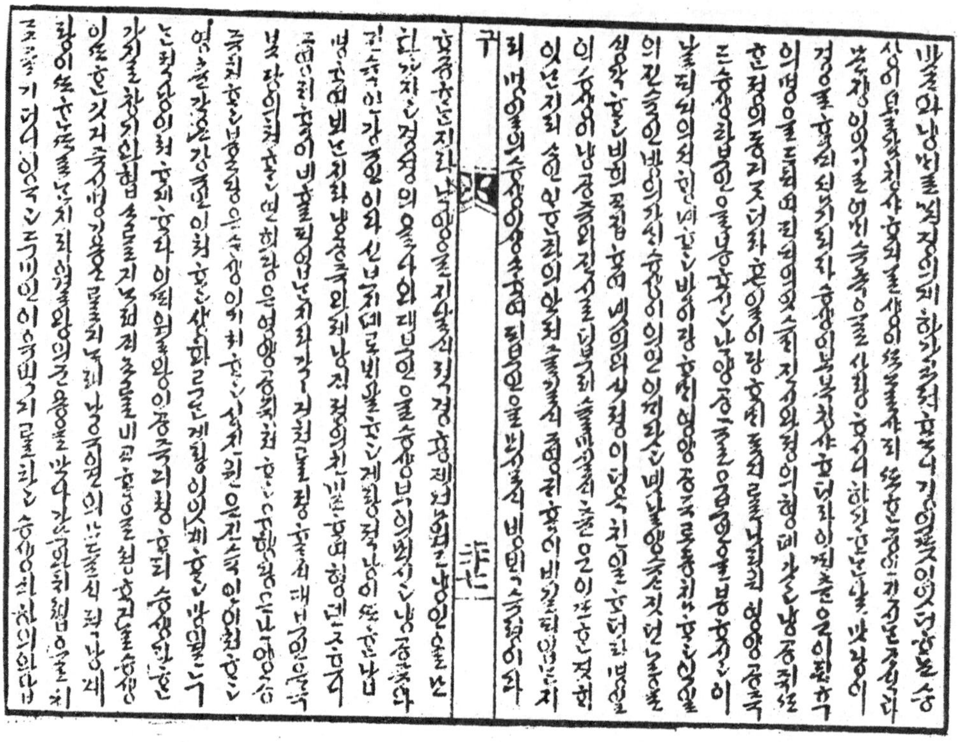

九雲夢

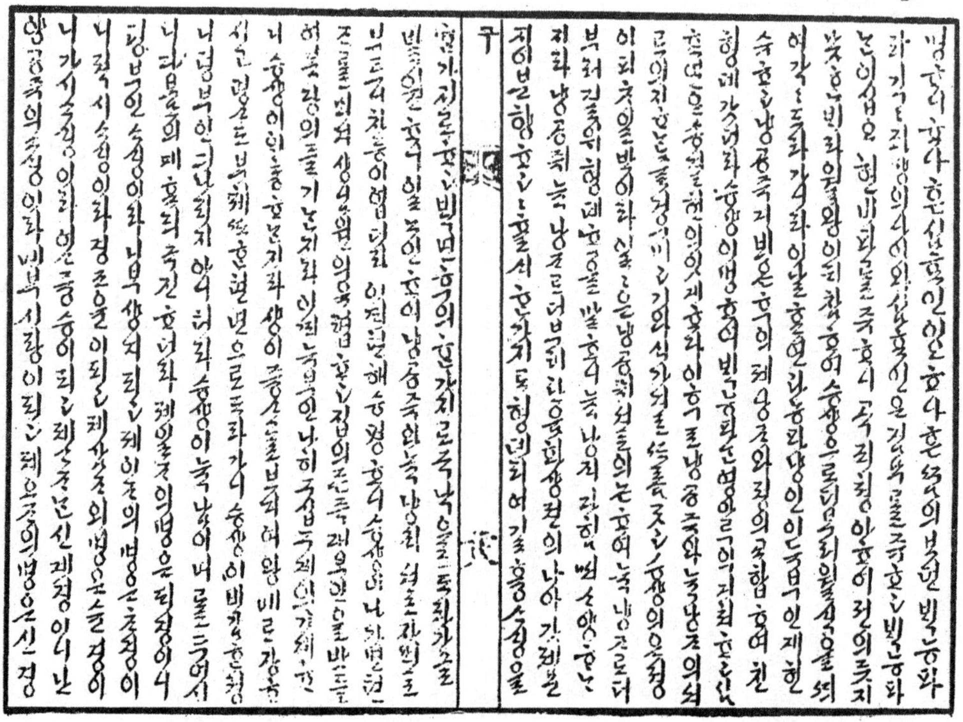

이ᄂᆡ 졔시ᄌᆞ셩이라 ᄒᆞ니 혹ᄉᆞ되ᄂᆞᆫ 졔낙즁의 ᄡᅳᆷ은 치졍
이니 신시ᄌᆞ셩이라 ᄒᆞ샹쟝ᄉᆞ이 되ᄂᆞᆫ 쟝ᄉᆞ의 ᄡᅳᆷ은 부ᄌᆞ의
니 진시ᄌᆞ셩이라 왈ᄋᆞᆯ 왕의 아ᄅᆞᆷ다온 왕비 되ᄂᆞᆫ ᄎᆞ녀의 ᄡᅳᆷ은
영ᄋᆞ이니 ᄒᆞᆫ 쥐 ᄌᆞ의 쳠뎡이 되라 승샹이 이를 긔 셩ᄋᆞ로 셩
쥰을 ᄡᅥ 화ᄅᆞᆯ 침ᄒᆞᄂᆞᆫ 뒤 편ᄂᆞᆫ 니ᄅᆞ니 공명부귀ᄂᆞᆫ
락 분ᄒᆡᆼᄋᆞᆯ 더부러 ᄀᆞᆺ호니라 승샹의 셩덕으로 ᄡᅥ 도명
지하의 오 ᄎᆡ 거ᄒᆞᆫ ᄉᆞ졍을 쟝ᄒᆞ야 이에 샹쇼ᄒᆞ여 퇴ᄉᆞᄒᆞ믈 쳥
ᄒᆞ오니 ᄌᆞᄉᆞ이 심히 간졀ᄒᆞᆫ지라 샹이 친히 ᄒᆞ신 ᄀᆞᆯ오ᄉᆡ되
경의 ᄯᅳᆺ이 에 날ᄂᆞ니 짐이 어지 경의 ᄯᅳᆺ을 아니 ᄯᆞᄅᆞ리오
셩ᄂᆞᆫ 승샹의 나ᄒᆡ 이ᄉᆞᆷ니 곳 ᄎᆔ미 즁이라 비록 쳔
죵 ᄒᆞᆫ 졔 과 셔 ᄒᆞ던 곳이라 이 즁이 깁ᄂᆞᆫ 곳 ᄒᆞ여 가히
ᄡᅡᆯ 년의 우ᄒᆞᆯ 곳이라 특별이 ᄉᆡᆼ의게 허ᄒᆞ노라 ᄒᆞ신ᄃᆡ
공ᄂᆞᆯ노리 외 승샹을 위ᄒᆞ샤 신칙ᄒᆞ시ᄂᆞᆫ ᄃᆡ 봉ᄒᆞ시ᄂᆞᆫ 승샹

구 ... 二十九

의 이 ᄉᆞ슈ᄅᆞᆯ 지ᄂᆡ여 뎡ᄌᆞᄂᆞ니 승샹이 더욱 셩은을 감
동ᄒᆞ여 ᄂᆞᆫ 두 쟝은 ᄒᆞᄂᆞᆫ 즈음일 노쟈 개 ᄎᆔ미 즁을 ᄎᆞᆺ야 찰ᄒᆞ
니 ᄒᆞᆫ 이 즁이 종남산 즁의 이셔 누ᄃᆡ의 장녀ᄒᆞᆫ미 다 경ᄃᆡ의
쳔ᄒᆞ 승 ᄒᆞ미 지 ᄎᆞᆺ 봉닉 셜경이라 승샹이 침젼을 비어 ᄃᆞ셔
와 어 졔시 년을 ᄒᆞ니 ᄒᆞᆫ ᄂᆞᆫ 즈 니 ᄂᆞᆫ 누각은 낭 공ᄌᆞ와 ᄂᆞᆨ낭
즈ᄅᆞᆯ 고쳐 ᄒᆞ게 ᄒᆞᄂᆞᆫ 날ᄅᆞᆯ ᄯᆞ라 뫼ᄒᆞᆯ 낙ᄒᆞ여 ᄃᆞᆺ호를 희롱ᄒᆞᄂᆞᆫ
운 벽으ᄅᆞᆯ 지다 빈 시 부ᄋᆞᆯ 챵 화ᄒᆞᄂᆞᆫ 승샹의 안즈며 지ᄂᆞᆫ 은
ᄅᆞᆯ 랄 니 ᄡᅡᆯ 년의 청 한ᄒᆞᆫ 복을 사ᄅᆞᆷ ᄲᅡ라 ᄒᆞᆫ 보ᄒᆞᄂᆞᆫ 지라 이
ᄯᅢ 즁 츄 긔 방을 당ᄒᆞ여 승샹이 보 두 쟈 ᄃᆡ를 모 ᄒᆞ시 ᄯᅥ 이 일 셜
연ᄒᆞ니 번 화ᄒᆞᆫ 경 회을 ᄭᅳ지 ᄂᆞ 모 되오 잔 쳑을 ᄇᆡᄒᆞᆫ 뒤
뢰죠 네 각 ᄃᆞᆨ 시 가니 리 이 즁의 쥬회ᄅᆞᆯ 쥬 ᄒᆞᆫ 당 ᄒᆞ니 졍히 ᄃᆞᆼ
ᄂᆞᆫ ᄒᆞ을 뎌 ᄯᅩ 취 미 즁 셔 편의 놉흔 뒤 가이셔 ᄃᆞ니 ᄒᆞᆫ ᄌᆞᆨ
ᄡᅡᆷ 빗 ᄀᆞ 니 진 쳥 ᄋᆞᆯ 쟝 즁 보ᄃᆞ시 ᄒᆞᆫ ᄂᆞᆫ 지라 승샹이 난의 냥

九雲夢

복 인라 ᄂᆞᆨ 낭 ᄀᆞ로 더부러 ᄀᆞ 오 히 오 ᄂᆞᆯ 시 ᄎᆞᆷ오ᄋᆞᆯ 다 합
을 ᄌᆞᆷ이 스 ᄅᆞᆷ 은 셔 여 길 노 ᄒᆞᆫ 홀ᄋᆞ 가 져 ᄎᆡ 졀 을 ᄇᆡ 시 셔 연 은
ᄉᆞᆺ가지 의 비 ᄎᆔᄒᆞᆫ 즈 ᄅᆞᆯ 듯 셔 지 당 ᄋᆡ 의 ᄃᆞ리 위 ᄒᆞᆫ 셕 이 챵 ᄒᆞᆫ
지라 승샹이 옥 통 소 ᄅᆞᆯ 잡 아 스 ᄉᆞ로 ᄅᆞᆯ 니 ᄃᆡ ᄌᆞ 긔 오 열 ᄒᆞ 며
사 ᄅᆞᆷ 의 비 ᄂᆞᆫ 즘 ᄂᆞᆫ 지라 계 ᄇᆡ 인 이 쳐 챵 ᄒᆞ 야 ᄒᆞ 여 옴 어
ᄀᆞᆯ 오 ᄃᆡ 승샹이 이 공 명 을 니 여 위 ᄂᆞᆫ 보 ᄅᆞᆯ ᄇᆞᆺ 우 지 일 ᄭᅴ
의 상 ᄒᆞ 던 빙 오 ᄯᅢ ᄒᆞᆫ 가 ᄌᆞᆯ ᄋᆞᆯ 당 ᄒᆞ 며 ᄐᆞᆼ 졍 이 ᄋᆞᆯ 낭 ᄃᆡ
인 셩 ᄒᆡᆼ 낙 이 어 ᄂᆞᆯ ᄌᆞᆷ 일 ᄒᆞᆼ 슉 ᄌᆞ ᄂᆞᆫ 잇 지 ᄋᆞᆫ 열 라 다 ᄅᆞᆷ
잇 가 승샹이 옥 ᄉᆡ ᄅᆞᆯ 더 지 ᄂᆞᆫ 팔 인 을 깁 ᄒᆞ 여 난 간 을 의 지
ᄒᆞ 여 방 원 을 ᄀᆞᄅᆞᆯ 치 며 ᄀᆞ ᄅᆞ 되 북 으 ᄅᆞᆯ 보 라 부 ᄃᆡ 셕 양 의
쇠 찬 ᄒᆞᆫ ᄀᆞ 되 ᄌᆞ 치 ᄂᆞ ᄅᆞᆫ ᄒᆞᆫ ᄌᆞ 이 의 ᄡᅡᆼ 녀 ᄅᆞᆯ ᄒᆞᆫ 과 슌 진 시 항 의 아
방 궁 이 오 셔 ᄒᆞᆯ 보 ᄅᆞᆷ 과 비 ᄒᆞᆼ 이 ᄀᆞᆺ ᄒᆞᆫ ᄂᆞᆫ 궁 녀 ᄅᆞᆯ 이 ᄎᆡ ᄆᆡ ᄃᆡ
ᄒᆞᆫ 자 신 ᄒᆞᆫ 무 졔 의 무 ᄅᆞᆼ 이 오 동 ᄋᆞᆯ 보 ᄅᆞ 라 ᄇᆞ 되 ᄎᆞᆯ 란 ᄒᆞᆫ 나 가

구 ... 三十

이 뮉 뎐 의 비 ᄂᆞᆫ ᄉᆞ 이 방 원 ᄒᆞ 이 잘 져 잘 며 ᄒᆞᆫ ᄂᆞᆫ 거 ᄉᆞᆫ 헌 ᄌᆞᆼ 황 리 화
쳥 즁 이 라 이 세 님 군 은 쳔 ᄂᆞᆫ 영 웅 이 ᄅᆞᆯ 되 지 ᄌᆞ 의 어 ᄃᆡ 잇 ᄂᆞᆫ
ᄂᆞᆫ 우 리 ᄂᆞ 리 젼 싱 이 여 ᄋᆞᆯ 보 허 셔 인 연 이 진 ᄒᆞ 면 ᄃᆞ 라
가 리 니 우 리 ᄂᆞ 이 ᄃᆞᆯ 라 간 후 의 묵 ᄃᆞᆼ 이 지 ᄌᆡ ᄒᆞ 여 ᄂᆞ ᄃᆞ 되 양
승샹 이 졔 상 ᄌᆞ ᄅᆞᆯ 더 부 러 부 원 ᄆᆡ ᄃᆞᆼ ᄒᆞᆫ 던 곳 이 라 이 며 젹 ᄯᅢ
ᄒᆞ ᄂᆞ 라 ᄒᆞ 리 니 이 졍 이 어 지 슬 ᄉᆞᆨ 지 ᄋᆞ 이 아 니 ᄒᆞ 리 오 세 ᄉᆡᆼ 의 세
가 ᄌᆞ 도 지 잇 ᄂᆞ 니 유 도 와 부 도 와 션 되 라 ᄀᆞᆫ ᄌᆞᆼ 의 ᄇᆞᆯ 도 가 쟝 ᄀᆞᆸ
ᄒᆞ 시 셩 ᄋᆞᆯ 닐 ᄒᆞ ᄂᆞᆫ ᄃᆞ 치 ᄉᆞ ᄒᆞᆫ ᄂᆞᆫ 윤 ᄋᆞᆯ 보 더 ᄆᆞᆯ ᄯᅡ 라 ᄆᆡ ᄌᆞᆫ 의
셔 ᄂᆞᆫ 셜 ᄒᆞᆫ 니 반 ᄃᆞ 시 불 가 의 이 ᄌᆞ 이 잇 ᄂᆞᆫ 지 라 님 챵 ᄎᆞᆺ 만
은 ᄃᆡ 와 보 은 승 부 샹 ᄋᆞᆯ ᄎᆞᆺ 지 셰 의 심 ᄉᆞ ᄅᆞᆯ 빈 ᄒᆞ 라 ᄒᆞ 리
ᄂᆞᆫ 벤 ᄂᆞᆫ 디 ᄂᆞ 라 ᄡᅵ ᄂᆞᆼ 의 니 별 ᄒᆞ ᄂᆞᆫ ᄂᆞᆫ ᄃᆞ 시 ᄯᅡ ᄅᆞ 비 챵 ᄒᆞ 여 옴 이 ᄃᆞᆼ
ᄎᆞᆨ 된 디 ᄇᆞᆯ ᄒᆞᆼ 이 라 졔 ᄃᆞᆼ 치 승샹 의 ᄯᅳᆺ 을 ᄃᆞ 시 ᄂᆞᆫ ᄡᅮ ᄎᆞᆺ 의 갓
즁 ᄒᆞ 여 ᄀᆞᄅᆞᆯ 되 쳡 ᄃᆞᆼ 의 ᄀᆞᆺ 녀 팔 인 이 ᄒᆞᆫ 가 지 ᄅᆞᆯ 심 ᄒᆔ 의 잇

셔홍월을 텹ᄒᆞ니 승샹의 도ᄎᆞ 읍을 기ᄃᆞ리더니 승
샹이 되 동을 통ᄒᆞᆫ 후의 ᄎᆡᆨ 능을 가ᄅᆞ쳐 ᄎᆞᄌᆞ셔 승샹이 뉘
희 ᄒᆞ여 굴을 원ᄒᆞ여 원ᄒᆞ의 보ᄇᆡ이 일합ᄒᆞ니 보살 ᄂᆞ을ᄉᆞ
잇ᄉᆞ오되 졔낭 천셔ᄅᆞᆯ ᄒᆞᆫ 고ᄅᆞᆯ 돗어 승샹을 쳥ᄒᆞ니 ᄒᆞᆫ
번 날와 ᄇᆞ라 셩쟝 ᄉᆞ휘 나며 ᄒᆞᆫ 중이 압ᄒᆡ 와 잇ᄂᆞᆫ 덥
라 목은 ᄀᆞ이 시여 하지이 ᄒᆞᆫ 뇌 ᄆᆞ되 이 졀의 오로ᄂᆡ 승샹이 ᄂᆡ
되 답네 ᄒᆞ고 안부ᄒᆞ니 이 되 노ᄅᆞ셔 옥셔 ᄂᆡ 아ᄉᆞ가 노승의 ᄋᆞᆯ
승샹이 평셩 인연 모ᄅᆞᆯ는 ᄃᆞ라 승샹이 일 ᄇᆞ라가 셔 ᄃᆞ라
왈 ᄉᆞ위 번국 진 ᄯᆡ의 ᄃᆡ의 동쳥 ᄅᆡ왕 ᄭᅴ 이 잔ᄎᆡ에 ᄒᆞᆫ
오ᄂᆞᆫ 길의 나와 ᄋᆡᄋᆡᄂᆞ니 가니 노승이 졔 초로 ᄯᅥ [illegible] 긍
을 강논ᄒᆞ더니 그 화샹이 ᄋᆞᆺ 이 ᄉᆞ가 노승이 거 ᄒᆡᆼ되 ᄉᆞ왈 올
다 올타 ᄒᆞ고 그러나 몽즁의 ᄒᆞᆫ 번 본 사ᄅᆞᆷ은 ᄉᆡᆼ각ᄒᆞ고 [illegible]
일ᄇᆡ ᄒᆞᆫ 지 잇지 못ᄒᆞ노라 승샹이 ᄇᆡᆨ련의 [illegible] 셰

구 三十一

쳐 ᄒᆞᆫ 부모ᄅᆞᆯ ᄯᅥ나지 아니ᄒᆞ고 ᄒᆞᄂᆞᆫ ᄃᆡ 것거 ᄒᆞ여 나히 이
르ᄃᆡ ᄂᆡ 보ᄒᆡᆼ이 셥을 ᄯᅩ ᄇᆞᆫ ᄒᆞ의 ᄂᆞᆫ 조회가 ᄇᆞᆯ 초ᄅᆞᆯ 더ᄒᆞ
거ᄂᆞᆯ 어ᄉᆞ 쳐ᄉᆞ 부로 너ᄇᆞ 되 십 년을 셩을 ᄭᅳᆺ 조ᄎᆞ 잇ᄉᆞ가 노승이 ᄒᆞᆫ
승샹이오 ᄒᆞᆫ 번 셕쟝을 셔ᄎᆞᆺ 도라 ᄒᆞᄋᆞᆫ ᄒᆞ여 승즁의 셕쟝을
놉히 들어 ᄭᆡ니 ᄀᆞᆯ을 치니 ᄒᆞᆫ ᄃᆡ 빅은 히 ᄉᆞ면 산곡으로
나더니 ᄒᆞᆫ 샹을 두ᄅᆞ니 ᄒᆞᆫ 아ᄋᆞ ᄒᆞ여 지쳑을 분변치 못ᄒᆞᄂᆞᆫ
지라 승샹이 ᄒᆡᆼ 승즁의 잇ᄂᆞᆫ ᄃᆞᆺ 되니 일우ᄅᆞᆯ 지경ᄒᆞ여 날
ᄂᆞᆫ 되 ᄉᆞ부 졍도ᄅᆞᆯ 가ᄅᆞ치시지 아니ᄒᆞ고 환술노 희롱
ᄒᆞᄂᆞ니 잇ᄉᆞ가 ᄆᆞᆯ이 ᄆᆞᆺ지 못ᄒᆞ여 운무 거두ᄆᆡ 노승과 ᄂᆞᆼ 간 ᄃᆡ
간 ᄃᆡ 업ᄂᆞᆫ지라 ᄃᆡ경ᄒᆞ여 정신을 ᄎᆞᆯ혀 보니 즁의
누각은 간 ᄃᆡ 업고 ᄌᆞ가 몸을 도라보니 ᄒᆞᆫ 노 소ᄉᆡᆼ 보단 우의
앙쳐 ᄒᆡᆼ ᄒᆞᄂᆞᆫ 불ᄉᆞ은 ᄉᆞ라지고 ᄉᆞᄅᆞᆷ이 ᄉᆞ봉의 잇ᄂᆞᆫ지라 ᄉᆞ슈
로 ᄆᆞ리를 만져 보니 ᄉᆞᆯ을 ᄀᆞᆨ고 ᄇᆡ ᄒᆞᆫ ᄇᆡᆨ 팔 염

九雲夢

뎨ᄌᆞ의 잇ᄂᆞᆫ지라 졍신이 황홀ᄒᆞ여 조하ᄅᆞᆯ 셩각ᄒᆞ니 대승샹
위의 ᄂᆞᆫ 아니오 변화도쟝의 셩진 노화샹이라 ᄉᆡᆼ각ᄒᆞ되 처
음의 ᄉᆞ부의 경계ᄅᆞᆯ 닙어 ᄂᆡ쇼로 도라 풍도의 가ᄃᆡ 셰샹
의 나가 ᄒᆡᆼ 가되 ᄂᆞᆯ 쥬 ᄋᆞ의 되어 나가 ᄇᆞ샹 공을 거
노히 ᄂᆞᆫ 붓빗 받은 총집ᄒᆞᆫ 낭쥬 낭즁을 더 보러
가옥 쥬민을 신 ᄒᆞᆫ 형낙ᄒᆞᆫ 일을 장ᄎᆞ ᄭᆡᆼ이라 이에 ᄂᆞᆯᄅᆞᆯ
퍼 ᄉᆞ위 나의 ᄌᆞ손 ᄉᆡᆼ각을 알어야 셩진을 ᄒᆞ여 ᄉᆞ 번 합ᄒᆞ
위와 낭여 셩욕을 다 ᄇᆞᆯ한 울ᄂᆞᆫ 알ᄉᆡ ᄒᆞᆫ ᄯᅩ ᄒᆞᆫ 곱히셰
ᄉᆞᆫ ᄒᆞᆫ 방쟝의 ᄂᆞ아가 ᄂᆡ리ᄃᆡ ᄉᆡᆼ ᄒᆞ여 ᄂᆞᆫ 왈 셩진 아 인
각을 벗어 ᄒᆞ며 셩진이 도일 졔 ᄌᆡ복ᄉᆡᆼ ᄒᆞ여 ᄉᆞᆼ 을
보 ᄒᆞᆫ 이 가지 길을 ᄉᆞᄇᆡᆨ ᄒᆞ로 ᄇᆞᆫ 원을 ᄂᆞᆺ 알ᄋᆡ 샹 진 알 ᄋᆞᆫ
울 셔어 ᄭᅦ ᄒᆞ시 ᄀᆞᆺ 그의 우레 쳔 츅의 감지 못ᄒᆞ리 ᄯᅩ 이 라
보 ᄒᆞᆫ 쳔 ᄌᆡ ᄉᆞ부ᄂᆞᆫ 셜법 ᄒᆞ여 졔ᄌᆞᄅᆞᆯ 셔 ᄒᆞ 셰 ᄒᆞ 셔 ᄌᆡ셔

구 三十二

강셩을 니러어 법 ᄯᅩ ᄋᆞᆼ ᄇᆞᆯ 지 ᄀᆞᆺ 게 ᄒᆞ리라 문 ᄌᆞᆨ ᄒᆞᆫ 죄 ᄒᆞᆫ
되 어 죄 와 ᄯᅥᆫ 팔션녜 ᄯᅩᄇᆞ리 ᄀᆞᆯ 청ᄒᆞᆫ ᄂᆞ이 라 ᄌᆡ 셔 보로 시니
팔션녜 합쟝 ᄒᆞ 두 ᄒᆞᆯ ᄌᆡ ᄌᆞ 등이 ᄆᆞᆼ 넘 을 ᄆᆡᆼ ᄋᆞ 이 ᄂᆞᆫ
와 진 ᄃᆞᆼ의 니 ᄅᆞᆯ ᄇᆞᆺ 너 ᄎᆡᆨ 을 사 ᄅᆞᆷ 이 업 더 니 ᄉᆞ부 의 ᄌᆞ비 ᄒᆞᆫ
시ᄆᆞᆯ 니 ᄅᆞᆯ 와 일 낭 인 군 즁이 가 와 져 ᄋᆞᆯ 죄 로 사 례 ᄒᆞ ᄂᆞᆫ 뎌
ᄯᅩ 의 ᄒᆞ 와 ᄂᆞ 니 ᄌᆡ 승 ᄂᆞᆫ ᄆᆞ 계 이 ᄆᆞᄋᆞᆷ 치 ᄒᆞᆫ ᄌᆡ 의 이 쳔
ᄌᆞᆼ ᄋᆞᆯ ᄯᅥ ᄒᆞᆫ ᄉᆞ ᄂᆞᆫ ᄃᆡ 도 ᄅᆞᆯ ᄒᆞ 여 ᄉᆞᄅᆞᆯ 허 ᄒᆞᆨ 을 ᄆᆞᆫ ᄌᆞᆫ ᄯᅢ
ᄉᆞ 리 빈 ᄋᆡ ᄂᆡ 셔 칭 찬 ᄒᆞ 시 ᄂᆞᆫ 팔 션 녀 의 셩 진 을 ᄆᆡ 의 ᄒᆞᆫ
어 셜 법 ᄒᆞ 니 ᄌᆞᆫ 인 이 되 ᄌᆞ ᄅᆞᆯ 셧 ᄉᆞ 최 ᄃᆡ 셩 진 의 도 동
울 ᄇᆞᆯ 가 ᄒᆞ 와 ᄌᆞᆼ 쳥 을 ᄎᆞᆫ ᄒᆞᆫ 셔 ᄯᅡᆫ ᄋᆞᆯ ᄒᆞᆫ ᄒᆞᆼ ᄒᆞ니 셩
진 ᄉᆞ 년 ᄌᆞᆼ 쳥 즁 을 거 ᄂᆞ 려 ᄆᆞ 화 ᄅᆞᆯ 베 ᄑᆞ 니 사 ᄅᆞᆷ ᄯᅡ ᄅᆞ 강
경 을 ᄂᆞᆨ 다 ᄒᆞᆫ 뒤 와 ᄀᆞᆺ 치 ᄒᆞ 라 팔 진 녀 라 셩 진 울 ᄉᆞ 승 을 셔 셔
보살의 되어 도ᄅᆞᆯ 어더 극낙세계로 도라가니라

열녀춘향슈졀가라

숙종대왕 직위초의 셩덕이 넙부시사 셩자셩손은 계계승승ᄒᆞ사
금고옥족은 요순시절이요 의관문물은 우탕의 버금이라 좌우
보필은 주셕지신이요 용양호위 간셩지장이라 조정의 ᄒᆞ르난 덕
화 향곡의 퍼여 잇고 사ᄒᆡ의 구든 기운 원근의 어리엿다 충신은 만조
정이요 효자열녀 가가재라 미재미재라 우순풍조ᄒᆞ니 일된 건곤
셩명세라 이ᄯᆡ의 삼쳔동 거ᄒᆞ시난 이할임이라 ᄒᆞ난 양분이 ᄯᅢ
되셔 도저명 지족으로 국가충신 져ᄒᆞᆫ 데라 일일은 젼ᄒᆞ게옵셔
충효록을 올여 보시고 충효자를 택출ᄒᆞ사 자목지관 임용
ᄒᆞ실시 이할임으로 과쳔현감의 금산군수 이비ᄒᆞ야 남원부사
제수ᄒᆞ시니 이할림이 사은숙비ᄒᆞ직ᄒᆞ고 직시 치힝ᄒᆞ여 남원부
의 도임ᄒᆞ고 션치민정ᄒᆞ니 사방의 일이 업고 백셩덜은 더되 소
물 칭송ᄒᆞ고 강구연월의 문동요라 시화연풍ᄒᆞ고 백셩이 효도
ᄒᆞ니 요순시절이라 이ᄯᆡ는 ᄯᆡ며 진춘삼월이라 춘조은 비거비래
쌍쌍ᄒᆞ여 춘졍을 도옵난듸 ᄯᆡ 사도 자졔 이도령이 연광은 이팔이요

풍치는 두목지라 문장은 이태백이요 필법은 왕희지라 이ᄯᆡ의 도
련임이 방자불너 이른 말리 이곳 경쳐 어ᄃᆡ 미나 방자놈 엿자오ᄃᆡ
글공부 세우난 도련임이 경쳐 알어 무엇ᄒᆞ시랴오 이도령 ᄒᆞ시난
말리 어허 이놈 네 모른다 사즁천자 이태백은 치셕강의 노라 잇고
적벽강 추야월의 소자쳠 노라 잇스니 안이 노든 못ᄒᆞ리라 방자 다
시 엿자오ᄃᆡ 서울노 일을 진ᄃᆡ 자문밧 나다라 칠셩암 쳥연암 세
금정이 엇더ᄒᆞ오 지몰나와도 졀라도오 십삼관 즁의 남원이라 ᄒᆞ
난 고을 광ᄒᆞ누라 ᄒᆞ난고 지노람 작ᄒᆞ난 이다 이도령 이른 말리
광ᄒᆞ누 구경 가게 힝장을 지리여라 방자놈 거동 보소 셔찰ᄒᆞ
구 솔질 살살ᄒᆞ야 가진 안장 지울 젹의 ᄒᆞᆼ연자 각산호 편의 옥
안 금편 향금 늑 쳥홍사 고은 굴네 주먹상무 덥벅 달아 [illegible]
뒤거러 질근 미고 쳥쳥 다래은 엽등자 호피도 등서 가난다 도
련임 치레 보소 신수 고흔 얼골 분세수 졍이ᄒᆞ고 감퇴 갓탄 쳐
머리 흰 남을 만이 발 [illegible] 달 갓단 [illegible] 리 [illegible] 흘녀 빗겨
궁초당 그 셕 [illegible] 물여 [illegible] 미 고보리 수주 잔누비
돌 짐거 사단 접 비 [illegible] 밀화단초 달아 입고 분주 비지 셰포보 션통 힝
견 무릅 아리 넌짓 미고 영초단 허리 셕 [illegible] 모초단도 리줌 치ᄃᆡ 구팔사
가진 미답 고를 너여 넌짓 미고 쳥사도포 몸의 맛비 지여 입고 흑궁
초 셕를 흉즁의 넌짓 미고 밈호 연본을 바ᄃᆞ 가진 안주 국화주
를 왜화병의 가득 너허 나구 등의 넌짓 실코 은 죽산 뷰산 [illegible]
낙 죽 갈게 맛쳐 삼동초 쓸물 맛게 추겨 쳥은 셜합의 가득 너코
자주 녹피 ᄭᅳᆫ을 달아 방가놈 게 치운 후의 나구 등의 섭적 올나 홍
셤으로 일광을 셕가리고 명호 연본을 바다 호호 달낭 [illegible] 호
각교 다리 가의 광활누 섬적 올나 좌우를 둘너 보니 산천물 색
서로 옴다 악양루 고소ᄃᆡ 오초동남수 난동졍호로 흘너 자고
연지 셔북의 평퇴이 완연ᄒᆞ고 ᄯᅩ ᄒᆞᆫ 곳 바리 보니 백백홍홍 난만
즁의 잉무 공작 나라든다 산천 경기 둘너 보니 반송 솔덕 가라입
은 춘풍의 너울너울 폭포유수 세너 가의 계변화 넌 병 [illegible] 낙낙
장송은 울울ᄒᆞ고 녹음방초 송화 시라 [illegible] 벽도화 지만 발ᄒᆞᆫ ᄃᆡ 별유
건곤 여그로다 난간의 비기어 안져 ᄒᆞᆫ 곳슬 바라보니 엇더ᄒᆞᆫ 일 미

인이본셔우름ᄒᆞᆫ가지로왼갓ᄎᆞᆫ경못다ᄉᆡ기여ᄌᆞᆷ회도질근ᄶᅧ
거머리여도ᄯᅥ자보며함박ᄭᅩᆺ도질근ᄶᅧ거이부홈속물여보고옥
수나삼반만것고청산유슈흐르난물외손도싯고발도싯고물
도머금어양수ᄒᆞ고조약돌덥셕쥐여버들가지ᄭᅬᆨᄭᅬ리도희롱
ᄒᆞ고버들입도주루룩훌터니여물의도쳡ᄎᆞ흘여보고ᄇᆡᆨ셜
갓튼흰나부난곳ᄎᆞ마닥ᄎᆞᆷ을츄고황금갓탄ᄭᅬᄭᅩ리난숩ᄎᆞ이
나라들어왼갓소리다ᄒᆞᆯ젹의츈향이거동보소츈흥을못이
기여추쳔을하랴ᄒᆞ고면숙마추쳔줄을수양버들상ᄎᆞ지의친
ᄎᆞ얼거가마민고세류갓탄고은몸을단졍이놉일젹의쳥운갓
탄고은머리반달갓탄용어리로어리설ᄎᆞ흘며빗겨쳔반갓친년
직ᄯᅡ아두단장은쭉절파압치레볼작시면밀화장도옥장도며
광원사접쳐고리ᄇᆡᆨ방사주진속것셔수화류문초록장옷남
방사주홋단초미혈ᄎᆞ버셔거러두표자주비단수당혀를셕ᄎᆞ
버셔던져두고황겁박겁지우차르르뒤단장의셕부치고섬ᄎᆞ옥
수넌것흘어추쳔줄을갈너잡고ᄇᆡᆨ능보션두발절노섭젹올
나발구를제ᄒᆞᆫ번굴너심을주ᄯᅢ무번굴너통ᄎᆞ차니반공의훨
젹소사가지가지노든새는평임으로날아들고비거비러ᄒᆞᆫ난양은
지황건이난봉타고옥경으로ᄒᆞᆼᄒᆞᆫ난듯무산션녀구름타고양
뒤상의나리난듯그뒤도그형용은세상인물안이로다ᄋᆡ이도령이
졍신이어질ᄒᆞ며안경이희미ᄒᆞ야방자불너이른말리져건너화
류간의알는ᄎᆞᄎᆞᄒᆞᆫ난게무어신지알것난야방자놈엿자오되파
연분명몰로난이다이도령이른말리금인야옥인야방자엿자
오되금성여수안이여든금이엇지논다ᄒᆞ며옥출곤강안이여든
옥이어이잇스리가네그리ᄒᆞᆯ진뒤신션이며귀신인다방자엿자오
뒤영주봉니안이여든신션ᄉᆞᆼ이기만무ᄒᆞ고천읍우숩안이여든귀
신잇기괴이ᄒᆞ여이다네말리그러ᄒᆞᆯ진뒤네정영무엇인다방자
다시엿자오뒤이고을기싱월민쌀츈힝이란기싱아히나지면추
천ᄒᆞ고밤이면풍월공부ᄒᆞ와돌ᄒᆞ괴로일읍의낭자ᄒᆞ여이다
이도령뒤히ᄒᆞ고일은말리글어ᄒᆞᆯ시분명ᄒᆞ면잔말ᄎᆞ고불너오
라방자놈거동보소도련임분부뫼와츈힝초리ᄒᆞ러갈제노틀

춘향가

이며밧ᄯᅳᆯ이머뒤쪽을놉피셔고검충거려건너가셔츈향초리ᄒᆞ
난말리칙방도련임분부니의너를급피부르신다츈힝이섬작
놀니여이른말리너다려츈향인이오냥인이고양인이잘양인이
종조리시열셔셧듯다외야바치라던야방자이른말리추천을ᄒᆞ양
이면네집후원의셔ᄒᆞᆯ거시제탄ᄎᆞ뒤로의나와에구분늘근버들
장ᄎᆞ치승근뒤줄을양수의갈너쥐고ᄇᆡᆨ능보션두발질노ᄇᆡᆨ운간
의논일젹의물명주속것가리몽남풍의펄넝ᄎᆞᄎᆞ박속갓탄네
살거리ᄇᆡᆨ운간의힛득ᄎᆞᄎᆞᄒᆞ니도련임네뒤도잠간보고젼신이
히미ᄒᆞ야너를급피부르시니네어이거역ᄒᆞ리츈향이거동보소추
천ᄒᆞ든그뒤도로ᄒᆞᆫ번거러주셔ᄒᆞ고두번거려셔양ᄒᆞ니방자놈이
른말리네괴텹ᄒᆞᆫ번의너의수로갈뒤잇야셔ᄉᆞᆼ말고밧비가잣츈향
이거동보소옥뒤화용고흔얼골빅모리밧뒤의금자리걸듯뒤
명젼뒤들보명막이거름으로앙금살작거려와셔공경ᄒᆞ야예
ᄒᆞᆫ후의이도령거동보소단순호치반기ᄒᆞ야용사교당으로말삼
ᄒᆞ야일은말리네얼골보와ᄒᆞ니일국의졀ᄉᆡᆨ이라네밧비오르으셔
라츈향이거동보소추파를잠간들어이도령을살펴보니만
고의호길이요진셰간의남자라천졍이놉파쓰니소년공명
ᄒᆞᆯ거시요오악이조구ᄒᆞ니보국충신될거시미츈향이흠모ᄒᆞ야
아미를수기그염실단좌ᄒᆞ니로다이도령ᄒᆞ난말리네연셰
몃치며네셩은무어신다츈향이엿자오되연세는십육셰요셩
은셩가라ᄒᆞ난이다이도령거동보소ᄒᆞ그말반갑도다네연셰
드러ᄒᆞ니날과동갑이요셩씻는들으니이셩지합이라천연
일시분명ᄒᆞ다날섬기미엇더ᄒᆞ요츈향이거동보소팔자청산
썽기리며주순을반기ᄒᆞ야가는목게우열어엿자오되충불사
이군이요열불경이부절은녯글의잇ᄉᆞ오니도련임은귀공
자요소녀는천첩이라ᄒᆞᆫ번탁졍ᄒᆞᆫ연후의인ᄒᆞ야바리시면독
숙공방ᄒᆞᆫ을노누워우난시안이고뉘가ᄒᆞᆯ고그런분부마옵소셔
이도령이른말리네말을드러보니어이안이기특ᄒᆞ리우리두리
인연미질적의금셕뇌약미질리라네집이어듸며노츈향이거
동보소셤ᄎᆞ옥수놉피들어ᄒᆞᆫ곳녀깃가르치되저건네동편의

춘향가

송졍이요셔편의죽엄이라엽ᄶᅩᆨ의민화피고뒤뜰의도화피여
초당압푸연못파고연못우의셕가산우든거시소녀의집이로소
이다。춘향을보난후의칙실노도라와춘향을ᄉᆡᆼ각ᄒᆞ니말쇠리
귀여졍〻고은ᄐᆡ도눈의암〻ᄒᆞ지지고를지다리사방자불너일은
말리오날ᄒᆡ가언의ᄯᅢ고방자엿ᄌᆞ오ᄃᆡ동의서〻구트난시다이
도령일은말리어허이놈괘심ᄒᆞᆫ놈셔의로지난ᄒᆡ가동으로도로
가라다시금살펴여라ᄋᆞ늑고방자살외되일낙ᄒᆞᆫ지황혼하고
월츌동영달이발갓소ᄒᆞ반이맛시엽셔졋〻반칙어이ᄒᆞ리방
자불너분부ᄒᆞ되퇴령을기다려ᄒᆞ고셔칙을보려ᄒᆞᆫ졔○밍
자를너여노코일글시밍자견양혜왕ᄒᆞ신ᄃᆡ왕왈수불원쳔리
이ᄂᆡᄒᆞ시니역장유이ᄒᆞ오국호잇가아셔라그글도못일깃다○
시젼을드려라관〻져구진ᄒᆞ지주로다요조숙녀난군자호구로
다아셔라그글도못일것다◉ᄃᆡ학을드려라ᄃᆡ학지도난지명〻
덕ᄒᆞ며저신민ᄒᆞ며지춘향인이라아셔라그글도못일것다○
주역을드려라원은형코졍코춘향이코너코ᄯᅡᆨ되이니조코ᄒᆞ
니라아셔라그글도못일것다。◉쳔자를드려라ᄒᆞ니날쳔ᄯᅡ지가물현
춘향이누루황집우집주너불홍춘향아거칠황방자엿자오
ᄃᆡ쳔자가도련임게당치안소도련임ᄃᆡ칙ᄒᆞ여네무식ᄒᆞ다쳔자라
ᄒᆞ난게칠셔의본문이라쳔자를석여일을게드려보와라◉쳔리
자시ᄉᆡᆼ쳔ᄒᆞ니ᄐᆡ극이광ᄃᆡᄒᆞ날쳔◉지ᄇᆡᆨ어축시ᄉᆡᆼ후ᄒᆞ니오힝
팔괘로ᄯᅡ지◉삼십삼쳔공부공ᄒᆞ니인승지시가물현◉이십
팔숙금목수화토지정석의누루황◉일월이심ᄒᆞ야쳔지가
명ᄒᆞ니만물을원ᄒᆞ여집우◉토지가두터초목여ᄉᆡᆼᄒᆞ니살기
를취ᄒᆞ여집주◉인유이주◉야쳔ᄒᆞ이광ᄒᆞ니삽이졔국의너
불홍◉삼황오졔붕ᄒᆞ신후의난신적자거칠황◉동방이계
명일얼이셩ᄒᆞ니소관부상의날일◉셔산낙조일모궁ᄒᆞ니
월츌동영의달월◉한삼미월시〻붓터삼오일야의찰영◉
티ᄇᆡᆨ이야월을낙디로달고지라점〻수그러자울칙◉하도낙
셔버린법일원셩신의별진◉무월동방원앙금의춘향동
침의잘숙◉춘향과날과동산훌제서양말〻버길열◉일야

동쳔의ᄇᆡᆨ년을기약ᄒᆞᆫ원갓졍담의베풀장◉금일ᄒᆞᆫ풍이소리
ᄒᆞ니침실의들거라찰한◉베기가놉거든내팔을베여라이만금
올너◉침실이온ᄒᆞ면셔열을취ᄒᆞ여이리져리갈왕◉불한
불열이언의ᄯᅢ나엿나오동가을추◉ᄇᆡᆨ발이장차우거지니
소년풍도를거둘수◉추절ᄒᆞᆫ풍사렴타마는셜ᄒᆞᆫ풍의겨
의동◉소ᄒᆞᆫ디한염예마소우리임의복의갈문장◉부용작약셰우
즁의팡운유ᄒᆞ우루윤◉이ᄉᆡ야어이그리진고인졔도ᄉᆞ오시나물여
◉외로이졍담을일우지못ᄒᆞ여춘향만나일울셩◉나는일각
이여삼추라일연사시의송구영신의ᄒᆡ셰◉군ᄌᆞ호구이안이냐
춘향파날과셔를물교ᄶᅡᆨ〻셜여도나물여ᄶᅡᆨ이안이냐◉아셔라
그글도못일것다。방자불너이른말리ᄒᆞ마거의야삼이라초롱
의불발켜여라춘향집차저가자길기방자압세우고춘향집을
다〻르니인적야심ᄒᆞᆫ듸퇴접갓탄금붕어난입을보고반기난
듯월ᄒᆞ의두룬이난흥을제우ᄶᅡᆨ을부른다잇ᄯᆡ춘향이칠
현금비게안고춘명곡타올셰이도령의고금셩을반겨듯고글
두귀를을퍼쓰되◉셰사는금삼쳑이요◉셩은주일비리○셔
졍강상월이요◉동과셜즁미라◉춘향어미듯고나와신동인가
셧동인가이도령이른말리신동일너니한미점의술잇다ᄒᆞ기
로너왓노라ᄒᆞ거날할미다단ᄒᆞ되이게주가이안이라이아린향
화촌을차져갑소이도령ᄒᆞ난말리너일졍셔동이안이로셰방
자일오되이올사쇼자제도련임예춘향구경와겨쓰니잔말〻고
두러〻소춘향이〻말듯고밧비나와소미를붓여잡고드러가셔
드러가셔춘향의방을드러〻셔방안치레볼작시면청능화되
벽의황능화석를석고황능화되벽의청능화석를석교왜
경ᄃᆡ경각게수리이령저령버려노코자기한농반다지며벽상을
둘너보니원갓기림다부치엿다엇더ᄒᆞᆫ기림부치엿난고부춘산엄
자릉은간의틀우마다ᄒᆞ고ᄇᆡᆨ구로벗실삼고원학으로이웃삼아
양구를썰쳐입고추동강칠이탄의낙시줄던진경을역〻키기려
잇고진쳐사도련명은핑틱영을마다ᄒᆞ고오류촌북창하의국
화주를취케먹고ᄇᆡᆨ하을희롱ᄒᆞ며무현금무릅우의노코소리

춘향가

입시실픈경을역〃히기려잇고ᄯᅩ저편바라보니남양초당풍
셜중의한중실유황숙이와룡션싱보랴ᄒᆞ고거룸조흔적토
마를ᄯᅮ덕ᄯᅮᆨ벅빗비모라지셩으로가난경을역〃히기려잇고
ᄯᅩ저편바라보니상산사호네노인니바돌판압푸노코어ᄯᅥᄒᆞᆫ
노인은빅기를들고ᄯᅩᄒᆞᆫ노인은흑기를들고ᄯᅩᄒᆞᆫ노인은구절
죽장의호로병밋여후리쳐질ᄭᅳᆫ잡고요마만금ᄒᆞ야잇고ᄯᅩᄒᆞᆫ
노인은훈수를ᄒᆞ다가무렴을보고암상의훌노안져조우난양
을역〃히기려잇고ᄯᅩ저편바라보니치셕강명월야의시중천자
이틱빅은포도주취케먹고낙〃시비〃겨안져지난달ᄭᅳᆯ지라고물
밋틔손녀난양을역〃히기려잇고빅이숙제치미경ᄯᅡ만고셩인
뭉부자기림오강의항우기림광충다리츈화기림을역〃히기
려난뒤구경을다ᄒᆞᆫ후의이도령츈향다려일은말리나도틱후
잡자제로셔경셩의싱장ᄒᆞ야청누미셕조흔게집만이보고귀경
ᄒᆞ여쓰되네인물네틱도난세상사ᄅᆞᆷ안이로다근원잇셔그려ᄒᆞᆫ가
연분잇셔그리ᄒᆞᆫ가네가일정국석빈가닌가밋쳐그려ᄒᆞᆫ가길의

세고결이세되노코갈ᄯᅳᆺ젼이업다만일나못ᄒᆞᆫ이던들네의비필
뉘가되며만일네곳안이던들너의가인뉘가될고너죽어도너못살
고나죽어도네못살이로다나살어야너도살고너살어야나도살고네
의연셰들어ᄒᆞ니날파갓치이팔이라인도ᄯᅩᄒᆞᆫ천연인지반갑기
도지지업다우리두리잇지마자집픈밍세미질적의공단〃단
도리줌치주홍당사벌미답을차레로ᄶᅳᆯ너노코면경석경드러
니여츈힝주며일은말리되장부경절힝이석경빗과갓탈진
되진토중의셔저셔도천만연이지너간들변홀손야츈향이저
빅ᄒᆞ고석경부다품의픔고저도ᄯᅩᄒᆞᆫ신을닐제섬〃옥수를드
러보리되단속저고리저식고름어로관저옥지환을ᄲᅢ너니여옥
수의거러들고단정이궤좌ᄒᆞ야이도령게들일거의간은목게우
결어옥셩으로엿자오되녀자의진절힝이옥지환과갓탈지
라진흙중의셔져셔도천만연이지너간들변홀셔잇실손야이
도령옥지환바다금낭의얼는너코츈향보고이른말리야심인
젹ᄒᆞ여쓰니잔말〃고잠을자ᄌᆞ츈향이거동보소쥬효를차

릴적의그명등물불작시면통영소반안셩유거당화기며
동너츄발적벽더접천은술유리져의안주등물볼작시면
더양판의가리쪔의소양판의제육초의풀〃썩난숭어찜의포
드득〃〃미초리탕의ᄭᅢ고요우난영게탕의톰방〃오리
탕의곱잡〃더화썸의동ᄂᆡ술산뒤전복을밍상군의눈
섭처롬엇석빗석올려노코염통산적양복기며설〃우난
싱치다리석ᄒᆞ산갓치고양ᄂᆞᆫ코술병치레볼작시면일본기
물유리병과벽히슈상산호병과특결업난빅옥병과쇄
금병천은병과자리병황시병과왜화당화병을차례로노
와난더가잠도가질시고술치레볼작시면도련명의국화주와
두초당의죽엽주와이적션의포도주와안기싱의자ᄒᆞ주약살
임처사송엽주와천일주를가지〃노와난더향기려운연엽
주를그중의골나너여주전자의ᄀᆞ득부어청동화로쇠적서
의덩그렷케거러노코불ᄒᆞᆫ불열데여니여유리빅잉무잔을
그가온더더여쓰니옥경연화피난ᄭᅬ시틔을션안연엽션ᄯᅳᆫ덧

둥덩실ᄯᅴ여노코권주가ᄒᆞᆫ곡조의일ᄇᆡᆨ〃부일비반취ᄒᆞ게먹
은후의분벽사창집픈밤의두리안고도놀고업고도놀고노니
이게모도다사랑이로구나구비〃〃지픈사랑세너가슈양갓치
청처지고느러진사랑화우동산목단화갓치평퍼지고〃은사
랑포도다릭갓치휘〃친〃감긴사랑영평바더그물갓치얼
키고미친사랑아은하직여직금갓치올〃리일운사랑청누
미녀침금갓치혼술마닥감친사랑은장옥장〃식갓치몽〃
이잠긴사랑남창북창갓치다물〃〃싸인사랑네가모도
사룽이로구나어화둥〃네사랑아어화너간〃너사랑이로
구나여바라츈향아져리가거라가는틱도을보자이리오느라
오는틱동을보자생긋〃〃우셔라웃난틱도을보자아장〃
거러라걷난틱도을보자서라동정칠빅원무산갓치놉푼
사랑여천창히갓치집푼사랑너와나와만난사랑허물업
난부〃사랑너는죽어무엇되며나는죽어무엇되리싱전사
랑이러ᄒᆞ면사후기약업실손야너죽어될거시다은하수폭

포수만경창히수일듸장강다바리고칠연틔한에일성진〻
처저잇난음양수란무리되고나는죽어청학빅학청조용조
그련신는될나말고쌍비쌍니셔날줄모로난원앙시되야녹
수원앙격으로어화둥〻셔놀거든나런줄알너무나사랑〻
〻너간〻이제실소그겻니안이될나요그러면너죽어또될것잇
다너는죽어종노인경이되고나는죽어인경마치되야서벽이면
삼십삼천전여이면이십팔숙그져뎅〻치거든남은인경소
리로알고우리두리는뎅〻춘향뎅〻도련님으로노라보자스
랑〻니간〻사랑이로구나실소그것도안이될나요그러면무
어시되단말인야올타너죽어될것잇다너죽어히당화가되
고나는죽어나부되야나는네ᄭᅩᆺ숑이물고너는니수염물고춘
풍건듯불면너울〻〻춤을추고노라보자사랑〻너간〻
사랑이야이리보와도니사랑저리보와도니사랑나죽어도너
못살고너죽어도나못살제사랑이펌진ᄒᆞ여도갈일마옴바
이업다너죽어될것잇다너는죽어방아확이되고나는죽어방
이고가되야경신연경신월경신시강퇴공조작으로어화셜구
뎡ᄒᆞ거든날인줄알여무나춘향이실소아무것도안이될나요
야그러ᄒᆞ면엇지ᄒᆞ잔말인야품아셔을ᄒᆞ여야ᄒᆞ제요올타너
죽어우로될것잇다너는죽어미웃작이되고나는죽어미밋작
되야사뭉이손으로얼는ᄒᆞ면쳔원지방으로해〻둘너돌이거
든날인줄알여무나사랑〻니고〻사랑이야춘향이ᄒᆞ는
말리아무것도안이될나요우로싱긴거시부ᄋᆡ나게삼겨소온
야춘향아우리두리업움질이나좀ᄒᆞ여보자이고참섬시러
워라업움질을엇더케ᄒᆞ잔말리요너와나와활신벗고등
도되고비도되면마시ᄒᆞ요웃나제야나는붓그려워못ᄒᆞ것소
어셔버셔라〻〻〻나는붓그려워못벗것소에라이계집
아안될말리로다어셔버셔라〻〻〻만첩청산늘근범
이살진암킴무러다노코이는빠져먹던못ᄒᆞ고흐르렁〻〻
어루난듯북히상의황용이여의주를물고칭운간의넘노
난듯도련님급ᄒᆞ마옴와라달여들어춍향의가는허리

울후리처안고저고리물며바지보션다벗겨노와셔니춘
향이못이긔여이믜쳔의도구실셤이송실〻〻이고잡성시
러워라네가뉘간장을녹일나고이리곱게싱겨난야여보
라춘향아이리와업피여라오슬버신게집아라엇절주를
몰나붓그려워못컨듸는아히를업고못ᄒᆞᆯ소리가업다의
고춘향아네가닉등의업펴쓰니네마옴이엇더ᄒᆞ요야ᄒᆞ정이
업시좃소여바라닉가너를업고조흔말을ᄒᆞᆯ려이니네가
듸답을ᄒᆞ라는야조흔말삼ᄒᆞ량이면듸답못ᄒᆞᆯ것업소
사랑이로구나사랑이야어화둥〻니사랑이야네가금인야
금이란이당치안소옛날초한적의진평이가범아부를잡부
랴고황금사만을흣터쓰니금이어이잇스릿가그러면네가
무어신야〻사랑네가니사랑이제그러면네가옥인야옥이라
니당치안소만고영웅진시황이형산의옥을어더이사의명
필노ⓐ슈명우천기수영창이라옥서를만드러셔만셰유
젼을ᄒᆞ여쓰니옥이어이되올잇가그러면네가무어신야네가
히당화냐히당화란이당치안소명사십이만이여든히당
화가되올잇가에라이게집야야안될말리다니사랑〻〻
이제그러면네가무엇신야네가반달인야반달이란이당찬
ᄒᆞ오금야초상이안이연돈반달이란이당치안소네가무엇
신야니사랑니간〻아네가무어슬먹으랴야싱율숙율을
먹으랴야그것도니안이먹을나요그러면무어슬먹으랴는야
둥굴〻수박웃봉지을뚝떼고강능빅청을가득부어
불근점을먹으랴는야안이그것도니가실소그러면무엇먹
으랴는야시금털〻기살구먹으랴는야안이그것도니사실소
그러면무어슬먹으랴는야돗자바주랴기자바주랴니몸통치
먹으랴는야도련님니가사람자바먹난것보왓소에이게집
아야안될말이다어화둥〻니사랑이제이미무겁다그만니리
렴여바라춘향아빅사만사가다품아시가잇난이라나도너를
업어쓰니너도나를업어야지이ᄋᆡ고여보도련님은기운세여서
업어거니와나는귀운업셔못업것소나도너를업고조흔말을

ᄒᆞ여ᄇᆞ리니너도나를업고조흔말ᄒᆞ여라그러면이리업피시요조흔말ᄒᆞ오리다ᄒᆞ올적의둥〻조흘시고진사급제를업은듯동부승지를업은듯팔도감사를업은듯삼정승을업은듯여상이를업은듯부열이를업은듯보국판셔를업은듯외삼천니팔박쥬셕기ᄅᆞ니서방이제니서방이리보와도니서방저리보와도니서방일들간〻니서방이제사랑노롬다바리고탈승싸노롬든보소나ᄒᆞ노자〻〻헌원씨시용간과ᄒᆞ야능작되뭇지를고탁녹야사로잡어지남거비겨타고남원천구경ᄒᆞ올제이적셔고리타고안기셩나구타고일모장강어옹더런일엽셔도ᄒᆞ타고만경창파어거야어기야ᄒᆞ며셔나간다나는탈것바이업서춘향ᄇᆡ자바타고탈승ᄊᆞ로만둥〻노라보자밤나지로세월가는쥴모로고이지경으로노라노니형용이완젼ᄒᆞ리흥진비ᄅᆡ는고진감ᄂᆡ로다이ᄯᅢ에사ᄯᅩ도련임을차즈시니방자놈급피나와도련임젼문안후의여보도련임사ᄯᅩ에옵셔ᄭᅮᆨ종낫소도련임놀니여〻바라춘향아니감간단여오마정신업시드러가〻ᄯᅩ젼문안ᄒᆞ니사ᄯᅩ보시고전과달나몰나보게생겨난지라사ᄯᅩ되로ᄒᆞ사근리어되를갓던니글흉이과도ᄒᆞ와각쳐경기를구경차로.단여난이다사ᄯᅩ더옥진로ᄒᆞ사경미구경ᄒᆞ면무엇ᄒᆞ니도련임이엿자오되자고로문장이산수의노라ᄭᅵ로고인을사모ᄒᆞ왓난이다잔말〻고니일작니향모시고올나가거라서울셔동부승지유지나려왓다도련임기가막켜먼산바라보며허엄업난누물이오면의가득ᄒᆞᆫ지라사ᄯᅩ되로ᄒᆞ사이자식부형이말ᄒᆞ난되ᄯᅢ우느니총망중의ᄭᅳᆷ작놀네여눈물이자연우지안이ᄒᆞ여도흐르난이다사ᄯᅩ어이업서허그자식니가남원을일성살듯ᄒᆞ야던야도련임이부ᄑᆞ를거역지못ᄒᆞ여칙실노도라와공곰성각ᄒᆞ니만사의뜻시업고가삼이답〻ᄒᆞ여눈물을거두고되부안젼의드러가셔돈다무심ᄒᆞ고눈물만흘여노니되부인이보시고아가웬일이냐아부지게셔ᄭᅮᆨ종ᄒᆞ시던야안이지요날리갈것잇소무어실

다려갈난야되부인눈치치고되도ᄒᆞ사ᄭᅮᆨ종ᄒᆞ시니도련임이두말도못ᄒᆞ고춘향호되이별ᄎᆞ로나오면셔ᄉᆡᆼ각ᄒᆞ되다려갈길바이업셔춘향의집드려가안지며우름을졍신업시울거ᄂᆞᆯ이ᄯᅢ춘향이도련임치우라고금낭의수놋타가놀ᄂᆡ여물으니아모말도못ᄒᆞ거날춘향이도련임거동보고어인일잇가이런ᄒᆞᆫ경사의과도이실어마압소셔위로ᄒᆞ니도련임ᄒᆞ난말리니경사를놀니미안여라그러ᄒᆞᆫ일이잇도다ᄒᆞ니춘향이되왈무삼일이잇난잇가이도령탄식왈너를두고갈터이니그러ᄒᆞᆫ연고로다춘향이〻말듯고안식을졸변ᄒᆞ야왈당초의우리만나밍약을엇더케ᄒᆞ여ᄊᆞᆷ나못ᄒᆞᆷ나니가망업고무가니제날죽이고가제살이고는못가오리이도령ᄒᆞ릴업서춘향을달닌후의칙방의도라와동원의드러가사ᄯᅩ게뵈온뒤〻ᄯᅩ말삼ᄒᆞ시되급피니향을모셔치향을밧비ᄒᆞ라이도령이말삼듯고니향모셔오리정으로나가니라이ᄯᅢ춘향이〻별주차릴셰풍곳초저리잠치문어젼복젓되려환쇠주셜물타서싱단이게들이고세다삭갓슈겨쓰고오리정으로나가이도령을기달일시이ᄯᅢ이도령나와춘향과이별ᄒᆞᆯ제이별이야이별이야청강의원앙시놀다셔나난듯ᄒᆞ고광풍의날인봉접가다가돌치난듯석양은저를넘고정마는실피울제나삼을부여잡고ᄒᆞ오숨질눈물지니이도령이른말리괴린사랑ᄒᆞ되만나이별마자박연괴약죽지마자ᄒᆞ되잇셔잇지마자처음밍세일조의이별ᄒᆞᆯ줄어이알이춘향이거동보소아미을나직ᄒᆞ고옥갓탄두귀밋ᄐᆡ진주갓탄눈물을흘이면셔이별주가득부어이도령임세천ᄒᆞ면셔처치잔은인사쥬요두치잔은근원주요세치잔은이별주오〻부되〻〻빙연언약이지마소이도령일은말리오냐춘향아〻되잘잇거라춘향이엿자오되도련임경셩의올나가셔절되가인미석덜파영웅호걸분잔들다리고밤시면가무ᄒᆞ고나지면풍악ᄒᆞᆯ제날갓탄천첩이야손톱만치나ᄉᆡᆼ각ᄒᆞᆯ가날만〻다려가오우리두리만날적의일원노본종삼고산천으로징인삼어셔나가지마자셔니간

ᄃᆞᆫ말리원말이요 죽어 영이별은 남되도 하려니와 사러 싱이별은 싱초목의 불이 붓네 날만〻 달여가오 썽프소ᄒᆞᆸ법이요 똑교난니가 살고 어리령층청 걸는 말게 반부담 정이지여 날다려가오 이도령이 른말리우지 말고 잘잇거라 네우름ᄒᆞᆫ 소리의 이니 일촌간장 다녹난다 니 너 달려갈 줄 모로랴마는 양반의 자식이 ᄒᆞᆫ방의 천첩ᄒᆞ면 뮨호의 옥이 되고 사당 참예 못ᄒᆞ기로 못ᄃᆞ려가나니 부ᄃᆡ〻〻 조히 잇거라 어린 아히 너머울면 목도 쉬고 눈븟어라 우지 말고 조이 잇거라 수이 단여오마 이러타시 이별ᄒᆞᆯ 제 방자놈 거동 보소 와당퉁탕 밧비 와셔 야 아이〻 춘향 아이 별이라 ᄒᆞ난 거시 도련임 부ᄃᆡ 편이 가오〻 나 춘향네 잘잇거라 이것 친어쎄 나리지우도록 이별이란 말리되 단말가 단삼초의 사또 알으시면 도련임 ᄯᅩ 종ᄃᆞᆺ고 나난 곤장 맛고 네 원는 군어미 형문 맛고 귀양가면 네게 유의ᄒᆞ리요 아셔라 우지 말고 잘잇스라 ᄒᆞ며 나구를 치처 모라 이 모롱이 지니여 저 모롱이 지니여 박석틔를 너머서니 요만금 뵈이다가 저만금 뵈이다가 밤 지ᄂᆡ을 지ᄂᆡ여 가뭇업시 올나가니

춘향이 홀일업셔 잔듸를 왜ᄯᅳ두〻 주여ᄯᅳ되며 읏제 춘향어미 거동 보소 엄다이 ᄇᆞᆫ 아수리ᄂᆞᆫ 너만 써 칭차의로 이별을 여러번 ᄒᆞ여 ᄡᅳ되 저ᄃᆡ지 ᄒᆞ여 본일 업다 ᄒᆞ니 춘향이 ᄃᆡ답지 안이ᄒᆞ고 할수업셔 상단이 다리고 집의 도라와 그날부텀 단장을 전폐ᄒᆞ고 독숙공방 홀노 안져 이별시를 지여 벽상의 거러 ᄡᅳ니 그 시의 ᄒᆞ여 ᄡᅳ되 복의 군신이별 호지의 모자이별 역노의 형제이별 운수의 붕우이별 이별마다 섭섭ᄒᆞ거마ᄂᆞᆫ 임이별 갓탈손야 녀자몸 삼길 제 이별조차 타고난가 이별이야〻〻 이리저리 세월을 보니더니 이ᄯᆡ 사ᄯᅩ 낫시되 자학골 막바지 변학도라 ᄒᆞ난 양반이 ᄡᅥ ᄡᅳ되 성졍이 혹독ᄒᆞ여 음졍이라ᄒᆞ면 넘연치 안이ᄒᆞ더니 이ᄯᆡ 남원부 이식힝이란 말 듯고 염문ᄒᆞ야 춘향의 어진 일홈 반기 듯고 마음을 진정치 못ᄒᆞ던 차의 남원부 하인이 션션ᄒᆞ거늘 사ᄯᅩ 이방 불너 분부ᄒᆞ되 네 고을의 양이가 잇단 말 긔 올흔야 이방이 엿자오ᄃᆡ 소인 고을의 남창의 ᄂᆡ소 잇ᄉᆞᆸ고 ᄒᆞᆯ양 못된 잘양도 잇ᄉᆞᆸ고〻 양이도 잇ᄉᆞᆸ난이다 ᄒᆞ니 ᄉᆞᄯᅩ 되로 왈 그 양 말고 사람 양

이업난야 이방이 다시 알외되 소인 골의 안양이란 기싱도 잇ᄉᆞᆸ고 난양이란 기싱도 잇ᄉᆞᆸ난이다 사ᄯᅩ 더옥 되로ᄒᆞ야 네 고을의 일졍 양이란 기싱의 그ᄲᅮᆫ인다 이방이 알외되 월미ᄉᆡᆼ 춘향이란 기싱이 ᄡᅳ되 구관 사ᄯᅩ 자제 이도령임과 ᄇᆡᆨ연언약 미자 수절ᄒᆞ나니다 사ᄯᅩ 춘향이란 말을 듯고 니심의 ᄃᆡ희ᄒᆞ야 ᄒᆞ난 말이 어허 그러ᄒᆞ면 춘향니 평안이 게신야 이방이 알외되 무고이 잇난이다 그러ᄒᆞ면 이제 치힝 차려 명일의 득달 못ᄒᆞᆯ가 이방 알외되 쳔리마 잇스면 금일 니 득달ᄒᆞ려니와 쳔리마 업사오니 ᄃᆡ죄ᄒᆞ나니다 그러ᄒᆞ면 힝츠를 굽피 차리라 이방 쳥령ᄒᆞ고 치힝 차릴 적의 구름갓탄 별연 독교 좌우 청장 놉피 ᄯᅥᆯ고 일산 우산은 일망을 가리왓고 남되문밧 쎠나셔 칠핀 팔핀 비다리 건네여 젹근 ᄉᆞᆼ졀경 마권 마셩이 섯두ᄒᆞ다 하인 호사 보소 이방 수비 감상 공방은 호산 모수 청징 염의 결는 단을 조흔 말게 가ᄌᆞᆸ부담 지어 타고 통인 호산ᄒᆞ사 보소 성천주 부산 비자 체도 잇게 지여 입고 유문향 나허리 쓰의 예왜 청우 단도리 냥자 당팔사 가진 미답 미ᄇᆡ 시잇게 ᄡᅥ여 차고 갑사 쾌자 남전ᄃᆡ ᄯᅴ를 ᄯᅴ고 착젼립의 세가난 담도굴노 호사 보소 산수털 벙거지 남일광 안을 밧쳐 갑사 갓끈 다라 ᄡᅳ고 은식수 주누비 돌지 양식 단등거리 남식 수건을 올게 달라 엇게 우의 펄녕〻〻 소리 조흔 왕방울은 거름을 ᄯᅡ라 얼그렁 덜그렁 도사령 거동 보소 홍철육의 홍광단 ᄯᅴ를 ᄯᅴ고 치갓탄 공작이를 요동찬 ᄭᅦ달아 ᄡᅳ고 일산 밋ᄐᆡ 갈나셔〻 ᄒᆞ기 잇게 나려온다 감영의 드러와 과사의 연명ᄒᆞ고 영운의 잠간 ᄯᅴ여 이날 오수의 숙소ᄒᆞ고 도임 차로 육방 관속 차례로 시위ᄒᆞ고 사십명 기싱은 쳐의 단장 착젼립의 쌍〻이 말을 타고 전후좌우로 시위ᄒᆞ고 군악 사명 진소리 반공의 놉피 난다 ᄒᆞ 마포ᄃᆡ 포수 방포 일셩ᄒᆞ라 에이 통텡 사ᄯᅩ난 벽셩의 게 무섭게 ᄒᆞ느라고 눈을 둥글〻 각사의 연명ᄒᆞ고 동원의 좌긔ᄒᆞ고 삼일 후의 육방ᄒᆞ인 점고 밧고 기싱 점고 밧비 ᄒᆞ라 호장이 기싱 안척 펴여 노코 호명을 부르난듸

우후동산명월이 드러올 제 자자당혜 슬면셔 양전ᄒᆞ게 드러
오더니 공수ᄒᆞ고 나오① 남산봉황이 죽실을 물고 벽오동의
질듸리니 사수지영의 벽츙지장이라 긔불탁수 구든 절개 만
수문젼의 청봉이 나오 청봉이 갈드러오난듸 홍상자락을 거더
다가 세류흉당의 석 붓치고 아장아장 이주거려 가만가만 드러오
더니 짐고 맛고 좌우진퇴로 나어간다 사또 보시더니 여바라 조사
부르라 호장이 분부듯고 녁자화도로 부른다 운담풍경근오
천의 양유편금의 잉잉이 예둥되ᄒᆞ왓소② 죽실찻나셔 봉
황소상강변 나라드니 혈혈현척 즁엽이 예둥되ᄒᆞ왓소③ 송
ᄒᆞ의 저동자 문노라 션생소식 수십청산의 유심이 예둥되ᄒᆞ왓
소④ 월궁의 놉피 올나 계화를 썩거 너니 이 절이 예둥되ᄒᆞ왓소⑤ 이
소⑥ 차문주가ᄒᆞ쳐지오 목동요지 힝화 예둥되ᄒᆞ왓소⑦ 노동
미산월반륜추 에영입평강강 션아 예둥되ᄒᆞ왓소⑧
복관거문고 타고 나니 탄금이 예둥되ᄒᆞ왓소⑨ 팔월부용군
용만당 추수홍연이 예둥되ᄒᆞ왓소⑩ 주홍당사가 전 매답차
고 나니 금낭이 예둥되ᄒᆞ왓소⑪ 이산명월 겨산명월 양산명
월이 다 드러왓난야 예둥되ᄒᆞ왓소⑫ 사또 다시 분부ᄒᆞ되 ᄒᆞᆫ참
의 근이 십명식 불너라 호장 분부 붓고 지조부르난듸 양대선
이 월중선이 화중선이 예둥되ᄒᆞ왓손⑬ 금션이 금옥이 금연
이 예둥되ᄒᆞ왓소⑭ 농옥이 난옥이 홍옥이 예둥되ᄒᆞ왓소⑮
사또 분부ᄒᆞ되 기생 점고 다 ᄒᆞ여도 츈향이 어시업단 말인야
호장이 엿자오되 구관사또 자제와 백연기약 맛자 수절ᄒᆞ여 잇
삽너다 사또 진로ᄒᆞ야 제가 수절ᄒᆞ면 우리 마누라는 기절ᄒᆞᆯ
가 이제 밧비 부르라 방올이 덜넝 사령이 예 츈향을 밧비 부르
라 사령 농ᄒᆞ난 말리 걸어엿다 뚤뚤 츈향이가 걸이엿다 조를
시고 조을시고 양반셔방 어던노라 ᄒᆞ고 도고ᄒᆞ더니 도도ᄒᆞ고 도량
터니 츈향이 발셔 저 잡으러 온 줄 알고 문을 열고 너다라 김번
수며 이번수의 손을 잡고 이리 오소 이리 오소 이번 신연길의 노독이나
안이 나겨 산가 도련님 셔간 ᄒᆞᆫ장도 안이 오던가 방으로 드려 안치고
주찬으로 되접ᄒᆞ고 온 연고를 무른되 신관사또 분부모시고 너를 잡

부러와 쓰되 너를 보니 잠아 갈 길 전의 업다 ᄒᆞ되 츈향이 궤를 열
고 돈 닷 양을 너여 주며 왈 가다 마다 ᄒᆞᆫ오셔 주치나 ᄒᆞ고 가소 사령 등이
술을 취케 먹고 돈 바다 요ᄒᆞ의 차고 주점ᄒᆞ여ᄒᆞ난 말리 너의 죄
난 우리가 당ᄒᆞ마 문장의 다갈 박아 치며 퇴장의 바늘 빡아 치랴ᄒᆞ
고 드러가 알외되 츈향 잡부러 갓던 사령이 옵더니 알외나니다
츈향을 잡부러 가삽더니 어제 죽어 그적긔 초빙ᄒᆞ엿삽더니다
사또 ᄒᆞᆫ 놈 알외라 호령ᄒᆞ니 사또 ᄒᆞᆫ 놈이 다시 알외되 츈향의 집의
가니 츈향이 돈 닷 양과 술을 만이 주옵기로 먹삽고 참아 잡아오
지 못ᄒᆞ와 그져 오다가 그 돈으로 술 사 먹고 지켜 이두 만 양두 돈은
이 오니 이 놈이 나 사또 써시고 소안의 퇴을로 그만 저만 마옵소셔 사또
되로ᄒᆞ여 저 놈덜을 일변 결곤ᄒᆞ옥ᄒᆞ고 츈향을 밧비 잡아 디
령ᄒᆞ라 호령ᄒᆞᆫ되 청영사령 거동보소 썩 나다라 츈향아 밧비 가
자 실라 츈향 ᄒᆞᆯ 세업셔 수절ᄒᆞ던 그 터도로 드러가 청영ᄒᆞ니 사또
츈향을 보고 밧비 올라ᄒᆞ신듸 츈향이 다답ᄒᆞ여 알외되 무삼 분
부온지 아러지이다 네 무삼 잔말ᄒᆞ난야 어셔 밧비 오르거라 츈향이
올나가 안진니 책방의 목낭청을 부르니 낭청이 드러와 안거늘 사
또 이르는 말리 자닌 일거니와 평양감영 갓 술 제 저러ᄒᆞᆫ 어여뿐 아히
보고 ᄒᆞᆫ 손의 돈 두푼도 주엇제 ᄒᆞ 사하히 민우 어여ᄲᅮ제 낭청이 되답
ᄒᆞ되 그 아히 어여ᄲᅮᆫ이다 제 사ᄒᆞ히 일식이 제 낭청이 되답ᄒᆞ되 제일
식이요 자네 뭐녀의 ᄒᆞ난 되로ᄒᆞ난가 네 녀의 ᄒᆞ난 되로 ᄒᆞ옵니다 어
그 것고 이 ᄒᆞᆫ 거시로고 낭첩 되답ᄒᆞ되 어 그 것고 히 ᄒᆞᆫ 거시로고 이
거시 무엇시니 어이 거시 무엇시니 사또 되로ᄒᆞ야 이제로 올나 오라
ᄒᆞ고 츈향 다려 분부ᄒᆞ여 이른 말리 몸단장 정이 ᄒᆞ고 오날부텀
수청ᄒᆞ라 수청ᄒᆞ거드면 관첩 묘이 네 반찬이 될 거시요 관수 미
가 네 꼿집이 될 거시요 관고 돈이 다 네 돈이 될 거시니 잔말 말고 수청
들나 츈향이 엿자오되 츈향은 사이군이요 열불경이부절을 본
밧고자 ᄒᆞ옵긔늘 분부시힝 못ᄒᆞ것소 잔말 말고 수청ᄒᆞ라 츈향
이 알외되 죽으면 죽사와도 분부시힝 못ᄒᆞᆯ 것나니다 네 무삼 잔말
ᄒᆞ난고 이제 밧비 수청 들나 츈향이 알외되 사또님은 세상이 변ᄒᆞ
오면 두무릅을 구러두 인군을 섬기려ᄒᆞ시난잇가 사또 이 말을 듯

더니목이며여낭첩다려이른말리저년이날다려욕ᄒᆞ엿제에그
년이사ᄯᅩ다려역적이라ᄒᆞ옵니다사ᄯᅩ되로ᄒᆞ야이년곱피잡아
너리라좌우통인이츈향을차나러치너ᄯᅳᆯ아리굽장이며사령
등이별셰갓치달여드러츈향의감퇴갓탄치머리를셔졍시절
의년삼감듯사월팔일등되감듯빗사공의닷줄감듯휘〻친〻
감어잡고널운뒤ᄯᅳᆯ아티동당이쳐너리니김번수이번수며올
흔억기를세여들고일분사정두난동관이면박살시기리라약
속을ᄒᆞ고츈향을동틀의비게믹고사졍이거동보라티장이며
곤장이며늉장이며형장ᄒᆞ오아람을ᄂᆞᆫ동틀밋티좌르륵펼쳐ᄂᆞ
며팔을셰여형장을고른다이놈도잡고능청〻저놈도잡고
능청〻〻그즁의등심조코잘부러지난놈골나잡고저만금물
너갓다ᄀᆞ도로왈칵달여드러ᄉᆞᄯᅩ보난되난웃영이지염키로이
년쑘작말나사ᄯᅩ안이보난되난속말노말ᄒᆞ기를여바라츈향
아엇졀수가업고나오다리난오리틀고저다리난저리트러라미우
ᄯᅡ려잇셔리요쳐치낫솔ᄯᅡᆨ붓치ᄯᅡ부러진형장가지난공중의
빙〻소사상방되ᄯᅳᆯ밋티ᄯᅥᆯ러지고츈향이는아모ᄶᅩ록입푼
거실차무라ᄑᆞ〻기만빙〻두루면셔이고이지경이원일이요ᄆᆞ
기이곤잘ᄒᆞ는게십장가가되야ᄆᆞᆫ나일부종사ᄒᆞ올년이일
심으로구더ᄡᅳ니일역으로ᄒᆞ오리ᄭᅡ○두치낫슬ᄯᅡᆨ부치너
ᄡᅳ니삼치형문경빈ᄒᆞ여도분부시힝못ᄒᆞ것소○네치낫솔
ᄯᅡᆨ부치너사ᄯᅩ부사ᄯᅩ님은사긔ᄉᆞ를몰로시요소지를갈너여ᄉᆞ
되문의회시ᄒᆞ여도사부집도령임은못잇것소○다셧치낫ᄯᅡᆨ
부치너오민불망우리사랑오날이나소식올가너일이나기별
올가○여섯실곱ᄯᅡᆨ부치너육시ᄒᆞ야쓸티잇슨칠척검드난
칼노동〻장글르제형장으로칠것잇소○야달치낫ᄯᅡᆨ부치
너팔도방박수령임네치민ᄒᆞ러너려왓제하정ᄒᆞ러너려왓소
○아홉치낫ᄯᅡᆨ부치너구곡간장흐르난눈물구천의사뭇추니
주고티도셜티업소○열치낫ᄯᅡᆨ부친너십실부로도츙여리잇

신거든고금허다창기즁의열녀ᄒᆞᆫ나업스릿가○열치고짐작
ᄒᆞᆯ가○열다섯ᄯᅡᆨ부치너십오야발근달은셰구름의뭇쳐난듯
○시물치고짐작ᄒᆞᆯ가○시물다섯ᄯᅡᆨ부치너이십오현탄야월의
불승쳥원과비리라○삼십도의밍장ᄒᆞ니옥갓탄두다리여셔
유수갓치나난피○리여어리연네츈향이점〻포학ᄒᆞ되소
녀를이리말고살지능지ᄒᆞ여아조박살시겨주면초혼조녁시
되야젹막공산달발근밤의도련님게신고듸나어가파몽이나ᄒᆞ
여이다말못ᄒᆞ고기절ᄒᆞ니업저엿던형방도눈물지고미절ᄒᆞ던
집장사령도셔를〻사롬의자식은못보것다모지도다〻〻우리
사ᄯᅩ모질도다저것슬셰리면ᄲᅧᆼ이나치제저것몸의미절ᄒᆞ다나
모지도다〻〻우리사ᄯᅩ모지도다가셔〻〻어서가서사롬은차마못
보건네사ᄯᅩ겨분이나며네그년항셔족셔ᄒᆞ고칼머리여인봉
ᄒᆞ야엄수옥즁ᄒᆞ라ᄒᆞ니사령이분부와와츈향을틍의업고
삼문밧나올셰츈향이통곡ᄒᆞ여이른말리ᄀᆞ곡투삭ᄒᆞ엿던
[illegible]형즁장무삼일이며살인죄인안이여든항쇄족쇄웬일고
즁무삼일고통곡ᄒᆞᆯ제이셔남원기성드리츈향이ᄆᆞ망ᄒᆞ고ᄌᆞ게
되얏단말을듯고셸〻리동무지연일롬불너나오난되이ᄒᆞᆼ향임
이고동싱이고츈향아조고만ᄒᆞᆫ동기는이고셔싱임쳥가묘무를
뉘ᄒᆞᆫ티빙울잇가ᄒᆞᆫ참이러ᄒᆞᆯ제엇던기싱ᄒᆞᆫ나춤추며나오난
되얼시구졀시구조을시구여러기싱듯더니저년밋쳐ᄯᅡ나츈향
은미를맛고거의죽게되여난되너는무삼혐우잇겨춤을추고곤
기난야형님네드러보소히셔기싱놓셧이는동셜영의죽어잇
고평양기싱월셔이는소셥의목을베여검장군게드리고쳔추
혈식ᄒᆞ엿고진주기싱논가는왜장의목을안고남강의셔러졋거
로천추의힝사ᄒᆞ여쓰니우리난권도현판간이삼겨ᄉᆞ나ᄒᆞᆫ참이리
ᄒᆞ더니와락달여드러츈향의목을안고이고셔울집아불상ᄒᆞ
여라츈향어미달여드러이게웬일이나장쳥의집사데절쳥의
이방임네낙샹이무신죄로이리죽게ᄯᅥ려ᄊᆞ요칠십당연늘근거
시의지엄셔되야ᄉᆞᆷ나여바라상단아삼문밧거곱피나ᄀᆞ삭군둘만
사오라서울쌍곱주보닐난다츈향이혼미즁의곱주보되단말을

듯고앗소어모임그ᄭᅴ무삼말삼이오만일급주가셔울올나가셔도
련임이알고보시면칭〻시ᄒᆞ의엇절수업셔삼상울쳐ᄒᆞ여병이
되면곤들안이ᄒᆡ졀이오그런말삼말으시고옥으로가시이다이셔남
원ᄒᆞ량거숙이무숙이평숙이진숙이여숙이부숙이차문주ᄀᆡᄒᆞ
올려와춘향이즁장ᄒᆞ고나오물보고셤작놀니달어드러춘향
손덥벅잡고어ᄇᆞ다ᄉᆡ이경신차려전졍ᄒᆞ라ᄒᆞ번을드려라소하반
을드려라첨삼환을드려라무숙이써니다라나ᄂᆞ줌치여잇던이라
그러면주셔니소청심환ᄒᆞᆫ줌주어나니ᄯᅩ귀똥이분명ᄒᆞ다거숙
이써내다라ᄂᆞ줌치예수ᄒᆞ반잇던이라ᄒᆞ고깁집의급피먹이라ᄒᆞ
고춘향불너정신차려진졍ᄒᆞ라면숙이ᄂᆞᆫ칼머리들고진숙이
는부축ᄒᆞ야옥즁으로드러가셔옥방을졍ᄒᆞ화ᄒᆞ야뉘여노코위로
ᄒᆞᆯ계。춘향이졍신차려통곡ᄒᆞ야우ᄂᆞᆫ말리ᄉᆞᆼ벅갓탄구든절기
추ᄒᆞ오도변ᄒᆞᆯ소냐옥방형상볼작시면문어잔헌벽이며부셔진
죽창문의살쏘나니바람이요헌자리베룩빈ᄃᆡ만신을침노ᄒᆞ고
ᄒᆞᆺ터진머리 가ᄇᆞᆨ은이리쳐리산발ᄒᆞ고수절경졀절ᄃᆡ가인차
목키되야ᄊᆞᆨ나문청조은형산ᄇᆡᆨ옥진퇴즁의뭇쳐난듯향긔조은
삼산초가잡풀속의셕겨난듯오동속의노난봉황형극속의길되
린듯이러타시울들적의자고로성현네도무죄이국겨ᄡᅳ니요슌우
탕인군네걸주의포악을로함진옥의갓쳐더니도로뇌야셩군되
고명덕치민주문왕도상주의음학유리옥의갓쳐더니도로뇌야
셩군되고만고셩인공부자도양호의얼을입어광야의갓쳐더니도
로뇌야되셩되시니이런일노볼작시며무죄ᄒᆞᆫ이ᄂᆡ목숨사러나셔셰
상귀경다시ᄒᆞᆯ가과갑ᄒᆞ고원통ᄒᆞ다ᄂᆡ살이리뉘잇실가우리셔
방이도령임쳐음언약미질쳐의날주던셔경빗슨변치안이ᄒᆞ여
권만연사오ᄃᆡ이지ᄂᆡ가되소식이돈절ᄒᆞ니보고지거〻〻엇지그리못
보난고아조잇고못보난가춘수만사퇴ᄒᆞ니무리집편못오던가ᄒᆞ울은
다리봉ᄒᆞ니산이놉파못오던가독조ᄒᆞᆫ강설ᄒᆞ니눈이막켜못오
던가만경의인족멸ᄒᆞ니종켠을몰나못오던가노즁의노무궁ᄒᆞ
니지리머러못오던가금강산상〻봉이평지되거든오랴신가병풍
의기린황계두날ᄀᆡ을툭〻치며자시말〻축시초의날시리고쇠쇠요

울거든오랴신가오날이나소식을가너일이나기별올가기린졔도
오련거니와이러타시죽어갈계벼살진ᄃᆡ나려와셔죽을나를살려
노코니의설친ᄒᆞ련만은소식조차돈졀ᄒᆞ고종젹이쓴쳐쓰니죽
을박기ᄒᆞᆯ수업네밥못먹고잠못자니몃날몃치를살드란말
인야인고〻〻니일이야비몽사몽간의호접이장듀되고장듀가
호접되야세류갓치나문혼ᄇᆡᆨ바람인듯구름인듯호곳슬당도
ᄒᆞ니천공지활ᄒᆞ고삼영수려ᄒᆞ나은〻호죽림속의일진화각이
반공의잠겨셔라뒤쳐귀신단이난법은되풍ᄒᆞ여긔ᄒᆞ고승천입지ᄒᆞ야
침상편시의일장춘몽의말이강가로가든길우더라아모되존모
로고셔문박기방황ᄒᆞ올제소복ᄒᆞᆫ임쌍등을도〻들고압질을인도
ᄒᆞ건을뒤를ᄯᅡ라드러가니ᄇᆡᆨ옥현판의황금되자로만고정열힘황
능뫼라ᄃᆞ려시ᄉᆞ이건곤삼신의황홀ᄒᆞ여진졍키어려더니당상
의ᄇᆡᆨ의호두부인이옥슈를늬져드러춘향을청ᄒᆞ거ᄂᆞᆯ춘향이셔
양ᄒᆞ되첩은진세쳔인이온이엇지황능묘를오르릿〻부인이ᄭᅦ
특이여거저삼청ᄒᆞ건ᄂᆞᆯ춘향이셔양ᄎᆡ못ᄒᆞ여올나가니부인이좟
거ᄒᆞ야좌를주시고연ᄒᆞ후의네가춘향인야기특ᄒᆞᆫ사람이로다조션이
비록쇽국이나예의동방기자유진천ᄂᆞ주쇠번화자의젼령절향잇
단말가일젼의조회차로요지연의올나가니네말리천상의낭자ᄒᆡ
로갈ᄉᆡ뭇고ᄌᆞ보고시푼다ᄂᆞᆫ고로너를청ᄒᆞ엿다ᄂᆞᆫ말이오의청ᄒᆞ
여와쓰니졍의의심이불안ᄒᆞᆫ디춘향이〻말듯고ᄌᆡᄇᆡ〻〻러나두
번절ᄒᆞ고엿자오ᄃᆡ첩이비록무식ᄒᆞ나고셔를보와잇ᄉᆞᆸ죽어존안
을뵈올가ᄒᆞ엿더니이러틋황능묘의모시니황공ᄒᆞ고비감ᄒᆞ여이
다상군부인ᄒᆞ신말삼춘향아네가우리말안다ᄒᆞ니셔룬말을들
어보라우리슌군유우씨남순수ᄒᆞ시다가창오산의붕ᄒᆞ시니속절
업산이두몸이소상ᄃᆡ숩풀속의피눈물쌕리여노니가지마다알룩
〻〻입ᄉᆡ〻〻피반ᄒᆞ이라창오산붕상수졀이라야죽상진류니가면이
라천추의집픈ᄒᆞᆫ을ᄒᆞ소홀곳업셔셔니네졀향의기특기로네
다려말ᄒᆞ노라송권기천련의청ᄇᆡᆨ은언의ᄯᅢ며오현금남풍시를
이졔ᄭᆞ지젼ᄒᆞ던야이러다시셜잇ᄀᆞ셰ᄌᆞᆨ편의엇던부인추〻이울
고나오면셔어바라춘향아네가나를모를니라나ᄂᆞᆫ넘고초나지주변

월음도경의화션ᄒᆞᆫ놈옥일ᄯᅡ소사의안ᄒᆡ로셔ᄐᆡ화산이별ᄒᆞᆫ후
숭용비기호이되여옥소로원을풀졔곡종비기부치처ᄒᆞ야산ᄒᆞᆨ벽도
춘자미라이러타시설피울제셔편의엇던부인추ᄉᆞ이올묘나오면셔
여바라춘향아네가우리를모로리라우리는뉘고ᄒᆞ니셔숭의소이녹
주로다불친ᄒᆞ온춘왕유인누천갑자분여설ᄒᆞ야창시화비옥시시
라나항유사탈두인ᄒᆞ야두사ᄅᆞᆷ의비홈이라이러타시설이울졔음풍
이다작ᄒᆞ고삼기소삽더니촉불이별녕ᄉᆞ무어시셔그려ᄒᆞ더니촉불
암푸달여드는건늘춘향이엄자놀니여자셔이살펴보니사ᄅᆞᆷ도안이
요귀신도안이요불타진나무등치도안인되의ᄉᆞᄒᆞᆫ가온ᄃᆡᄉᆞ곡셩이낭
ᄌᆞᄒᆞ며어이ᄉᆞ여바라춘향아네가나를모로리라나는뉘고ᄒᆞ니옥묘
조안히쳐부인이로다우리황졔용비후의여후의독ᄒᆞᆫ솜시비ᄒᆞ수
족쓴어너여두귀여다붓치지르고두근셰여암약먹여쳑간소기너여셔
니천추의집흔호을얻의셔나우러보랴ᄒᆞ여이ᄉᆞ이리호참울졔상군
부인ᄒᆞ신은말상이고시라ᄒᆞ난되가유명이노수ᄒᆞ고향오작별ᄒᆞ니
오리ᄋᆞᆨ유ᄎᆞ치몽ᄒᆞ오니지라여ᄃᆞᆼ불친죄ᄒᆞ온ᄃᆡ혹쟝씰솔경은실릐우
일장호접은펄ᄂᆞ춘향이셔ᄶᅥ놀나ᄭᆡ여보니셤이로구나오ᄒᆡ
창의입도화셔러지고저보던거울복판이ᄭᆡ여져뵈이고문우의
허신이달여뵈이거날나죽을쑴이로다ᄒᆞᄒᆞ탄식ᄒᆞ고누엇다가
저의모친불너이른말리봉사ᄒᆞ나쳥ᄒᆞ여주오ᄒᆞ몽이나ᄒᆞ여
보시마참외촌의허봉사가춘향죽인단말을듯고위문차로드
러오다ᄯᅩ랑을건너셔다가잡바저ᄀᆡ동을집퍼놀니여ᄉᆡ리다
가담돌의부듸쳐인겁절의입의무니구른니가나미탄식ᄒᆞ고ᄒᆞ
난말리명쳔이ᄉᆞᄅᆞᆷ을될졔별노후박이업건만말못ᄒᆞᄂᆞ난
벙어리도부모동거천지만물을보건마는엇지이너신셰압못
보난밉인되야흑빅장단을모로난고옥중의춘향이봉사저
ᄂᆡ가물알고사졉이불너봉사를쳥ᄒᆞ니봉사드러와안지며ᄒᆞ
난말리ᄂᆡ네소식을듯고발셔ᄒᆞᆫ번차자와셔볼터빈직다사라
이제야보니무안토다발명ᄒᆞ니춘향이ᄃᆡ답ᄒᆞ되인사ᄒᆞ되이ᄉᆞ
의봉사님기ᄎᆡ안령ᄒᆞ신잇가나는신수가불길ᄒᆞ야이고상이웬
고상인잇가봉사왈인명이지쳔이라간ᄃᆡ로죽으랴ᄒᆞ고장쳐가

엇더ᄒᆞᆫ야ᄒᆞ며니만져보자ᄒᆞ고손이점ᄌᆞ접피오거ᄅᆞᆯ춘향이ᄭᆡ작ᄒᆞ
놀니여ᄒᆞ난말리이고봉사님웬일이요봉사님너부친성시의나
를가지고셔로ᄒᆞ시기를너ᄯᅡᆯᄯᅡᆯ리제ᄒᆞ시더니부친은일작도
라가시고봉사님을뫄오니부친뫼오나다름업나니다그러나저려
나간밤쑴히몽이나ᄒᆞ여주오간밤몽사가여ᄎᆞᄎᆞᄒᆞ오니히몽ᄒᆞ
여보오소셔봉사왈네무삼쑴인다춘향이ᄃᆡ답ᄒᆞ되단장ᄒᆞ던
거울 ᄒᆞᆫ복판이ᄭᆡ여져뵈이고옥창의ᄋᆡᆼ도화ᄯᅥ러져뵈이고문
우의허수아비달여뵈이오니그산이흉몽인잇가봉사청음양구의
산통을ᄂᆡ여들고흔들며축사를외오거늘축사의왈천ᄒᆞ언저
며전ᄒᆞ언지시리요고진숙응ᄒᆞ나니감이순통ᄒᆞ사금우티세모녀
모월모일남원천별이거ᄒᆞ난임자생신열녀셩춘향이엄수옥
즁ᄒᆞ야쓰니경거ᄒᆞ난이가양ᄇᆡᆨ을어너셔여만나보며ᄒᆞ일ᄒᆞ시
예방사옥즁ᄒᆞ오며몽사길흉여부를자상정ᄒᆞ나복걸신명소
시ᄒᆞ옵고감이순통ᄒᆞ소셔접을다ᄒᆞᆫ후의눈을히번ᄯᅥᆨ이며글
두귀를지여쓰되 ◯ 화락ᄒᆞ니능셩실이요 ◯ 파경ᄒᆞ니기무셩가 ◯
문상의현우인ᄒᆞ니 ◯ 만인이마상시라 ◯ 이글뜻ᄉᆞᆫ옥창의잉도
화셔러져뵈니능히열마열거시요거우리ᄭᆡ져뵈니엇지소리업시며
문우의허수아비달여쓰니일만사ᄅᆞᆷ이우러ᄅᆞᆯ볼쑴이라여허이ᄉᆡᆷ
잘ᄭᆡ여다쌍가미탈쌤이로다너의셔방이도령이직금고초ᄀᆞᆺ탄
벼살ᄒᆞ고오니너일졍영만나리라네파도이셔러말나셰를잠간
기달이라봉사가며일졍두고보라더니마참이셔가마구오담의
안져가옥ᄌᆞᄌᆞ울거늘춘향이탄식왈여보봉사님저가마구날
잡아갈가마구안이ᄉᆞ봉사이른말리가마구출처를드러보
아라가옥ᄌᆞᄌᆞᄒᆞ난뜻션가자ᄂᆞᆫ아름다올가ᄌᆞ요옥자난집옥
자라네의집의경사잇실즁소로다ᄒᆞ고간연후의춘향이점셔
벗겨노코오날이나소식올가ᄂᆡ일이나거별올가바리더니이ᄯᅢ
이도령임은셔울노올나가셔춘향생봉ᄒᆞᆯ잔마음구곡의밋
고잇쳐사셔삼경벽가미를주야일고쓰니ᄯᅳ이업난문장이요
ᄯᅳᆨ이업난명필이라국가의티경사로ᄐᆡ평파를뵈이실제셔
최을품의품고장즁의드러가좌우를둘너보니억조창생허다

쳔비일시의사비ᄒᆞᆫ다어와풍유소ᄅᆡ인무서가춤을츈나되제。
학퇴출ᄒᆞ야어제른너리시니도승지모셔니역홍장우의ᄭᅥ려노
니글제의ᄒᆞ여쓰되츈당춘식고금동이라두려시ᄭᅥ려새눌이도
령글제를살펴보니평셩짓던비라시지를펼쳐노코ᄒᆡ제를
싱각ᄒᆞ야왕히지필법으로조밍보체를븐다일필휘지션장ᄒᆞ야
니상시관이글을보시고자〻이비점이요귀〻이관주로다상지상등
을휘장ᄒᆞ여금방의일홈불너어주로삼숀ᄒᆞ니전고의조흔거
시급제밧기또잇난가삼일유과ᄒᆞᆫ 후의전ᄒᆞ게옵셔친이불너
보시고네지조는조졍의드문지라도승지압시ᄒᆞ사젼라어사를제수
ᄒᆞ시니평싱소원이로다마픠호나유졍일동사모정일벌수의
일벌을너주시니전하세ᄒᆞ직ᄒᆞ고본퇴으로나어갈제철관풍치
는심산밍호갓탄지라집의로도라와부모젼의뵈온후의션산의
소분ᄒᆞ고젼라도로나려올제。남듸문밧ᄡᅵᆨ나셔청픽역의말잡아
타고칠픽팔픽비다리를얼는너머밥전거리를지니여동적강
얼는건네 남틔셩을얼핏비넘어 쳘의숙소ᄒᆞ고 유ᄒᆞ유션
되판교셔젼거리진긔올죽산자교쳔단짐게역말시라타고역졸
의계븐복ᄒᆞ고금강이얼는건네놉픈힝길여 가로다소기널치무님
이정쳔쥬화ᄒᆞ고뇌셩픅 기사 다리다다리황화졍이여산숙소ᄒᆞ、
고셔리불너븐부ᄒᆞ고전라도쌍이로구나。계서보텀여사모냥좌일
젹의철디업난천마립노갓스다라쓰고편자만나뮨천망교의갓풀
관자죵우당줄두통나게졸나쓰고다떠러진것만나뮨도포의삼
동이는천복뙤를흉복통의눌너미고되치업난헌절목그령
저렴거러신고세살붓치손의들고셔리역졸불너약속ᄒᆞ고너
의난이리로발힝ᄒᆞ야고산진산무쥬용담진안장수윤봉으로
너머아모달아모날의남원읍너로ᄃᆡ령ᄒᆞ라ᄌᆞᆸ방불너분부ᄒᆞ되
너는이제발힝ᄒᆞ여짐제임피금구티산고부영광나쥬보셩순천
무셩으로너머아모달아모날의남원읍너로ᄃᆡ령ᄒᆞ라ᄋᆞᆫ근이분부
ᄒᆞ고어ᄉᆞ또는감영으로드러올제경기젼오목디ᄒᆞ며벽누귀경ᄒᆞ、
고남쳔교얼는건네반수역의쥬화ᄒᆞ고노구바우임실오수역의숙
소ᄒᆞ고싱각ᄒᆞ니츈향얼굴눈의삼〻귀의정〻ᄒᆞ여집팡막되검

쳐잡고ᄒᆞᆫ들〻〻나려갈제。이셔방농시절이라농부들수십명이술
밥고기만이먹고가진풍장둘너메고멋시잇게노난디무리둥둥
〻쨍미쨍〻△어이여루상사뒤오여보조농부더라니말을드러
보소천리건곤티평시의도덕놉푼우리셩군강구의뮨동요라순
인군의버금일제 어이여〻루상사뒤오두리둥둥〻쾡미쾡△
어이여〻루상사뒤오모지도다〻〻〻우리믈사또가모지도다얼삼동
취도공효형별뭡시도쌍〻셔려셔거의죽게실거쁘되종시훼절
안이ᄒᆞ고죽기로만결단ᄒᆞ니그런열녀어디잇나◇어이여〻루상사
뒤오페랑이쏙지예게화를꼿고미오락 기춤이나추어볼가◇
어이여〻루상사뒤오또두둥투쾡미쾡△어이여〻루상사뒤오서마
지기논비미반닥한금남연네△어이여〻루상사뒤오네가무신반달
인야초승달이반달이제△어이여〻루상사뒤오은왕셩탕어전인
군퇴ᄒᆞᆫ칠연맛〻또다〻〻어이여〻루상사뒤오하우씨어진인군구년
지수맛나쏘다◎어이여〻루상사뒤오이농사를어서지여왕세국곡ᄒᆞ
여보시◎어가여〻루상사뒤오여바라농부더라농사어셔지여부모쳐
자보존ᄒᆞ서◎어이여〻루상사뒤오이러ᄒᆞᆯ졔의어사거동보소단
두의올나셔며ᄒᆞ난말리어허그농부계밥그릇세둉누엇고
ᄒᆞ고져농부네말좀무러보셰그즁의절믄농부썩나서며어
사의멕살니 잡고이놈〻〻고약ᄒᆞᆫ놈이라ᄒᆞᆯ젹의인군농부
젓시셧다가마소〻〻그리마소걸인죽이면살인업나이보이양
반거보겨냥반무삼말인지날다려ᄒᆞ오줌치썩번여주역이
르난츠말이리저리ᄒᆞᆯ쳐곰방뒤쏙잡어셰여쏙〻몽처너여
주여너여손바닥의춤탁바터 뚜젹〻뚜젹 일셔지관의ᄒᆞ
화로불온잡어당겨손불 쑥너◎이리두젹저리두젹곰방
디쑥처너두볼타구가옴옥〻〻샐어널제두코궁기셔너가
ᄒᆞᆯ〻나며 어허그담비먹잇고어ᄉᆞ의이른말리이끌ᄉᆞ또경쳐
엇더ᄒᆞ고농부되답ᄒᆞ되우리ᄉᆞ또경처엇더ᄒᆞᆯ것잇소원임
은노망이요좌수는주망이요아젼은도망이요비장은현답이
니사망이물미듯ᄒᆞ지요어사다시무르되드르니츈향이가사또
수쳥들시분명ᄒᆞᆫ가저ᄒᆞᆫ부ᄒᆞᆫ골시출ᄒᆞ야ᄒᆞ난말리ᄌᆞᆨ가ᄉᆞ츈

헐ᄂᆞᆫ몸의누취ᄒᆞᆫ말엇지ᄒᆞ다구관사또자제니도령인가나ᄂᆞᆫ전의아들인가츈향과ᄇᆡᆨ년기약밋겻더니니도령오기만기다리고독숙공방빈방안의수절ᄒᆞ더니신관사또도입초의금피불너수청ᄒᆞ라ᄒᆞ니수절리정절이라수청아니든다ᄒᆞ고무죄ᄒᆞᆫ츈향을옥갓탄두다리예독ᄒᆞᆫ형문ᄒᆞᆫ치밍장ᄒᆞ야항쇄수쇄금수옥즁ᄒᆞ야명지경각ᄒᆞ여ᄡᅳ니그런ᄒᆞᆫ셜겅지만원은어ᄃᆡ이ᄡᅳᆯ랴어사농부를ᄒᆞ직ᄒᆞ고남원으로힝ᄒᆞ더니이ᄯᆡ호노구수를팔거날어사또가직이안져여보게주모이풀츈향이가열여라마리올은가이고여보시요비단열여라ᄒᆞ리요마는죽은제가십여일이요어사어이업서자너그게참말인가여보너말드러보오실젼의남원ᄒᆞ광ᄃᆞ리츈향을불상이싱각ᄒᆞ야빈소의다주효를만이차려노코축문지어일으기예술밥곡기만이어더먹엇ᄉᆞ어ᄉᆞ기가뫼켜여보게츈향의빈소를갈치소노구손을드러저건네반송밋튀시빈소가기요어사곱호마옴천방지축건네가셔인고츈향아이게웬일인야인고 츈향아네가이게웬일인야ᄒᆞᆫ참이리마단호졔그빈소가옹싱원의빈소로다이ᄯᅢ예자근옹싱인이빈소를바라보니엇더ᄒᆞᆫ소녀이빈소압푸셔수려져방셩ᄃᆡ곡셜잉우며츈향아ᄀᆞᆨ부르며울거늘집의도라와형임엇던사람이어모님빈소의셔우난이다야ᄀᆞ그게외삼촌이다모친이명이츈쌍향쌍오닛가야ᄀᆞ그러나가보자상복을열쳐입고상경막티걱켜잡고어이ᄀᆞ울며건네가니이셔어사정신업시잔듸를와듯두쥐여뜨듸며인고ᄀᆞ내사랑아ᄒᆞᆫ참이리기절ᄒᆞᆯ졔옹상인이사랑이란말을듯더니어허이계웬놈이나상졍막ᄃᆡ로어사를넙더치니어사섭작놀니여도라보니엇던상신이섯거날겅신업시이러나셔두주먹을발근쥐고몃십너를도망ᄒᆞ여성각ᄒᆞᆫ직허망ᄒᆞ다그렁거렁나려갈졔엇더ᄒᆞᆫ아히놈이신세자탄ᄒᆞ난말리엇던살뭄은팔자조와ᄃᆡ광보국ᄉᆞᆼ녹ᄃᆡ후팔도방ᄇᆡᆨ각읍수령다사난듸요니신세드러보소십세안의양친을조별ᄒᆞ고길품으로나셔니판십이를못나외셔발가락이안이압푼듸업시다압푸네요나약ᄒᆞᆫ이다리로몃날몃칠거려셔울가며동지장야진

ᄉᆞ밤의몃밤자고ᄒᆞᆫ양사관초자용의용츔마가잇거ᄃᆞ면이계잠관가련마는인고ᄀᆞ셔룬지고육비여리를언제갈고어사마참지너라가그아히노릴를듯고여바라이이어ᄃᆡ살며어ᄃᆡ를가난다그아히ᄃᆡ답ᄒᆞ되남원부사옵더니구관사또자제이도령님이츈향과ᄇᆡᆨ년기약밋고가신후의소식이돈절ᄒᆞᆯᄲᅮᆫ안이라츈향이방장형문맛쵸옥즁의갓친츈향의편지맛다가난질이요이인그편지이다고네나를안이만나드면허힝ᄒᆞᆯ번ᄒᆞ엿ᄉᆞᆸ더니아히그말듯고그어인말삼이닛가네말을드러보와라이도령파결친터니라그집이탕핀ᄒᆞ여셔풍비낙산ᄒᆞ고가즁이다비여난이라그편지를셔여보니ᄒᆞ여ᄡᅳ되두어자글을도련님좌ᄒᆞ의올이나니다복미심ᄒᆞ결의시즁기체후일힝만안ᄒᆞ옵시며복모구ᄀᆞ무림ᄒᆞ셩지ᄀᆞ와견라좌도남원천번이거ᄒᆞᄂᆞᆫ임자셩신셩츈향은도련임올나가신후의신관사또나려와셔수청안이든다ᄒᆞ고형문ᄒᆞ쳐칼항쇄수쇄족쇄ᄒᆞ야엄수옥즁ᄒᆞ여거의죽게되여ᄡᅳ니도련임니려와겨불상ᄒᆞᆫ츈향을살여주옵편지옷틴ᄒᆞ여ᄡᅳ되○기셰ᄒᆞ시의금쳡ᄒᆞ고○작이동혈ᄒᆞ운추라㉮망풍반야우여설ᄒᆞ니○흉쳠남원옥즁토라㉯혈셔로ᄒᆞ엿난듸평사낙안기려이격을로구겨뚝ᄀᆞ씨근거순모도인고로다어사보고방셩ᄃᆡ곡셜이우니거아히ᄒᆞ난말리남의편지를보고왜우요엇다이ᄋᆞ남의편지라도서룬사연을보니자연눈물이나누구나여보인정잇난체ᄒᆞ고남의편진눈물무더씨여지요그편지호장곱시일닷양이요편지값무러너요셔바리이도령이너더오난듸네일오시의남원으로날파만나기로언약ᄒᆞ여ᄡᅳ니나를ᄯᅡ라가셔ᄃᆡ장맛더가거라그아히고지안이듯고방석ᄒᆞ며셔우리거권네로아르시요ᄉᆞᆼ거늘어ᄉᆡ이싱ᄒᆞ거솔뵈니거놈보곰물너나며그것셔셔낫소이놈만일천기누설ᄒᆞ엿단ᄂᆞᆫ셩명을보존못ᄒᆞ리라아히를ᄒᆞ직ᄒᆞ고남원으로나려올졔박석틔를올나셔ᄀᆞ좌우산천둘너보니산도예보던산이요물도예보던물이라광할누야잘잇던야오작교야무상ᄒᆞ냐과사청ᄀᆞ유석신은나구민고노던듸요양유청소수린은우리츈향추천민고노던듸라구렁거렁츈향문젼다ᄋᆞ르니들축죽빅전나무는단장안의ᄎᆞᆯ노셔고비창전누운긴는기운

업시조우다가구면과을몰나보고 쌍ㅅ짓고니다르니요기야짓지
말나주인각탄손이로다화정을살펴보니화괴의화두루마난
짝을일코ᄒᆞᆫ마리나문거시기여물여그려ᄒᆞᆫ지부러진날기쌍의
글면셔난관담을넘무량고ᄒᆞᆫ발은오그리고자른목질게세여
얼눅ᄯᅮᆯ두룩 질겁ㅅ나오난양을어사ᄯᅩ보시더니 이면부지
ᄒᆞ셔거오 도화의구소츈풍이라 가이인ᄒᆞ여부려조로다 만
는네의주인어듸가고네가나와반기난야 즁문을ᄇᆞ리보니셔손스
로신글자가 츙셩츙자가완연터니가온대츙자는어듸가고마옴심
자만나마난듸광풍을못이기여기운업시펄넝ㅅㅅ스롬의수심도
와보다그렁저렁드러가니ᄂᆡ정은적막ᄒᆞ되어듸셔실픈소리들
이거날각상이듯고보니츈향어미우난소리랴 후원정ᄒᆞ고티칠셩
단정쇄키ᄒᆞ야셔소반셔ᄉᆞ발의정화수를밧쳐노코ᄉᆞ 연이비난말
리비난이다ㅅㅅ남도칠셩임젼의비난이다ㅅ히용왕게불보살ᄒᆞ
우동삼ᄒᆞ와다구버보옵소셔무남독녀로셔근ᄒᆞ이질녀ᄂᆞᆷ여어진사랑
도련임파박년기약집피민겨영귀ᄒᆞ올갑리더니ᄉᆡ소ᄯᅩ도임초의
수청안이든다고몹시도쌍ㅅ셔러여볼진옥중ᄒᆞ야기지사경이오니
올나가신도련임이청운의ᄃᆞᆫ피올나전라감사전라어사나양단간의
ᄒᆞ여니ᄯᆞᆯ츈향이살여주오ᄒᆞᆫ더니 말몽ᄒᆞ고 기절ᄒᆞ난지라 어사
ᄯᅩᄒᆞᆫ난말리나가우리션영음덕으로벼살ᄒᆞᆫ줄알아ᄯᅥ니이제와보
니츈향어모정셩이로다츈향어모게잇나츈향어미나오더니 게누구나
를찻난가이셔방일시이셔방이란니올체이풍원알들이셔방인가
인가와락ᄯᅱ여달여드러어ᄉᆞ의목을안고이게웬말인가이셔방
이라니ᄒᆞ날노셔ᄯᅥ러진가ᄯᅡ의로셔소사난가ᄇᆞ람결의풍겨온가구
룸ᄭᅩᆨ의숨겨온가고관되작영귀로온가ᄒᆞᆫ번올나가시더니일장소식
돈절ᄒᆞ오니이리오소드러가셔이몰실사ᄅᆞᆷ아살고드러가촉불압픠
안쳐노코자셔이살펴보니관음이ᄒᆡᆨ틀여ᄯᅮᆨ나그만환장을ᄒᆞ여
셔후원으로우루룩가더니축수ᄒᆞ던상을졔담의다붓치며남
토신령이영타더니기운업무령ᄒᆞ여공든탑이문어지며심관남거

쉬거지네ᄒᆞᆫ날임은어이ᄒᆞ야죽을츈향못살이며구신은엇지ᄒᆞ여
죽을너를몰보지못ᄒᆞ난고무신죄가되단ᄒᆞ여이리죄가ᄭᅳ즁ᄒᆞᆫ고의
고이제는죽어셔나불상코가련타어ᄉᆞᄯᅩ는누군졍으로말을ᄒᆞ난
듸여보소장모날노보와참소ᄅᆡ가시장ᄒᆞ여못박이고네날밥좀주
소츈향어모이말듯고환장을ᄒᆞ난듸이ᄂᆡ라상단아이ᄉᆞᄅᆞᆷ모라너
라울화나ㅅ죽것다널노ᄒᆞ여몃사ᄅᆞᆷ이죽난듸밥속안ᄶᅮᆨ미년야
이셔상단이옥의갓다나오더니제의아씨야단ᄒᆞ난소리의가삼이운ᄃᆞᆫ
ㅅㅅ경신이월녕ㅅㅅ청처업실드러가셔가만이살펴보니젼의셔방
님이와겨ᄯᅮᆨ나ᄒᆞ도반겨워급ᄒᆞᆫ마옴우루룩드러가셔상단이문안
이오되부인기쳬후일힝만안ᄒᆞ옵시며도련임게셔도멀고먼철리
길의평안이힝차ᄒᆞ옵시요여보시요아씨마오그리마오멀고먼쳔
리길의뉘실노ᄒᆞ여와겨관듸이팔세가웬일이요만일이기씨가아르
시면지권야단이날거시니너머말세마옵소셔부억으로드러가셔ᄯᅥᆨ
던밥의절리짐치픗고초단간장의냉수가득ᄯᅥ셔들고도련임젼
올이면셔더운진지ᄒᆞ올도ᄯᅩ막의시장ᄒᆞ옵신듸우션요구나ᄒᆞ옵소
셔사ᄯᅩ반가워셔밥아더본졔오리ᄅᆞ구나여러가지거술한ᄒᆡ다가모
이더니숙구라덜것업시손으로두져셔ᄒᆞᆫ퇴로도라치더니마뭇
업시먹난지라츈향어모보더니 얼시구밥비러먹기는공상이
낫고나이셔의상단이는외면ᄒᆞ고도라셔ㅅ저의아기씨신셰를싱각
ᄒᆞ여크게우던못ᄒᆞ고칙ㅅ울며엿젓거나요ㅅㅅᄯᅩ덕놉푼우리아
기씨엇지ᄒᆞ야살이시랴오엇젓거나요ㅅㅅ칙ㅅ울고셧난모냥어
ᄉᆞᄯᅩ보시고기가막키여 바라상단아우지마라ㅅㅅ네의아씨설마살
졔죽을손야ᄒᆡᆼ서리저구ᄒᆞ면사는날잇난이라츈향어모듯더니
외고양반이라고되체자네가왜져모냥인가어ᄃᆡ말듯소셔울노올나
갓바벼살줄ᄯᅥ러지고ㅅ셰가말못되야ᄒᆞ는수잇는가우리아부지
는양주ᄉᆡᆼ으로학장질가고우리어모님은친졉으로반으질품파
르랴고가고본직나는갈듸업셔츈향이나차저보고젼ᄇᆡᆨ이나어더
갈가ᄒᆞ고나려와셔보니ᄂᆡ일이낭픠로시그러나츈향이나좀보셔
츈향어모듯더니 인고츈향이싱각나는갑만츈향의죽고업너상단
이ᄒᆞᆫ는마리자금문을닷더ᄯᅡ니바리치거든가사이다아씨의바리를

뎅〻치는듸상단이는잠을안이자고잇다가인고아씨바리혓난이다
아기셔한티안이가시랴오온야가자능농의불발키여라상단이는
마음상들고츈향어모는등농들고어사뒤안은뒤를ᄯᅡ러옥문ᄀᆞ
의당도ᄒᆞ나츈향어미거동보와라옥쟝제비ᄒᆞ며쇤셩발광ᄒᆞ여
옥문을ᄯᅢᆼ〻두다리며츈향아〻〻이셔츈향이는아모란줄모르고
셔비몽사몽간의셔방임이오셧난듸머리는금관이요몸의난홍삼
이라식불감침불안ᄒᆞ야상사일염의목을안고만단졍회못다
ᄒᆞ여불넘소리의쇠다르나붉드러셔업은인홀불견ᄀᆞ되업고
칼머리만붉드런네타기황잉이문밧기경첩몽아고이ᄒᆞ다형장
마저죽은귀신퇴장마저죽은귀신둘식셰식마조셔〻어이〻〻이러타
시야단ᄒᆞ올제츈향이가가막켜네이몹실귀신더라네의명으로네죽
고너ᄯᅢ으로나죽난되네의비명으로나죽을손야엄급〻여률영
사파헌쇄젼연치고안져ᄡᅳ니〻츈향어모듯더니이고뎌년어미를보
고귀신으로알고잔연을친는구나츈향아네이몹실년아츈향이
모친인줄알고이고어모니온야나다쉬고어모듸는엇지달업ᄉᆞᆫ음음
밤의늘볼보라고예왓소온야왓다왓다나누가왓소날보리가업거만
권귀라날차져△기산유수ᄲᅧᆯ권문의△쇼부허유날찻소양〻강수
말근물의고기낙는어옹덜술을실코날찻소형문맛고수변옥중
의기운이쇠진ᄒᆞ여ᄎᆞᆫ보할길바이업네누가〻차저왓소네의셔방
임이왓다〻〻야축수바리더니엇지〻지경으로되야고나네신세닉팔
자야셜흡고분ᄒᆞᆫ마음엇지ᄒᆞ야일를셔일거나츈향이듯더니이게웬
말리요악가ᄭᅮᆷ의와셔뵌임이셤시의와셔ᄯᅩ인ᄒᆞᆫ빈가웨급ᄒᆞᆫ마옴
와락뛰여나오잔들목의난젼목칼이요수족의난황쇄족쇄형문
마진다리장독이나셔수족놀일길젼이업네만수비봉의ᄒᆞᆺ터진머
리그렁거렁집어언고이리비틀저리비틀간신이나와셔인고셔방임
와겻소온야니왓다인고말소린드러보니이전의듯던소리로구나여
바라상단아듥불이리되라셔방임얼골이나좀보자인고올내가
살ᄯᅢ는조고만ᄒᆞᆫ시더니훤헌장부가되얏고나ᄒᆞᆫ참이리ᄒᆞ더니아모
말도업난지라츈향어모ᄒᆞ난말리인고져것들보소이것드리무신이
를ᄒᆞ난고나여보소이셔방자식어셔멀이가소고ᄯᅢ이여담절각으로살

일당ᄒᆞ리츈향이ᄎᆞ는말리앗소어모니그게무삼말삼이요여보시요셔
방임우리모ᄒᆞᆫ난말은속상ᄒᆞ여노망이오니셔물치마르시고닛일
드러보오칩의증심원ᄒᆞ기를슈졀낭군귀이되야이셜치ᄒᆞ여쥴류
주야축수바리더니져러타시걸이되야걸객으로와셔ᄡᅳ니이도다닉팔
자라ᄒᆞᆫ탄ᄒᆞᆫ들쓸듸잇나여보시요어모니이젼는ᄒᆞᆯ길업시신분구
되야ᄡᅳ니ᄒᆞᆯ길업소나쎠르던금봉차자기홍농속의녀허ᄡᅳ니시문
의너여다가되는듸로파라셔〻방임관망의복날본다시ᄒᆞ여주고난
이무죽거니와어모티가아무쪼록시〻로공경을착실리밧드러쳔힘
으로도련임이귀이되거드면셜마괄셰ᄒᆞ오릿가여바라상단아너와나
와정이엇더ᄒᆞᆫ야사라두리부모님봉향ᄒᆞ자ᄯᅥ니쳔명이〻뿐인지나
넌임은죽거니와너는엇져던지날본다시봉향타가우리모친뫼셰ᄒᆞ후
의셰상을바리슬ᄯᅢ의너의인공굽푸리랴어소ᄯᅩᄒᆞᆫ난말리여바라
츈향아그게다남이들르면우실말이로다죽드러도네모친다려날불
상이여기게당부나좀ᄒᆞ여라의고여보셔방임그런말삼마르시고닛일
도ᄒᆞ여주오닛일본관의셩일이라잔치ᄭᅳᆺ틴나를죽인다ᄒᆞ니날부
덤이가지말고삼문밧기잇다가집장사령츈향이물고ᄒᆞ거든쌈군인체
달여드러둘너업고우리처음맛나노던부용당의적막ᄒᆞᆫ곳은곳
누여노코셔방임손수감장ᄒᆞ되나의원혼박을위로ᄒᆞ여입은옷
기지말고그되로ᄯᅩᆺ〻ᄒᆞᆫ양지의편ᄒᆞ게무더두워ᄯᅩᄆᆞ셔방임귀
되야청운의올으거든잠신도두지말고셔울노올녀다ᄆᆞ구산ᄒᆞ야
무더주되무덤압무비를셰워비문에수졀원사츈향지묘라야답자
만쉬여주오부탁ᄒᆞ온말그분이요ᄒᆞᆫ숨깁고안ᄒᆞᆫ양은아모리쳘셕인
들엇지관장ᄒᆞᆯ야이ᄯᅢ어사기가막켜동원을ᄇᆞ라보며ᄒᆞ는말리겻
각의이리나것고츈향이미와상단이눈이붓게울고어ᄉᆞ도엇지우러던
지눈이붓고목이쉬여사롬의졍상을못볼네라츈향어미즈탄을ᄒᆞ
난되칠십이불쉽ᄒᆞᆫ거시뉘를의지ᄒᆞ여살고자녀되로갈난ᄆᆞ나갈
듸업네자네집으로갈나네어듸로가던지ᄉᆞ러갈수박기업네이셔여
ᄉᆞ곰〻셩각ᄒᆞ니절ᄀᆡ잇난게집이라밤이를알수업셔단〻이부탁ᄒᆞ
되여바라츈향아너가셔울셔넷조ᄉᆞ듯고편지잇던ᄉᆞᆫ영문의부쳐ᄡᅳ니
너일오시면빅방ᄒᆞ리라그셔는우리다시만나이일을옛일삼아이별업

시살고지구부디죽지말고명일오시만지달이랑ᄒᆞ고츈향집의도라
와져의노던빈방안의젼〻반칙잠못이루어삼사오경게우지너겨명
셩난연후의평명이되나본관의거동보소셩일잔치비셜ᄒᆞ올제구
름갓탄차일은반공의조사난듸근읍수령모다들제청천의구름뫼
듯용문산안기뫼듯차례로드리올제무셩운봉구례광양순창담양
옥과창평구읍수령좌우나졸일등미식과식풍유드려노코풍악
이낭자ᄒᆞ듸헌갓쓴저걸인이문밧기바장이며여반ᄉᆞ령등아엿주워라
조흔잔치당ᄒᆞ여쁘나술호잔어더먹자고나〻졸이허ᄇᆞᆨ니양보등을미
려너결인니제동을덥석안고〻ᄒᆞᆷ을질르거늘본관원님거동보소
범갓치셩을니여네박비쏘차너라저걸인거동보소술ᄒᆞᆫ잔주옵소
셔안주ᄒᆞᆫ접먹사이다만좌즁의윤봉영장출반ᄒᆞ야ᄒᆞᆫ마듸ᄒᆞᆯ산
이의상은남누ᄒᆞ나양보의웃우셰론다말ᄉᆞᆷ의올여안쳐술ᄒᆞᆫ잔이나더
졉ᄒᆞ란ᄒᆞ니즁게의오르거늘본관이뒤절ᄒᆞ되우봉은진찬ᄒᆞ오져런
걸인갓차ᄒᆞᆫ번숫가락모도일난법이니뫼낭 ᄒᆞᆫ짓마오어사거동보
소〻무릅접이쓸고좌우를둘너보며좌상의모든수령칙ᄒᆞᆷ이양〻
ᄒᆞ야가젼음식다먹으며ᄯᅥᆨ〻ᄎᆔᄒᆞᆫ잔의흥나물ᄉᆡᆨ다기모여러진
기상판외흘염〻갓나노니엇지안이분ᄒᆞᆯ손야염일불식글
묘즁기갈리ᄌᆞ심일란눈을ᄒᆞ그려보니갈비ᄒᆞᆫ뒤먹고시퍼부칠로
윤봉의엽갈비를콱지르니윤봉이혼이나셔어쳐이양반원
일이요어ᄉᆞ이른마리갈비ᄒᆞᆫ뒤먹사이다윤봉ᄒᆞ난말리다라
도잡수시요이러타시진퇴ᄒᆞᆯ제본관이흥을니여운ᄶᅳ를불
은다지름고ᄊᆞᆷ풀고ᄊᆞᆫ윤이여늘걸인이〻른말리걸인도
아히적의츅구권이나일거ᄯᅥ니조흔잔치참예ᄒᆞ야주효를
포식ᄒᆞ여쁘니창윤ᄒᆞ수ᄒᆞ여이다윤봉이반겨필연을니여
주니좌즁이다못ᄒᆞ여셔글ᄒᆞᆫ수를얻는지여윤봉주며ᄒᆞ
난말리조흔잔치의와주효를포식ᄒᆞ고가니본관의덕이로소
이다ᄒᆞ직고관연후의윤봉이피여보니그셔의ᄒᆞ여쁘되△금
쥰미주는천인혈이요△옥반가효는만셩고라△촉누낙시
의민누낙이요△가셩고쳐의원셩고라△그글ᄯᅳ신금동우아
름다온술은일쳔사름의피요옥소반아름다온안주는일만사

ᄅᆞᆷ의지름이라촉불ᄂᆞ린눈물ᄯᅥ러질ᄯᅥ의빅셩의눈물이ᄯᅥ러
지고노리소리놉푼고듸빅셩의원망이놉파ᄯᅥ라이러타시지여
노니그안이명작인가윤봉영장글을보고속으로룽을푸면셔
어사보고글보고글보고어사보고엄동셜ᄒᆞᆫ만난다시별〻셜
며ᄒᆞ관은오날학질차례요부득히가옵니다구례현감눈치치
고ᄒᆞ판은기민주러가나이다이령져령ᄒᆞᄎᆞ더질졔각방이눈치치
고삼반ᄒᆞ인수군〻ᄂᆞ예셔수군제셔수군셔리ᄂᆞᆫ눈을숨젹쳥비
역졸거동바라달갓탄마피를허리갓치둘너메고삼문을닙더치
며암ᄒᆞᆷ어ᄉᆞ출도야ᄒᆞᆫ벽ᄉᆞᆯ을고함ᄒᆞ니강산이문어지고두번을
고함ᄒᆞ니초목사ᄯᅥᆫ듯셰번을고ᄒᆞᆷᄒᆞ니남원이우군〻공
형〻공형인듸려가오둥쳘로휘두ᄯᅥᆨ이고허리마공방〻공방
이자리를둘〻모라엽푸씨고안할나고ᄒᆞ는공방을부득이하
라더니져불속의엇지드러가랴등칠로휘두ᄯᅥᆨ이고박터졋네좌
수별감넉실일코이방호장졍신업셔네간구냥윤봉곡셩
겁을니여말을거ᄭᅮ로타고삼쇠나졸넉실이러엇지줄졸모
로난듸ᄯᅥ지난이거문고요궁구난이북장구라본관의거동보소
칼집쥐고오좀누며탕건일코요강쓰며갓일코젼립쓰며인통
일코엽상들며문드러온다바람부더라물말리다모ᄅᆞ리여라판
청쇠은상을일코문ᄯᅳᆨ잇고넘ᄯᅥᆯ니셔리역졸달여드러ᄒᆞᆫ
다ᄯᅥᆨ이고나죽는다엇지ᄒᆞ여야이불을면ᄒᆞ고이셰어ᄉᆞᄯᅩ분부
ᄒᆞ되이골은뒤감이좌정ᄒᆞ시던ᄃᆡ라사졍이업지안이ᄒᆞ니청화
금ᄒᆞ고라사로자리보젼ᄒᆞ라좌경ᄒᆞᆫ후의옥형이불너분부ᄒᆞ
되비의골의죄인이몃시나갓치엿난야옥형이알외되다른죄
인업삽고이골기싱츈향이판가의게포학ᄒᆞᆫ왓길로옥즁의
잇삽니다빗비부르라분부가나니사경이거동보소옥문열
티손의들고옥문열고열다리며여바라츈향아ᄯᅥ나이거라
수의ᄉᆞᄯᅩ출도ᄒᆞ사너를급피올이라시니어셔밧비나오너라
츈향이기가믹켜여보라상단아셔방임어듸계신가보라에제
젼역의옥문간의와겨기여천번이나당부ᄒᆞ엿더니어듸를가
셔난지날죽난졸모로난고졍신업시드러갈제츈향이ᄃᆡ령

ᄒᆞ왓소ᄒᆞ참ᄒᆞ라ᄒᆞᆫ졀ᄒᆞ오며어ᄉᆞ또급ᄒᆞᆫ마음와락ᄉᆡᆼ겨와셔미
단이날터인듸쟝마의낫게집이라너ᄒᆞᆫ번잘보리라ᄒᆞ고너만ᄒᆞᆫ
년이수졀ᄒᆞᆫ다ᄒᆞ고관쟝의게포악ᄒᆞ여쓰니살기를바랄소냐죽어
맛당ᄒᆞ건마나의수쳥도거역ᄒᆞᆯ가츈향아ᄀᆞᄀᆞ막키여너려오냐
관쟝마다ᄭᆞᆨᄭᆞᆨ이명관이로구나수의ᄉᆞ또듯조시오층암졀벽
놉푼바우부롬불들문어지며쳥송녹죽푸린남긴눈이온들
변ᄒᆞ릿가그런분부마옵시고이졔어셔죽여주오어ᄉᆞ또기가막
키여금낭을열고옥지환을너여기싱불너츈향주라츈향
이지환보고졍신이혼미ᄒᆞ야엇결졸모로다ᄆᆞ손의다여보더니
이젼의셔젹의난손의가ᄯᅵ맛더니그ᄉᆡ옥즁고상의봄이축져
그러ᄒᆞᆫ지쳘넝넝ᄒᆞ놉고나지환보고터상보니어졔전역의
오슈관의걸긔으로왓던당군어ᄉᆞ또되여두려시안져ᄭᅳᆺ나반
우심반우름의셜시고나조을시고지와자조을시고어사낭군
조을시고남원읍너추졀이드러ᄯᅥ러지게되엿더니꽉사의봄
이드러이화츈풍날살엿다목의칼을벗겨노니무돌이기조
을사고손의수갑을너노니활개를쩍쳐춤추기조을사고발의족
쇄를글너노니거름걸기조을시고아장아장여보셔방님너얼굴
보지말고거름만보와짐작ᄒᆞ오모친은어듸가고날이리된쥴
모로시나부다이런셔의만나쓰면모녀동낙ᄒᆞ오리라거와자조
을시고이ᄯᅢ의츈향어미삼문밧기잇다가츈향노난거동보고
오직이드러가련만어ᄉᆞ의게ᄒᆞ도파이ᄒᆞ여참아드러가지못ᄒᆞ다
가츈향이찻난소리의어듸가야여기잇다사령드라삼문잡어
라어사장모드러간다오날너눈의미운연놈쥐길난다ᄉᆞ우
ᄉᆞᄉᆞ어사ᄉᆞ우조을시고얼시고졀시고어제전역의우리ᄉᆞ우
걸긔으로왓던구나천건누셜안이ᄒᆞ라고머퉁이를ᄒᆞ엿더
니ᄂᆡ일부터노어마소ᄒᆞ고ᄒᆞ면엇지ᄒᆞᆯ나ᄂᆡ[illegible]이런ᄎᆞᆫᄎᆞᆫ
날ᄡᅢ열시고졀시고지와자조을시고여보소남원읍너사롬덜
너말을드러보소야들나키삼쓰지말고츈향갓턴ᄯᆞᆯ을나어
이런질검털보조얼시고졀시고지와자조을시고어사ᄯᅩ반만웃
고수형이불너분판[illegible]낫치젹어더의나라위참게

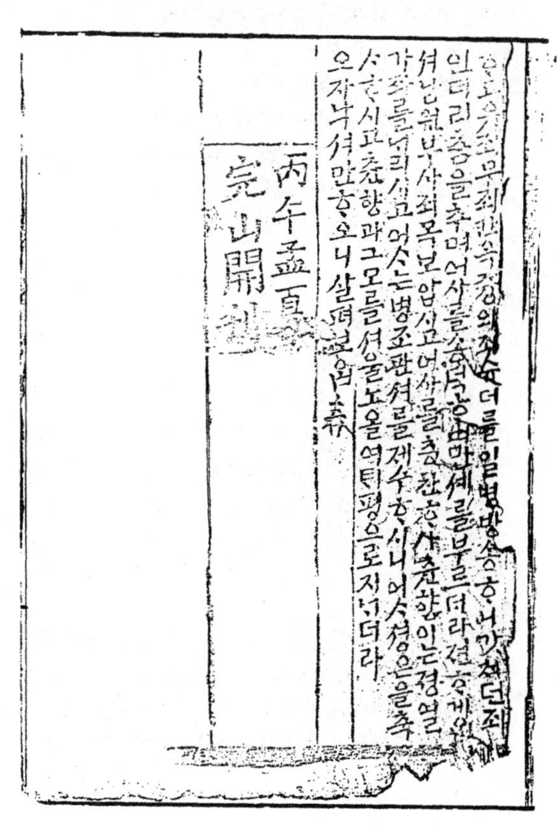
ᄒᆞ오ᄉᆞ가조무죄ᄒᆞᆫ옥즁의ᄉᆞ와ᄉᆞ또더름일병방송ᄒᆞ니ᄂᆡ가셔던죄
인더리춤을추며어사를송덕ᄒᆞ여만셰를부르더라결ᄒᆞ게[illegible]
셔남원부ᄉᆞ사죄목보압싱고어사를칭찬ᄒᆞ니츈향인는경열
가작를너리시고어ᄉᆞ는병조판셔를제수ᄒᆞ시니어ᄉᆞ셩은을축
ᄉᆞᄒᆞ시고츈향과그모를셔울노올여티평으로지니더라
오자낙셔만ᄒᆞ오나살펴보옵[illegible]

丙午孟夏
完山開刊

장정룡(張正龍) 교수

◆ 학력
· 국립 강릉원주대학교 국어국문학과 교수(문학박사)
· 대만중앙연구원 방문교수, 중국북경대학 초빙교수

◆ 현직
· 강원도 문화재위원회 위원
· 강원도 문화예술진흥위원회 위원
· 문화재청 문화재 감정위원
· 남북강원도 교류협력기획단 기획위원
· 속초시립박물관 자문위원회 위원장
· 사단법인 자연보호중앙연맹 상임이사
· 사단법인 국제아시아민속학회 이사장

◆ 역임
· 강릉원주대학교 학생처장, 기획협력처장
· 대통령자문 동북아시대위원회 위원
· 대통령직속 국가균형발전위원회 위원
· 강원도 민속학회 회장
· 재단법인 강원문화재단 이사
· 강원도여성가족연구원 자문위원회 위원
· 원주국토관리청 문화관광체육분과 위원장
· 문화재청 문화재위원회 전문위원
· 사단법인 국제아시아민속학회 총회장

◆ 수상
· 강원도문화상(전통문화부문)
· 속초시민상(학술부문)
· 강릉시민상(향토문화부문)
· 강원민속예술경연대회 지도상(연출부문)
· 강릉대학교 학술상(우수교수상)
· 문예한국 수필부문 신인상
· 허균 · 난설헌 학술상

◆ 저서
· 강원도민속연구(학술원 우수학술도서 선정, 2002년)
· 강릉단오제현장론 탐구(학술원 우수학술도서 선정, 2007년)
· 허난설헌 평전(학술원 우수학술도서 선정, 2008년)
· 원전해설 홍길동전 외 저서, 학술논문, 학술발표 다수

한국고전소설의 이해와 강독

초판 1쇄 인쇄일 | 2014년 2월 19일
초판 1쇄 발행일 | 2014년 2월 20일

지은이 | 장정룡
펴낸이 | 정구형
책임편집 | 윤지영
편집/디자인 | 심소영 신수빈 이가람
마케팅 | 정찬용 권준기
영업관리 | 김소연 차용원 현승민
컨텐츠 사업팀 | 진병도 박성훈
인쇄처 | 월드문화사
펴낸곳 | **국학자료원**
등록일 2006 11 02 제2007-12호
서울시 강동구 성내동 447-11 현영빌딩 2층
Tel 442-4623 Fax 442-4625
www.kookhak.co.kr
kookhak2001@hanmail.net

ISBN | 978-89-279-0818-0 *93800
가격 | 12,000원